无不忘斋

文史话余

李树政◎著

羊城晚报出版社

·广州·

图书在版编目（CIP）数据

无不忘斋文史话余 / 李树政著. — 广州：羊城晚报出版社，2022.1

ISBN 978-7-5543-0978-0

Ⅰ. ①无… Ⅱ. ①李… Ⅲ. ①随笔—作品集—中国—当代 Ⅳ. ①I267.1

中国版本图书馆CIP数据核字(2021)第198254号

无不忘斋文史话余

WU BU WANG ZHAI WEN SHI HUA YU

责任编辑 黄初镇
责任技编 张广生
装帧设计 友间文化
责任校对 顾晨咪
出版发行 羊城晚报出版社
（广州市天河区黄埔大道中309号羊城创意产业园3-13B
邮编：510665）
发行部电话：（020）87133824
出 版 人 吴 江
经　　销 广东新华发行集团股份有限公司
印　　刷 佛山市浩文彩色印刷有限公司
规　　格 787毫米×1092毫米 1/16 印张16.5 字数400千
版　　次 2022年1月第1版 2022年1月第1次印刷
书　　号 ISBN 978-7-5543-0978-0
定　　价 42.00元

自序

此“余”者，剩余也。用文绉绉的说法，即“绪余”；通俗些，或称之为“杂碎”，颇生动。恰似利用“杂碎”烹饪，欲成可口的肴馔，多少费点个人心思，哪怕上不了筵宴。我选取了一些“杂碎”撰而成文，文稿也属于“杂碎”，于是，姑且算作文史方面的随笔。本书辑录文史随笔五十篇，分为五部分：帝王篇、文翰篇、吏政篇、兵家篇、贪渎篇。

自退休后，我赋闲在家，尽管年过花甲，却正儿八经读一点史书。看来，人有了一把年纪，再来读史，往往比年少时读，心里来得通达许多，有时甚至有神清思远的感悟。因此，一边开卷，一边摘录，不经意间，几年工夫竟积累了一些卡片资料。大约从2011年秋开始，我试以文化视角，或捎带受众触点，梳理所抄录的读书资料，结果，断断续续撰写了一些文史方面的文字。部分稿件曾先后刊发于《羊城晚报》《新快报》，辑入本书时，文字有增删。

撰写文史随笔，窃以为需避“戏说”之嫌。认真尊重历史，依循史实，作而有叙。然而，做到言必有据，又难免困于“文抄公”之虞。其实，“不佞之抄”亦见个人功力。从广涉书海中，去伪存真，去芜存菁，着意掬一勺以供众人品味共享，那么，“抄书”也尽可惬意。

当书稿即将完成之际，我脑袋里不觉涌现一些字句，吟成七绝一首，兹录于下：

耆年读史喜抄书，脉望疑生半似愚；
千古时空闲对话，绪余偶拾墨新濡。

本书引录的文史资料，以纪传体《史记》至《明史》二十四史，和《新元史》《清史稿》等正史，以及编年体《春秋左传》《资治通鉴》和国别体《国语》《战国策》等别史为主；而且采用不少笔记小说，并兼取部分典籍、诗词、书札等相关文字材料。注重史料翔实，并通过例举、比较、会通等方法，致力于对其共性阐发议论，寻求其中的历史现象、人物、事件的特征。文字则务求简洁、轻快、易懂。

在撰稿过程中，为了查证引录的资料，我屡屡求助于中山图书馆副馆长方文真女士，借阅馆藏的相关书籍。其间，得到该馆借阅部主任黄小华、保存本管理员钱苑红等人的无私帮助。几年来，在她们的大力支持下，我涉猎史料的范围不断拓宽，随笔文稿的内容不断充实。试想一下，倘若手中无书，又何来“读”、何来“抄”呢？这个忙帮得可谓大了，对此我衷心再三致谢！

此外，部分稿件曾在《羊城晚报》“文史小语”版刊发时，篇前撰有简短的“导读”。现结集成书之际，仍延请时任专版责编何砚华，为该书稿续写各篇篇前“导读”。谨此说明。

毋庸讳言，在史学方面，我毕竟属“临老学吹打”，仅凭个人喜好而读，有感而发而已。此书存在的不足与谬误之处，谨请方家不吝指正。

此书的出版，得到羊城晚报出版社给予大力支持和帮助，在此一并致以深切谢意！

二〇二一年春于无不忘斋

目录

帝王篇

□ 文翰篇

吏政篇

兵家篇

□ 贪渎篇

□ 附录

帝王篇

沉迷异癖的帝王

“花不可以无蝶，山不可以无泉，石不可以无苔，水不可以无藻，乔木不可以无藤萝，人不可以无癖”（清张潮语），物与物、人与物之间和谐，才能成就良癖，传为佳话。反之，玩物丧志，贻为笑柄。

我国传统的帝王制度，其实是家天下的制度。帝王属“九五之尊”，王权至高无上，成为制度的一个重要特征。尤其汉代董仲舒明确提出“天人合一”的思想，既美化和强化“王权天授”的不可侵犯；又通过灾害和祥瑞来调整统治秩序，“唯天子受命于天”，使君臣之间具备对话的条件，有助于封建社会制度的发展。

姑且遑论帝王制度，仅从史实寻迹帝王的日常生活，不难发现一些帝王具有怪异的癖好。令人瞠目之余，大可褪尽所谓“王权天授”的神话光环，裸露其原形。

痴迷担幢的“东昏侯”

南北朝时期，南齐明帝次子萧宝卷（483—501），字智藏。建武元年（494）十一月被立为太子，永泰元年（498）七月即位，中兴元年（501）十二月被杀，在位仅三年多时间，属短命帝王。由于其宠信宦官奸佞，恣意诛杀大臣，荒淫无度，朝纲昏乱，死后被贬号为“东昏侯”。

史载，萧宝卷当太子时，疑似患有多动症，“不喜书学，高宗（按，即南齐明帝）亦不以为非”。甚至，其嬉戏“变态”，在宫里“尝夜捕鼠达旦，以为笑乐”。

此外，《资治通鉴》称，其有膂力，“牵弓至三斛五斗”。按照古代度量衡计算，十升为一斗，十斗为一斛。宋代以前，一斛相当于一石的重量。当时的三斛五斗，粗略折合现在的七十公斤。能拉开七十公斤的弓，力气果然不小。萧宝卷凭借其膂力，酷好百戏中的“担幢”。“幢”（一作“橦”），胡三省注：幢，幡也。一种旌旗。萧宝卷喜担白虎幢，即上画有白虎图形的旗。“白虎幢高七丈五尺”，好家伙，旗杆高达七丈五尺。据史载，其“初学担幢，每倾倒，在幢杪者，必致踠伤”。被白虎幢末尾砸到受伤，仍无畏怯；还发了狠劲，自创用牙叼幢竿的绝技。史称，其“于齿上担之，折齿不倦”，结果，弄得牙折嘴破，满口染红，却无碍其演练“齿上担幢”的杂技。

《资治通鉴》还记述，萧宝卷“自制担幢校具”，“校具”，犹言器械。其担幢自备自制专用器械。并且，史载，“自制杂色锦伎衣，缀以金花玉镜众宝”，自制饰有金玉的专用锦衣。甚至，演练担幢时，周围站满侍卫。史书形容其：“逞诸变态，曾无愧色”。不可谓不怪。

“斗鸡皇帝”唐玄宗

唐玄宗李隆基（685—762），睿宗李旦第三子。始封楚王，后为临淄郡王。唐中宗景龙四年（710），诛韦后及其党，进封平王，拥其父睿宗复位，被立为太子。延和元年（712）即位。初用姚崇、宋璟为相，量才擢用，朝政清明。颁布新定令、式、格及事类一百三十卷于天下，兴经济生产。在军事上，大破吐蕃，联契丹，御突厥。长达三十年间，国泰民安，史称“开元之治”。

不过，李隆基在民间被称为“斗鸡皇帝”。唐代陈鸿写有一篇《东城老父传》，文中的鸡坊小儿贾昌，于宫中驯治鸡群，“使令如人”，被号为“神鸡童”，深受唐玄宗宠幸，任用为“五百小儿长”。“金帛之赐，日至其家”，“衣食右龙武军”，其待遇相当于宫廷禁军。当时，民谣曰：“生儿不用识文字，斗鸡走马胜读书。贾家小儿年十三，富贵荣华代不如。”固然，该篇章属唐人传奇一类，不能充作史实稽考。在官修史籍中，尽管并无陈鸿笔下详细而生动的记述，却也有一些文字披露史实。

史载，“玄宗好斗鸡，贵臣、外戚皆尚之，贫者或弄木鸡。识者以为：鸡，酉属，帝王之岁。斗者，兵象，近鸡祸也。”李隆基生于乙酉年，生肖属鸡。其即位前，就喜爱斗鸡活动。即位后，唐玄宗在宫中专门修建鸡坊，每逢宫里举行宴赐活动，必少不了“斗鸡”项目。唐代郑处诲《明皇杂录》称：“上每宴赐酺，则御勤政楼，太常陈乐，教坊大陈寻橦、走索、丸剑、角觝、斗鸡。”

《资治通鉴》有一段记录，“宋王成器，申王成义，于上兄也；岐王范、薛王业，上之弟也；豳王守礼，上之从兄也”。唐玄宗李隆基与兄弟平素友爱有加，是一起吃喝玩乐的伙伴。其“初即位，为长枕大被，与兄弟同寝。诸王每旦朝于侧门，退则相从宴饮，斗鸡、击球，或猎于近郊、游赏别墅”。而且，诸王不用干任何公务，“然专以声色畜养娱乐之，不任以职事”。结果，由于诸王所作所为过于惹眼，唐玄宗迫于朝臣的谏议，后于开元二年（714）六月，使诸王“循故事出刺外州”。把那些游手好闲的玩伴外放任职，也算给他们找个去处安置。

经“斗鸡皇帝”及诸王兄弟一番闹腾，贵臣、外戚自然追风逐潮不已，就连手头紧缺的贫穷小民，也弄个木鸡来过把瘾。结果，“斗鸡活动”风靡一时。

当时，诗人李白写下一首《古风（其二十四）》，其中有：“路逢斗鸡者，冠盖何辉赫。鼻息干虹蜺，行人皆怵惕。”另一位诗人杜甫亦有写斗鸡的诗句：“斗鸡初赐锦，舞马更登床。”真实地勾画现实生活中的斗鸡者：圣恩优渥，恃势跋扈。读罢这些诗句，人们不禁索问，没有帝王的斗鸡活动，何来斗鸡者的霸凌？

“戏子皇帝”李存勖

五代十国时期，后唐庄帝李存勖（886—926），小名亚子，沙陀部人，李克用长子。天祐五年（908）克用死，其继晋王位。天祐二十年（923），称帝于魏州，国号唐，史称“后唐”，改元同光。同年，灭后梁，迁都洛阳。同光三年（925），灭前蜀，统一北方及长江流域，以武力成就其帝业。但是，其骄淫乱政，枉杀宿将功臣；重用宦官、伶人，重敛急征，祸国殃民。其在位仅三年多时间，同光四年（926）四月，伶官率兵攻入宫城，李存勖被乱兵射死，年仅四十，庙号庄帝。

史载，李存勖不仅善骑射，胆勇过人，而且“既好俳优，又知音，能度曲，至今汾、晋之俗，往往能歌其声，谓之‘御制’者皆是也”。其自继王位，至称帝立国，时常粉墨登场，自取艺名“李天下”，与群伶在宫内演戏。

史称，其皇后刘氏出身寒微，“其父刘叟卖药善卜，号刘山人”。刘后性悍争宠，往往自耻于家业，讳莫如深。甚至作言父死，不认亲，笞父刘叟于宫门。偏偏李存勖爱捅马蜂窝，搞了一出自编自导自演的独幕剧。“庄宗乃为刘叟衣服，自负蓍囊药笈”，其装扮成老丈人刘叟，背上道具——盛有蓍草（卜筮用）的袋子和草药箱子，还叫上儿子继岌手提破帽跟随自己，一前一后，走进刘后的卧室内，嘴里叫嚷：“刘山人来省女。”结果，刘后勃然大怒，打了亲生儿子继岌一顿，赶了出去。“宫中以为笑乐。”

还有一次，李存勖与群伶在宫里演戏，其“四顾而呼曰：‘李天下，李天下何在？’”语音刚落，一名叫敬新磨的伶人赶上前去，“以手批其颊”。李存勖一愣，顿时面上失色。一个戏子掌掴天子，怎么得了！“左右皆恐，群伶亦大惊骇”，连忙抓住敬新磨，责问：你居然打天子耳光？“新磨对曰：‘李天下者，一人而已，复谁呼邪！’”可不是吗？叫“李天下”的，独此一人，还有谁再叫这个名字？一语解困厄，“于是，左右皆笑”。李存勖大喜，给敬新磨的赏赐十分丰厚。

本来，一起演演戏也就罢了，李存勖竟硬要给伶人封官加爵，重用嬖幸，好好的把国家大事糟蹋了。史籍认为，“其败政乱国者，有景进、史彦琼、郭门高三人为最”。其中，伶人郭从谦（艺名郭门高），被封为从马直指挥使，统率亲军。同光四年（926），李嗣源兵变，郭从谦率部乘机纵火，攻入宫城。在乱兵中，李存勖中箭致死。宋代欧阳修在修史时喟叹：“呜吁，盛衰之理，虽曰天命，岂非人事哉！”

“蟋蟀皇帝”明宣宗

明宣宗朱瞻基（1398—1435），仁宗朱高炽长子，永乐二十二年（1424）被立为皇太子。洪熙元年（1425），仁宗病死，其即位，建元宣德。宣德十年（1435）卒，庙号宣宗。

明朝经朱元璋和朱棣五十多年的经营，统一中国，巩固北方边地，社会经济迎来大发展。然而，在繁盛的局势下，蛰伏着社会危机。开国的严刑峻法，以及后来的“靖难之变”，使统治阶级内部矛盾尖锐。为了纾解洪武、永乐时期遗留的矛盾，仁、宣二帝采取一系列措施：调整统治阶级内部关系，赦免建文帝的旧臣和太祖时遭连坐流放边境的官员家属；平定汉王叛乱，削除内乱；息兵养民，整顿吏治；等等。史称“仁宣之治”。

没想到，这个皇帝还有另一副面孔，后人称之为“促织天子”。促织，即蟋蟀。指明宣宗朱瞻基斗蟋蟀成癖。

明代沈德符《万历野获编》称，“我朝宣宗最娴此戏，曾密诏苏州知府况钟进千个。一时语云：‘促织瞿瞿叫，宣德皇帝要。’此语至今犹传”。当时，宣宗曾密诏江南，采办上等蟋蟀进京入宫。

明代吕毖《明朝小史》，有较详尽的述录：“帝酷爱促织之戏，遣取之江南，其价腾贵，至十数金。”苏州府枫桥（今江苏省苏州市西枫桥镇），有一位粮长，受知府指派，好不容易找到一只最好的蟋蟀，“用所乘骏马易之”。其妻以为用骏马交换来的蟋蟀，必然不同寻常，于是私下打开想看个明白。不料，蟋蟀“乃跃去”，没了。血本无归，况且无法交差。妻“惧，自缢死”。夫妇一场，妻子上吊撒手而去，粮长亦畏刑法，也就跟着自尽。

以上文字资料，零星散存于一些野史笔记，明代官修的史籍均不敢着笔。连宣宗的墓葬物品中，也没有其生前喜好的蟋蟀罐。据载，宣德十年（1435）正月，宣宗病死。其八岁儿子朱祁镇继位，由太皇太后张氏和元老重臣“三杨”（杨士奇、杨荣、杨溥）执掌朝政。为了防止年幼的明英宗玩物丧志，太皇太后下令：“将宫中一切玩好之物，不急之务悉皆罢去，革中官之差。”当时，宫中所有蟋蟀罐全被砸掉，连景德镇御器厂烧制好还未进贡的也都打碎，埋入地下。自宣德以后，长达八十多年时间里，再没有出现制作精美的官窑虫罐。

真相还是掩饰不住的，在朝鲜的《李朝世宗实录》里，有不少相关记载：因异癖，明宣宗朱瞻基指派太监四处搜罗“鸟兽花木与诸珍异之好”，甚至远至朝鲜；密令苏州知府进贡蟋蟀千只，以世袭官职赏赐进贡蟋蟀者；官府拆民房捉蟋蟀，太监敲诈民财，百姓敢怒不敢言；等等。

除上所述之外，据史载，沉迷异癖的帝王仍不乏其人。比如，南北朝时，北周宣帝宇文赟独恋另类服饰，往往穿戴奇异扮酷。又如，明熹宗朱由校不事朝政，终日忘情于刀锯斧凿油漆的木匠活……这些帝王追逐某种畸异的生活情趣，从中让人察觉：王权使帝王深陷孤家寡人的境地，苦于承受负责一国政治、军事、经济诸方面的巨大压力，以致放荡不羁，而且受到贴身内侍的蛊惑，或下属官员的投其所好，益加嬉游无度。最终，其自身的人性扭曲，人生终极目标迷失。沉迷异癖，甚至玩物丧志，恰好说明其症结所在，戳穿“天授”的弥天大谎。

开店做买卖的帝王

尽管“重农抑商”到“工商皆本”的观念在古代渐次演变，但司马迁早就在《史记·货殖列传》中肯定了商贾的价值。帝王操刀卖肉也好，办宫廷集市也好，开皇店也好，都可谓是难抑内心的那份商贾心瘾。

以帝王九五之尊，却乐于开店做买卖，在历史上并非罕见的怪事。

宫内开店摆摊，有的练就“一刀准”

东汉灵帝刘宏，永康元年（167）被迎立为帝。史载，光和四年（181），灵帝在后宫修建一排商铺，让宫女们做买卖。她们相互间又发生盗窃，甚至争执逐斗。灵帝也换上商贾的服饰，从中饮宴作乐。而且，他开店做买卖还不止一次。三国（吴）谢承《后汉书》称，“灵帝数游戏于西园，令后宫宫女为主客，帝身为商贾”。

西晋惠帝的长子，愍怀太子司马遹（278—300），字熙祖，元康元年（291），出就东宫。他不好学，却把东宫变为市场，与侍从左右一起做买卖。史载，愍怀太子还练就一手绝招，“宫中为市，使人屠沽，手揣斤两，轻重不差”。也就是“一手准”，无须用秤。

南北朝时，宋少帝刘义符（406—424），小字车兵。景平元年（423）登帝位，在位仅两年。史载，“帝于华林园为列肆，亲自酤卖”。这位短命皇帝不仅在宫苑内建商铺，而且亲力亲为做起生意。

唐中宗李显（656—710），高宗第七子，弘道元年（683），顺顺当当做上皇帝。不料，其亲母亲武则天临朝称制，改元嗣圣。次年，更被母亲夺去帝位。

十四年后，圣历元年（698），李显再被立为太子。足足过了二十年，神龙元年（705），才得以复其帝位，复国号唐。或许这个皇帝当得不顺当，难免心里有点郁闷，他也乐于开店做买卖。史载，景龙三年（709）二月，唐中宗在玄武门开设市肆，叫宫女们“鬻卖众物，令宰臣及公卿为商贾，与之交易，因为忿争，言辞猥亵。上与后观之，以为笑乐”。可是，好景不长。次年，景龙四年（710），他被皇后韦氏毒杀。

明代皇家开店遍地开花

如果说，以上帝王开商店、做买卖，纯属“玩票”，算作皇家的游戏嬉闹。那么，明代皇帝则来真家伙了，在京畿内外开皇店，以“罔财”为目的。

史载，明武宗正德八年（1513），太监于经奏请开设宝源、吉庆二皇店。自此，皇店开设一发不可收拾。

所谓皇店，经皇帝特许并赐名号，由皇亲、太监及权贵开设的客店。有的由官店、塌房（按，即濒水为屋，以贮商货的仓库）改设；有的在皇庄附近或交通要道开设。皇店的业务与官店一样，经营仓库，供客商停放货物，并榷敛商货，兼为收税机关。但是，不同于官店的是，皇店不受官府管理，其收入也不归官府而入内府，即皇帝的“小钱柜”。甚至，有的皇店放皇债，经营高利贷。

明代的皇店已不限于京畿之地，远及东北边的山海关、广宁（今辽宁省北镇市）、辽阳，西边的大同、宣府（今河北省张家口市宣化区），通州（今北京市通州区）、张家湾、卢沟桥，以及山东临清等地。这些皇店拦截客商，横征暴敛，渔利无厌，为所欲为。正德时，皇店一年缴纳白银达八万余两，其余的中饱了太监权贵的私囊。

正德九年（1514）春，乾清宫火灾，宫内外皆成灰烬。当时，右都御史杨一清、南京礼科给事中徐文溥、大理寺丞袁宗儒、兵科给事中潘埙等先后上疏，复引乾清宫灾，言皇店有“罔财”之害，力请罢皇店。

正德皇帝死后，明世宗嘉靖初，皇店一度被削弱，但是始终未能罢废。史载，明神宗万历二十四年（1596），左副都御史张养蒙还上奏，“极谏时政阙失”：“今奸宄实繁有徒，采矿不已，必及采珠；皇店不止，渐及皇庄。”可见皇店科敛扰商，侵害民利，成为明代中后期商业资本发展的一大桎梏。

清宫苑内开设买卖街

清代，皇店远远不及明代盛炽，仅限于宫苑之内，有点类似当今的“高级俱乐部”“新春嘉华年”。

高宗弘历时，每逢新春在同乐园开设买卖街，为期九天。清代李岳瑞《春冰室野乘》生动地描述：园中的买卖街内，“凡古玩估衣，以及酒肆茶炉，无所不备。甚至携小筐售瓜子者，亦备焉。开店者俱以内监为之。古玩等器，皆先期由崇文门监督，于外城各店肆中，采择交入，言明价直，具于册，卖去者给直，存留者归其原物。各大臣入园游览，皆竞相购买，或集酒馆饭肆哺啜，与在外等。肆中走堂佣保，皆挑取外城各肆之声音宏亮，口齿伶俐者充之。每驾过肆门，则走堂者呼菜，店小二报帐，司帐者核算，众声杂沓，纷然并作”。乾隆帝弘历来到买卖街，看到此中情景，不禁开怀欢笑。据称，仁宗嘉庆四年（1799），乾隆皇帝驾崩，此例始停。

其实，慈禧太后时，仍在宫闱内设商铺。据清代九钟主人《清宫词》（《清人说荟》）：“列肆分廛厕禁林，团城翠括荫萧掺。步行亲诣承光殿，为识闾阎疾苦心。”原注：“孝钦后（按，即慈禧太后）居西苑时，命宫监于北海承光殿侧，设置市肆，罗列百货，亲往问价，以考商贾之情。”

应当看到，皇店与皇庄、织造，都反映了当时的社会经济，值得充分关注和研究。

帝王家食鱼的“滋味”

心境即处境，处境即心境，心随境生，境随心转。帝王江山易析，身世浮沉，食鱼百般滋味，大抵如此。因鱼平添尔虞我诈，则为人性扭曲。“长江绕郭知鱼美，好竹连山觉笋香”（苏轼语）才是好滋味。

古人曾经大谈鱼与熊掌并重，物欲难舍，视食鱼的滋味为举箸咂舌的赏心悦事。然而，一旦发生在帝王家，也就颇耐人寻味了，比如，悲怆、羞辱、贪逸、瞒诈、奸宄、尴尬……诸般滋味直上心头。

晚唐时期的一个皇帝，唐昭宗李晔（867—904），懿宗第七子，文德元年（888），被拥为皇太弟，改名敏。天祐元年（904），遇弑而卒，仅三十八岁。在位时，他喟叹“号令不出都门”。当时，藩镇割据，骄恣跋扈，不仅连年混战，甚至称兵入觐，杀宰相、劫皇帝，无法无天。

史称，士兵出身的凤翔节度使李茂贞，大顺二年（891），擅自发兵攻占兴元，进逼京城长安，胁迫唐昭宗杀宰相；乾宁二年（895），举兵入朝，杀宰相韦昭度、李谿。天复元年

（901），李茂贞伙同宦官韩金海劫持唐昭宗至凤翔（今陕西省凤翔县）。

明代陶宗仪《说郛》引录唐人韩偓《金銮密记》一段文字："昭宗在凤翔，宴侍臣，捕池鱼为馔。李茂贞曰：本畜此鱼，以候车驾。"说来也可怜，人被劫持了，连御宴也只得捞点池里的小鱼上席，而且，还要听李茂贞的一番奚落。堂堂天子，这顿食鱼的滋味实在难堪。

不料，在御宴上，李茂贞举着巨杯劝酒。昭宗不愿喝，李茂贞居然持杯叩击皇帝的脸颊和下巴颏。贵为君王却只得孱孱忍辱而已，此时此情也就未免带有几分悲苦。据载，唐昭宗当时在陕西郊野有诗："纥干山头冻杀雀，何不飞去生处死。"从中大可窥其生不如死的心境。

宋代，高宗赵构（1107—1187），徽宗第九子，建炎元年（1127）登帝位。靖康渡江后，躲在临安（今浙江省杭州市），偏安一隅。明代田艺蘅《西湖志余》有一则纪事：东京（今河南省开封市）人氏宋五嫂，拿手绝活烹鱼羹。当时，她侨寓西湖苏堤附近开店，卖的是地道鱼羹。宋高宗游西湖，不仅进食宋五嫂鱼羹，还宣召她上船，询汴京旧事，不觉凄然。而且，赏赐她金钱十枚，银钱百枚，绢十匹，并下令鱼羹供奉皇宫后苑。

本来，宋高宗凄然食鱼羹，应当是追怀旧事，不忘君父之仇，立志收复失地。可是，宋高宗一味纵容秦桧，与金议和称臣，割地纳贡。个中缘由，有人已经揭示昭然："宋与金和，后人专咎秦桧，桧之罪固无可辞，然推原其本，当由高宗怀苟安之心……又如西湖吃宋五嫂鱼羹之类，则固以天下为乐，而君父之仇，原已置之度外矣。"（见陆云锦《芝庵杂记》）高宗凄然食鱼羹是追恋繁华享乐之情，绝无靖康雪耻的志向。

宋高宗的生母显仁太后（1080—1159），徽宗的韦贤妃。金兵破汴京，其随徽、钦二帝北迁，绍兴十一年（1141）南归临安。

显仁太后是嗜鱼的老吃货。据说，她原是会稽（今浙江省绍兴市）人，喜食子鱼。子鱼是浙江沿海一带对鲻鱼的称呼，长七八寸，阔二三寸，肉细嫩，味鲜美，鱼卵可制作鱼子酱。宋代梅尧臣《和答韩子华饷子鱼》诗句："南方海物难具名，子鱼珍美无与并。"

当时，丞相秦桧的老婆经常入宫中，侍奉显仁太后，无非献媚讨好。一日，显仁太后提及进贡的子鱼，近日极少有大的。秦桧老婆一听，以为机会来了，当即搭腔：臣妾家里有大的，马上挑百尾进奉。谁知回家开口一说，却被秦桧臭骂一顿。进贡子鱼弄不好，惹来一身腥，甚至摊上侵占皇室贡品的死罪。为着掩饰老婆的失言，秦桧与其门客商量后，送进宫里百尾青鱼。显仁太后见了，拊掌大笑："我说这婆子蠢笨，果不其然。"要知道，青鱼亦称"黑鲩"，属"四大家鱼"之一。有点像子鱼，尤以冬令最为肥壮，长达1米左右，生长迅速。可是，青鱼与子鱼的味道相去甚远。于是，显仁太后万万想不到，食鱼还食出瞒诈使奸的事来了。

不过，秦桧诈傻扮懵，总算避过了杀身之祸。明代徐树丕《识小录》记下此事后，不禁叹道："观此，贼桧之奸可见。"

明太祖朱元璋（1328—1398），濠州钟离（今安徽省凤阳县东）人，生平所好食鲥鱼。

鲥鱼，俗称迟鱼，又称三黧。鲥鱼多产于长江下游，每届春夏之交，形成汛期，以安徽当涂至采石一带横江鲥鱼最佳，素被誉为"江南水中珍品"。宋代苏东坡有诗赞道："芽姜紫醋炙鲥鱼，雪碗擎来二尺余。南有桃花春气在，此中风味胜花鲈。"

史载，"洪武元年定太庙月朔荐新仪物……四月，樱桃、梅、杏、鲥鱼、雉""（洪武）二年诏，凡时物太常先荐宗庙，然后进御"。朱元璋一登帝位，干脆指定鲥鱼为贡品，大快朵颐。驾崩之后，仍用鲥鱼在其灵前供祭，然后，才进奉御膳。

当时，朱元璋定都长江岸边的南京，一到农历四月，从江中捕获鲥鱼进京，还算便利。自从永乐十九年（1421）正月，明成祖朱棣改北京为京师，在京建太庙后，麻烦可就来了：因为北方不产鲥鱼，必须从南方运来进奉。

明代沈德符《万历野获编》载，当时朝廷规定，每年五月十五日在南京孝陵以鲥鱼上供，随后进鲜船北运上京。从南京到北京二三千里，而且适逢夏日炎热，北运鲥鱼必须加冰保鲜，沿途贡船还需向地方索冰补充。有些地方官以银折纳，行贿皇差，结果舱里的鲥鱼缺冰保鲜，运抵北京时大都腐败发臭。尽管经过挑选、洗刷，加上调味烹饪，倒也似模似样，实质上，供奉太庙后的鲥鱼，御膳食用时已成臭鱼。

可以说，至清代康熙皇帝诏罢南方进贡鲥鱼止，明、清两代不少帝王食鲥鱼的滋味，仅余尝臭罢了。

没想到，食鱼还有诸般滋味，尤其是帝王家。

古代帝王与端午节

汉唐以来，娱乐兴盛，歌舞、伎艺、百戏、参军戏等娱乐形式深入人心，“娱乐至死”的精神，同样存在于此后的宫廷娱乐及节令娱乐中，相比民间而言，更多地带上了竞技、尚武和政治色彩。

关于端午（农历五月五日）的风俗与传说，著名学者闻一多的《端午考》，列出有关典籍中的记载。其中，龙舟竞渡、吃粽子等源于南方，北方则盛行射柳等活动。而南人以五彩丝系臂，北人“以杂丝结合欢索，缠手臂”，也就相仿了。

原本流行于民间的端午节活动，后来也成为皇家的节日盛典。而且，既有划龙舟、吃粽子，也有射柳、击球。由于帝王参与端午节日活动，结果，带来一些异常的故事。

唐玄宗的端午诗

汉代人认为“五月五日”为“恶日”“恶月”，当日流行的风俗：挂艾叶菖蒲、饮雄黄酒、彩丝缠臂等，皆是用来除瘟病、驱邪魔、祈吉祥的。隋唐时期，端午节的风俗形式尽管传承前朝，但是，原有特定意义的节日风俗，大多演变为节日的娱乐活动。“恶日”（亦称“毒日”）逐渐失去恶毒的意义，充满节日的欢乐。

唐玄宗李隆基一方面命吴道子画《钟馗捉鬼图》，通令天下于端午日张贴，以驱邪魔；一方面在宫院内设宴，招请群臣。《全唐诗》辑存其诗作《端午三殿宴群臣探得神字》。

诗句“穴枕通灵气，长丝续命人”，展现彩丝系臂的端午风俗。据《御览》引《风俗通》：“五月五日以五彩丝系臂者，辟兵及鬼，令人不病温，亦因屈原。一名长命续，一名续命缕……”

当时，粽子成为举国上下最流行的节日美食。唐玄宗喜吃“九子粽”，一种用九子蒲叶裹的粽子，独具清新的香味。诗中大加赞赏：“四时花竞巧，九子粽争新。”而诗句“方殿临华节，圆宫宴雅臣”，一再表达端午佳节，君臣同乐，上和下畅，推恩及众的情怀。诗末句云：“股肱良足咏，风化可还淳。”股肱者，指朝廷的贤臣良将，栋梁之材。可见，全诗无一丝“恶日”的忧郁、怵惕，尽是一派节日的欢乐、祥和。

唐玄宗还有一首五言诗《端午》（一作《端午武安殿宴群臣》），更是踌躇满志，大有明主治国，升平盛世的气势。诗云：“端午临中夏，时清日复长。盐梅已佐鼎，曲蘖且传觞。事古人留迹，年深缕积长。当轩知槿茂，向水觉芦香。亿兆同归寿，群公共保昌。忠贞如不替，贻厥后昆芳。”

第二联中的“盐梅”，即盐和梅子，均为调味所需用料，比喻国家所需贤才；“曲蘖”，即酒曲，此处指酒。第三联中的“缕”，指线丝。第四联中的“槿”，即木槿，落叶灌木，夏秋开花；“芦”，即芦苇，多年生草本植物，多生于水边。末句中的“贻厥”：贻，赠给、遗留；厥，文言代词，相当于“其”或“之”；“昆”，指子孙、后代。

全诗大意是：端午来临，时日晴朗。已有贤才辅佐朝政，还在传杯饮酒。轩堂的木槿生长茂盛，水边的芦苇传来幽香。臣民同心，永保国运昌盛，给后世留下美好名声。

说起来，延和元年（712），唐玄宗受禅即位，次年改元开元。其先后任用姚崇、宋璟为相，整顿朝廷弊政，发展社会经济，二十余年间，倒是有一番作为，史称“开元之治”。然而，其后期穷奢极欲，耽情声色，任用李林甫、杨国忠等执政，朝政败坏，官吏贪渎。结果，天宝十四年（755）爆发“安史之乱”，京城长安失陷，唐玄宗仓皇出逃四川。落得如此下场，想当年端午节游宴时，唐玄宗是根本预料不及的，更遑论“贻阙后昆芳”。

明朝廷的端午活动

明代陆容《菽园杂记》载，“朝廷每端午节，赐朝官吃糕粽于午门外，酒数行而出。文职大臣乃从驾幸后苑，观武官射柳，事毕皆出。上迎母后幸内沼，看划龙船，炮声不绝，盖宣德以来故事也”。

明代，午门既是举行典礼的重地，又是施行杖刑的场所。每年端午节，群臣会聚午门外，大吃朝廷赐给的粽子，行酒欢乐。

明代沈德符《万历野获编》载，永乐十一年（1413）五月端午节，明成祖朱棣下令进行击球、射柳之礼，并亲临皇宫东苑，领着一大帮文武群臣、外国使者，以及在京有名望的老人，一起观看击球比赛。击球，即打马球。明成祖先是下令礼部议定，把参加打马球的官员分为左右两队。“是日天清日朗，风埃不作。命驸马都尉广平侯袁容领左朋，宁阳侯陈懋领右朋，自皇太孙而下，诸王大臣以次击射。皇太孙击射，连发皆中，上大喜。”

明成祖夸奖皇太孙之余，接着说，今日华人夷人毕集，我有一上联“万方玉帛风云会”，你好好想想对上。话音未落，皇太孙立即叩头，对以下联：“一统江山日月明。”明成祖一听，心花怒放，赏赐给皇太孙名马、锦绮、罗纱和番国布，并命儒臣赋诗，赐群臣宴。

皇太孙，即朱瞻基，永乐九年（1411）被立为皇太孙。洪熙元年（1425），其父明仁宗病故，明宣宗朱瞻基即位，年号宣德。捎带提一句，今故宫博物院藏《明宣宗行乐图卷》，其中就有打马球的场景。明宣宗的端午节日活动，不仅有打马球、射柳，还有看划龙舟、放礼炮，好一番热闹。

明代沈德符《万历野获编》认为，明代京师及边镇最重端午节，且当日都进行射柳比赛。“内廷自龙舟之外，则修射柳故事，其名曰‘走骠骑’。”值得注意的是，万历帝朱翊钧的射柳活动，竟成为皇帝操练御林军的行动。

明神宗朱翊钧即位时，仅是个十岁的娃娃，年号万历。由于主少国疑，朝政大权落在首辅张居正手里。十年时间里，皇上及其两位母亲都恭敬地尊称之为“元辅张先生”。在以张居正为代表的文官集团的监督和治理下，万历帝只能循规蹈矩，做个乖孩子。

张居正死时，万历帝已长成二十岁小伙，亲临朝政，个性张扬，好显摆九五之尊的威权。由于其叔祖正德帝朱厚照开了个头，万历帝也跟着闹起禁中内操。

史载，万历帝建立了数千人的队伍，交由御马监太监掌管。这支队伍被称为“御马监勇士”，天天在皇城内操练，娴习骑射，声威显赫，连京军也比不上他们。

明代沈德符《万历野获编》载，万历十二年（1584）甲申端午节，“自内操事兴，至甲申岁之午日，预选少年强壮内侍三千名，俱先娴习骑射，至期弯弧骋辔，云锦成群，有京营所不逮者。上大悦，赏赉二万余金”。当日，明神宗在禁苑观看御林军的射柳比赛，实则是操兵演练。弯弓射箭，纵马驰骋，尽显御马监勇士的威势。皇上大喜，掷金赏赐。操演一直延续到傍晚才告结束。

“然是日酷热，当值候操诸珰，擐甲操兵，伺令于赤日中，因而暍死者数人。”珰，汉代武官的冠饰，后以珰作为宦官的代称，在溽暑炎日的煎炙下，那些当值候操的内侍，还得穿着甲衣操兵，于是，好几个人受不了，中暑而死。皇上却一点事也没有，依旧神清体健。

也许属于巧合，张居正死后两年，这一年（万历十二年）端午节过了不久，明神宗发起清算张居正运动，查抄张家，其子戍边。自此之后，皇上似乎与文官集团较上了劲儿：关于禁中内操一事，关于立储的国本问题，关于废止矿税的剧烈争议……相互反复缠斗多年。

射柳比赛藏祸心

永乐十三年（1415）端午节，明成祖朱棣下令诸大臣进行射柳比赛，看谁射的箭把柳条折断。一场充满节日欢乐的活动，却暗藏着一些人的祸心。

史载，当时的皇帝亲信、锦衣卫指挥使纪纲，在射箭前私下嘱咐其部属庞瑛："我故射不中，若折柳鼓噪，以觇众意。"纪纲故意射不中，却让庞瑛举起折断的柳条，大喊"射中了"，以此窥测朝臣的心意。果然，庞瑛依从纪纲的吩咐，明明纪纲没有射中柳条，庞瑛却折柳高声呐喊，在场的大臣没有一个敢站出来纠正。纪纲得意地说："是无能难我矣。"以为满朝无人能为难自己，于是图谋不轨。

纪纲，临邑（今属山东省）人。在"靖难之役"中，投效燕王朱棣，深受赏识。明成祖登基后，提拔纪纲为锦衣卫指挥使，命其统领亲军，即皇帝最贴身的卫队和仪仗队，并司诏狱，奉旨大肆捕杀反对朱棣的建文帝亲信，达数十族，上万人。同时，纪纲借机罗织罪名，贪赃枉法，恣意横行，铲除异己。

永乐十年（1412），锦衣卫千户缉事在浙中作威受贿，被浙江按察使周新抓获。纪纲却包庇罪犯，反诬周新罪，将其逮捕处死。而且，纪纲还诬陷权贵巨商，借以勒索黄金珍宝；多次伪造诏书，私自敲诈盐场；诈取交趾国使的珍奇贡品，豪夺吏民田宅，甚至色胆包天，借皇帝下诏选美，私藏绝色佳丽于宅。一个正三品武官竟敢为所欲为，其歹心益发膨胀。纪纲在家中暗修隧道，私制刀甲弓弩数以万计，蓄纳亡命之徒，网罗羽翼，预谋不轨。锦衣卫这个维护皇权的工具，已经变成直接威胁皇权的黑势力。

永乐十四年（1416），一名宦官举报纪纲的罪行。明成祖下令给事、御史上朝奏劾，经都察院查实后，即日将纪纲凌迟于市。其家属无论老少全部戍边，并列明罪状颁示天下。

尽管纪纲自作聪明，借端午节射柳活动，窥测朝臣意向，却仍旧无法挽救其性命。

乾隆帝喜龙舟竞渡

清代昭梿《啸亭续录》载，乾隆初，清高宗弘历"于端午日命内侍习竞渡于福海中，皆画船萧鼓，飞龙鹢首，络绎于鲸波怒浪之间，兰桡鼓动，旌旗荡漾，颇有江乡竞渡之意”。

满族作为北方马背上的民族，自顺治元年（1644）入关，迁都北京，至乾隆元年（1736），历九十二载。随着全国的统一，汉族文化的影响日深，满族已经逐渐适应由游牧文明向农业社会文明的转变。源于南方的端午龙舟竞渡习俗，成为乾隆帝的喜好，也就不足为奇了。何况，其在位期间，六次离开北京下江南巡游，说明其喜好并非摆个样子。

在皇家宫苑的福海划龙舟，当然不及在江河大泽中竞渡。所谓“颇有江乡竞渡之意”，只不过同样有画船萧鼓，旌旗荡漾。虽然内侍刚学会竞渡的技巧，而“鲸波怒浪”也失之于夸张，可是，当桨桡划动起来，龙舟飞一般在水面穿行，也是十分好看的。

《啸亭续录》认为，端午节龙舟竞渡，乾隆帝“每召近侍王公观阅，以联上下之情。今上亲政后，亦屡循旧制观之，然每以雨泽愆期，罢演者多矣”。今上，指清仁宗颙琰，乾隆帝第十五子，乾隆六十年（1795）被立为皇太子。嘉庆元年（1796），乾隆帝禅位给清仁宗，自称太上皇帝。

史载，凡遇军国大事，太上皇仍亲自主持。年届三十六岁的嘉庆帝，则侍坐太上皇旁边，称为随同学习。“上喜则喜，笑则亦笑……只视上皇之动静，而一不转瞩。”这种情形下，其心情是可想而知的。

嘉庆四年（1799），太上皇去世，嘉庆帝亲政，立即将乾隆帝的重臣和珅革职入狱，并赐令自尽。由此可见，嘉庆帝对其父的所作所为，并不全然认可，甚至有点相背而行。至于端午节龙舟竞渡的罢演，不尽是“雨泽愆期”的缘故。更为严重的是，嘉庆年间，各地义军蜂起：白莲教、天理教、河南李文成义军、陕西三才木工义军……而且，嘉庆十八年（1813），天理教义军一度突入紫禁城，直逼内宫。面对危机四伏的时局，嘉庆帝忙于剿捕义军，扑火自救，根本无暇顾及龙舟竞渡一类的节日风俗了。或许，这才是“罢演”的真正原因。

皇家毕竟与民间不尽相同，看似惯常的端午节日风俗活动，有时候沾上一点国祚民瘼的关系，其喜庆欢乐也就由不得帝王“钦定”了。这也算是历史吧。

古代帝王中秋赏月的心态

赏月风俗源于祭月，并渐成人间良辰美景、赏心乐事。帝王中，有人赋予赏月太多的野心杂念，使赏月成为挣不脱、顿不掉、解不开的政治心结和宿命；有人“拼今宵，倚栏不去眠”，却守得云开月朗。

农历八月十五日中秋，吟诗填词赏月，可谓一大雅事。其中，宋代苏轼一阙“明日几时有，把酒问青天”的《水调歌头》称誉古今，被推为中秋“第一词”。一桩快意雅事，偏偏沾上帝王九五之尊，竟生发些许异味来了。

宋高宗独乐“金瓯无缺”

南宋淳熙年间，恰逢中秋夜，帝都临安（今浙江省杭州市）的禁苑德寿宫内闹翻天。孝宗赵昚陪同太上皇赵构，在宫内香远堂设宴赏月。南宋周密《武林旧事》卷七载，当时，香远堂“堂东有万岁桥”，“大池十余亩，皆是千叶白莲”，“南岸列女童五十人奏清乐”。满池白莲盛放，洁白清馥。万岁桥面饰砌莹澈如玉的砖石，并用金钉铰。连御宴使用的几、榻、瓶、炉，以及酒具等，全用水晶制成，与溶溶月色相映成辉。而且，女乐者众，仅吹笛的多达二百人。于是，一片银色世界里，笙乐喧天。

当皓月当空，乐奏稍止。太上皇赵构召小刘贵妃，吹白玉笙，独奏《霓裳中序》。侍宴官曾觌当即进奉一首《壶中天慢》词："素飙漾碧，看天衢、稳送一轮明月。翠水瀛壶人不到，比似世间秋别。玉手瑶笙，一时同色。小按霓裳叠。天津桥上，有人偷记新阙。当日谁幻银桥，阿瞒儿戏，一笑成痴绝。肯信群仙高宴处，移下水晶宫阙。云海尘清，山河影满，桂冷吹香雪。何劳玉斧，金瓯千古无缺。"

曾觌（1109—1180），字纯甫，号海野老农，开封（今属河南省）人。宋孝宗淳熙元年（1174）除开府仪同三司，恃恩用事，招权纳贿，声势恣张。这首《壶中天慢》极尽曲意奉承、溜须拍马之能事。左一句"小按霓裳叠。天津桥上，有人偷记新阙"，右一句"肯信群仙高宴处，移下水晶宫阙"。甚至硬把偷安一隅的南宋小朝廷，无耻地喻作"云海尘清，山河影满，桂冷吹香雪"。而且，号准太上皇无意北伐，求和偏安的心脉，末句来个"何劳玉斧，金瓯千古无缺"，把赵构哄得开心不已。"（太）上皇大喜，曰：从来月词不曾用过金瓯事，可谓新奇。"并赏赐曾觌金束带、紫番罗、水晶盘。跟着，孝宗亦赐宝盏。

完颜亮挥剑"待月不至"

面对渡江南逃，割地称臣的南宋朝廷，金主完颜亮却念念不忘投鞭渡江之志。宋代罗大经《鹤林玉露》载，金主亮"尝中秋举杯待月不至，赋《鹊桥仙》云：停杯不举，停歌不发，等候银蟾出海。不知何处片云来，做许大、通天障碍。虬髯捻断，星眸睁裂，唯恨剑锋不快。一挥截断紫云腰，仔细看、嫦娥体态"。

一样是中秋赏月，赵构是苟且偷安、粉饰太平的心态；完颜亮却是杀气腾腾、咄咄逼人的架势。

完颜亮（1122—1161），女真名迪古乃。元代刘祁《归潜志》称，完颜亮"读书有文才，为藩王时，尝书人扇云：大柄若在手，清风满天下"。皇统九年（1149）十二月，杀金熙宗完颜亶，自立为帝。即位后，又杀宗室贵族百余人。正隆六年（1161），悍然撕毁《绍兴和议》，亲率三十二总管之兵，号称百万，南侵攻宋。

当挥师扬州，眺望江左，他踌躇满志地赋诗："提兵百万西湖上，立马吴山第一峰。"结果，牛皮吹破了。当年十一月，他在扬州被其部将耶律元宜等所弑，死后，还被金世宗完颜雍追废为海陵王。

明成祖看中"夺天手段"

有趣的是，明代郎瑛《七修类稿》录有一则中秋佳节，明成祖朱棣开宴赏月的文字。当晚，"月为云掩，召学士解缙赋诗，遂口占《落梅风》一阕。其词云：嫦娥面，今夜圆。下云帘，不著臣见。拼今宵，倚栏不去眠。看谁过广寒宫殿"。朱棣看过词后，十分喜欢，举杯与解缙对饮起来。不料，时过夜半，月复明朗。明成祖不觉大笑地说："子才真可谓夺天手段也。"

解缙（1369—1415），字大绅，吉水（今属江西省）人。早慧有才，年未满二十中进士，选庶吉士，授江西道监察御史。以其年少，令还家进业。明成祖即位，擢翰林侍读，直入文渊阁，参预机务。永乐二年（1404），进翰林学士兼右春坊大学士。

同是中秋赏月，同是云遮月蔽，有人"虬髯捻断，星眸睁裂"，恨不得挥剑逞凶；有人却"拼今宵，倚栏不去眠"，直守得云开月见。明成祖朱棣正是看中并欣赏后者：一种"夺天手段"。

两种迥异的心态，则有不同的结果：完颜亮死于非命，到头来竹篮打水一场空；朱棣审时度势，蛰伏北平，待父皇朱元璋驾崩，伺机起兵"靖难"，夺取天下。

据说，中秋赏月的古老习俗源于西周。当时，在镐京（今陕西省西安市）城西设月坛，中秋夕，帝王穿白衣骑白马登坛祭祀。其实，无论帝王拜月祈求些什么，对于民间百姓来说，中秋赏月的心愿无非"团圆"二字。大抵如此。

古代后妃的国亡诗词

“君莫舞，君不见，玉环飞燕皆尘土”，辛弃疾词所咏佳人，早化尘埃。她们有国色天香，也有悲欢离合。朝代更迭中，历史观和道德观需要她们以死殉夫，节义双全，成为权力角逐场的命运悲歌。

亡国的君王也就罢了，可怜宫中那些花容月貌的后妃，却摆脱不了命运的捉弄。当初被豢养在宫闱禁地，失却人身自由的她们，末了还成为皇权的殉葬品。

当遭遇国亡家破的社会剧变时，从后妃的一些诗词里，可以扪触到她们个人情感的大爆发，或抗争，或怨恚，或忧伤……

春秋时，楚文王十四年（前683），楚国举兵攻破息国（今河南省息县），俘获国君息侯及其夫人息妫。楚文王贬息侯为守门人，却垂涎息妫的貌美，于是，关她在宫中，欲强纳为妾。

汉代刘向《列女传》记述，一天，楚文王离宫出游，息妫伺机溜出来找息侯，表示决不改嫁楚王，并作了一首《大车》（全诗被收入《诗经·王风》），末四句“谷则异室，死则同穴。谓予不信，有如皦日”，其意是生不能居住在一起，死则埋在一起；要是认为我撒谎，有明亮的太阳作证。息妫劝说息侯一起自杀，以死抗争。可发现息侯态度暧昧，她便义无反顾地自杀身死。

五代时，蜀国后主孟昶有位妃子徐氏（一作费氏），称花蕊夫人，青城（今四川省灌县西）人，以才色入选蜀宫。乾德三年（965），宋太祖赵匡胤发兵攻打后蜀，孟昶投降。宋代吴曾《能改斋漫录》载，后蜀灭亡，花蕊夫人随孟昶归宋。途经嘉陵江西岸的葭萌驿（今四川省广元市西南），花蕊夫人心绪悲苦，执笔题壁一词："初离蜀道心将碎，离恨绵绵，春日如年，马上时时闻杜鹃。"不料，才写下二十二个字，被押送的军骑促行，无法写完。后来有无名氏戏续下半阕："三千宫女如花貌，妾最婵娟，此去朝天，只恐君王恩爱偏。"有人评说续篇"不仅虚空架桥，亦且狗尾续貂"。

宋代陈师道《后山诗话》载，赵匡胤听说花蕊夫人才色兼备，即召入宫，令其赋诗。花蕊夫人悲愤地诵其国亡诗："君王城上竖降旗，妾在深宫那得知。十四万人齐解甲，更无一个是男儿。"要知道，当时两军对垒，蜀兵十四万，而宋军仅数万人，却落得个投降亡国。也就难怪花蕊夫人言辞激烈，骂得痛快淋漓了。

不过，花蕊夫人未得善终。当时，皇弟赵匡义（即宋太宗）因宋太祖不听劝谏，被花蕊夫人所迷惑；于是，借一次宫苑狩猎，赵匡义瞥见花蕊夫人随侍在侧，便佯作误射，一箭夺了花蕊夫人性命。这种命运的安排，绝非无名氏的续篇所能奢想。

南宋末年，一位妃嫔的国亡词还惹起了笔墨是非。

德祐二年（1276）二月，谢太皇太后偕宋恭帝赵㬎上表投降元朝。三月，元统帅伯颜将南宋的谢、全两位太后，帝㬎，诸大臣等，俘虏北上。其中，后宫一位王昭仪，名清惠，亦在俘虏之列。据清代徐釚《词苑丛谈》卷六引录，在北上途中，王昭仪题《满江红》词于驿馆墙壁："太液芙蓉，浑不是、旧时颜色，曾记得，春风（一作承恩）雨露，玉楼金阙。名播兰簪妃后里，晕潮莲脸君王侧。忽一朝、鼙鼓揭天来，繁华歇。龙虎散，风云灭，千古恨，凭谁说？对山河百二，泪沾襟血。驿馆夜惊尘土梦，宫车晓碾关山月，愿嫦娥，相顾肯从容，随圆缺。"

王昭仪的国亡词，无非感慨命运乖舛、国家兴亡的骤变，属一个弱女子的无奈无助的悱恻之情。然而，当文天祥丞相看到这首《满江红》，对末句颇有非议，大叹“可惜”，认为“从容圆缺”之语“少商量”，干脆为她代作词二首。其一的词末几句改为“想男儿慷慨，嚼穿龈血。回首昭阳离落日，伤心铜雀迎新月。算妾身，不愿似天家，金瓯缺”。其二的词末几句改为“向南阳阡上，满襟清血。世态便如翻覆雨，妾身原是分明月。笑乐昌，一段好风流，菱花缺”。不难看出，改动之意大呼舍身殉国，女子不让须眉，或者保身自洁，直白黄冠之志。这些堂而皇之的主张，当属男权社会传统之道。据载，后来王昭仪抵上都，向元世祖忽必烈恳请出家，获准当女道士，号冲华。至此，一段笔墨是非也算一清二白了。

在中国，由母系社会进入父系社会后，男权包括皇权、父权、夫权等等至高无上，哪怕是宫中后妃，也无法逃脱束缚。尤其国亡一刻，对女子的生死荣辱无不打上惨烈的历史印记，诗词一类的文字也就成为演变的记录与轨迹。

历史罕见的汉灵帝卖官

"百姓纳粟千石，拜爵一级"，秦始皇开卖官鬻爵之先河，汉灵帝在有限的生命中，将之推到一个小高峰，成为后世"史鉴"，但此后的历朝历代，卖官鬻爵更兴盛、更登峰造极，并形成纳捐制度。

东汉时，灵帝刘宏（157—189），章帝刘炟的玄孙。由于桓帝刘志无子，建宁元年（168），刘宏年仅十一，被迎立为帝。

汉灵帝在位二十二年间，为了满足个人的奢侈生活，先后两次颁布诏令卖官鬻爵，大肆敛财。

光和元年（178），首次在宫苑西园开设邸舍，公开卖官。史载，"自关内侯、虎贲、羽林入钱各有差。私令左右卖公卿，公千万，卿五百万"。

中平四年（187），再次在宫掖鸿都门，公开张榜卖官。史载，"卖关内侯，假金印紫绶，传世，入钱五百万"。

从光和元年（178），至中平六年（189），其卖官鬻爵前后长达十二年，历时之久，规模之大，聚敛之狂，奢侈之极，在中国历史上是罕见的。

从史载来看，汉灵帝卖官颇有“过人之处”——

按秩标价。汉代以俸给的多少表示官职大小，其官等称秩，以所受俸禄谷物的石数为名。于是，汉灵帝卖官按秩标价。西晋乐资《山阳公载记》：“时卖官，二千石二千万，四百石四百万，其以德次应选者半之，或三分之一，于西园立库以贮之。”即二千石官秩，标价二千万钱；四百石官秩，标价四百万钱。

买卖议价。卖官虽有价目，却可以议价。宋代徐天麟《东汉会要》：中平二年（185），“当之官者，皆先至西园谐价，然后得去”。谐价者，即议价，讨价还价，打折、优惠之类。

任前付款。有钱的则先交钱，然后上任。当时，段颖（？—179）、张温（？—191）、樊陵等人，虽有功勳名誉，可是都要先交钱，才能登公位。连被称为冀州名士的崔烈（？—192），中平四年（187），也要先交钱五百万，才被授为司徒，后迁太尉。

任后还钱。有些暂时凑不足款的，可以当官上任后，加倍还钱，大抵算作贷款计息；或者通过宦官、嬖臣疏通酌减。

甚至，尽管有政绩、有才干，没有交钱的，往往连官也当不下去。史称，“其守清者，乞不之官，皆迫遣之。”

当时，宗室刘陶（？—185），济北王刘勃之后，任顺阳长时，平定变乱，安定民生，后以病免。当地百姓流传歌谣：“邑然不乐，思我刘君。何时复来，安此下民。”汉灵帝时，刘陶为京兆尹，到职后，要出“修宫钱”（即买官钱）一千万。由于刘陶清贫，而且也以用钱买官为耻，只好称疾不听政。

司马直（？—185），汉灵帝时，为钜鹿太守。因有清名，买官钱减责三百万。司马直怅然道：“为民父母，而反割剥百姓，以称时求，吾不忍也。”干脆称病辞官，不许。于是他上任行至孟津（今河南省孟津县东北）时，上书极陈当世之失，然后吞药自杀。

还有一位羊续（142—189），汉灵帝中平三年（186）拜南阳太守，平定动乱，劝民耕作，恭勤克俭，以清平著称。中平六年（189），汉灵帝欲任其为太尉。当时官拜太尉，都要交钱一千万，灵帝还派中使督办。羊续单独接待中使时，手拈自己身上那件乱麻为絮的袍子，说："臣之所资，唯斯而已。"灵帝知道后，不悦。于是，羊续因此不能登公位。

这些卖官鬻爵得来的钱财，全部被贮入西园的"小钱柜"，以供汉灵帝奢华挥霍。

光和三年（180），汉灵帝在京城洛阳宣平门外，修建东西罼圭二苑，以及灵昆苑。

中平二年（185），在西园修造黄金堂，用作贮藏堆积如山的金钱缯帛。

中平四年（187），修造玉堂殿。

此外，又在"发迹地"河间买田宅，起第观。

汉灵帝不仅大修宫室，而且变着花样玩乐。光和四年（181），其在后宫修建一排市肆，让宫女做买卖，结果宫女相互盗窃、争斗。灵帝则穿上商人衣服，饮宴为乐。

他还在西园养狗玩乐，头戴进贤冠，身佩绶带。同时，灵帝亲自操辔，驾着四头驴拉的车，驱驰四围。

由于卖官鬻爵，吏治黑暗，聚敛钱财，大修宫室，奢侈挥霍，民不聊生，中平元年（184），爆发全国规模的黄巾起义，用不了多久，东汉王朝也就趋于崩溃。

汉灵帝死于中平六年（189），年仅三十二。

唐代的竞技体育与帝王球星

现代竞技体育，造就了无数叱咤风云、令粉丝倾倒的明星。中国古代的各种竞技体育也不差。在唐代还出现了不少帝王球星，唐玄宗李隆基、唐宣宗李忱、唐僖宗李儇等，均球技超群。

爱好体育运动的古代帝王，当数唐代为众。而且，喜好的体育项目也颇多：击鞠（即马球）、蹴鞠（即足球）、步打球，以及拔河、角觝（即摔跤）、射猎、翘关（举重）、击剑、弄水（即游泳）、围棋等等。

玄宗球场所向披靡，敬宗因球命丧黄泉

唐代，马球比赛设立双球门，分为两边，两队飞马挥杖，对抗激烈。马球不仅作为一种军事训练，亦是一种高级的休闲娱乐，深受当时帝王贵族的喜好和重视。在皇宫内，帝王还修建了专用的马球场，成立了专业的马球队。不少帝王既是球迷拥趸，也是"球星"高手，比如，唐玄宗李隆基、唐宣宗李忱、唐僖宗李儇等人均球技超群。

唐代封演《封氏闻见记》载，唐中宗景龙三年（709），吐蕃赞普派遣大臣尚赞咄名悉腊前来迎接金城公主，唐中宗李显在宫内梨园毬场招呼吐蕃来使观看马球比赛。谁料，这支迎亲队伍带来一支十人马球队，请求与汉人的马球队对决。于是，唐中宗下令皇家马球队、神策军马球队先后迎战，皆输给吐蕃马球队。皇上又下令年仅二十四岁的李隆基（当时还是临淄王）与嗣虢王李邕、驸马杨慎交、武延秀等四人组成贵族马球队，与吐蕃十人马球队较量。球场上，李隆基策马“东西驱突，风回电激，所向无前”。结果，贵族队战胜了对手。吐蕃大臣尚赞咄名悉腊也不得不服输。

为着打马球，唐敬宗李湛还丢了性命。史载，李湛（809—826），十六岁登帝位，“上游戏无度，狎昵群小，善击毬，好手搏，禁军及诸道争献力士”。而且，他在皇宫内苑还用重金招募力士，其中包括“打球供奉”，昼夜不离身边。这位皇上性子狭急，稍不顺意，动辄对力士发配流放，甚至予以籍没；对身边宦者则捶打鞭挞。于是，随侍人员又怨又怕。

宝历二年（826）十二月，唐敬宗李湛一次夜猎还宫，余兴未尽，召宦官刘克明、田务澄、许文瑞等人打马球。末了，又与打球的宦官及打球供奉苏佐明、王嘉宪、石定宽等二十八人饮酒取乐。李湛喝得正酣，入室登厕时，被刘克明、苏佐明等人杀死。死时年仅十七岁。

甚至，帝王还采用打马球来选拔官员。唐僖宗李儇（862—888），十一岁那年即位。也是打马球的高手，曾自夸朝廷如设立打球进士科，他可高中状元。

宋代司马光《资治通鉴》载，广明元年（880）三月，西川节度使一职出缺。一时求官者众，唐僖宗无法抉择，便下令左神策军大将军陈敬瑄、杨师立、牛勖、罗元杲四人打马球赌输赢。球置场中，诸将听令即拍马争抢，以先击球并入球门者为胜，谓得第一筹。结果，陈敬瑄夺得头筹，出任西川节度使。

陈敬瑄，许州（今河南省许昌市）人，少为饼师，宦官田令孜的亲兄。田令孜本姓陈，随义父入内侍省为宦者，改为田姓，时任神策军中尉。缘籍田令孜的关系，陈敬瑄入左神策军，擢为左金吾大将军。

而且，以陈敬瑄等四位左神策军大将为候选人赛球，也是田令孜所奏请。其中的猫腻也就很难说得清了。

宫女大臣拔河比赛，军队千人拔河扬威

打马球由于成本高，豢养专用马匹、修建专用球场、组织专业队伍等等，耗费颇巨，只能在帝王贵族以及军队里盛行，平民百姓难以涉足。而拔河运动则不同，属民间流行的体育项目。

古代拔河称“牵钩”。春秋时期，楚国使用一种一端带钩子的拖绳，作战时拖拉敌方的战车或战船，平时则用此拖绳来训练士兵。拔河运动源起于这种军事训练。开初，拔河使用篾缆，后改为大麻绳。唐代拔河的麻绳长达四五十丈，大绳两边各系有小绳索数百条，供拔河者挂于胸前。当大绳之中，立大旗为界，两队相对，双方分别齐力牵挽，以却者为胜，就者为输。这项运动民间俗传祈求丰年，后传入宫廷。

唐中宗时，一说景龙二年（708）清明日，一说景龙四年（710）二月，中宗李显在宫内分别举行宫女、大臣的拔河比赛。史载，在禁苑的梨园球场，中宗、韦皇后及爱女安乐公主观看宫女们拔河。当朝廷大臣入宫贺节，唐中宗下令文武三品以上分朋拔河，预祝今岁丰收，并当场指定：中书门下省萧至忠、韦巨源、唐休璟三位大臣和五位将军为西队；尚书省七位大臣及两位驸马为东队。中书令萧至忠眼见西队多是六七十岁的老头，而且还少一人，急忙奏请重新分定。安乐公主护夫心切，因为夫婿驸马武延秀在参赛东队，便抢先表态，死活不肯变动。皇上见爱女坚持，也就不许更改。无奈之下，萧至忠只好遵旨比赛。

一声鼓响，参赛双方齐力拉绳。僵持不一会，西队输惨了，可怜六七十岁的唐休璟、韦巨源二人，随着绳子仆倒在地，久久爬不起来。唐中宗、韦后、公主以及宫女们无不大笑起来。

唐玄宗李隆基也喜欢拔河比赛。唐代封演《封氏闻见记》载，在长安京城，唐玄宗举办了一次军队千人拔河赛事。千人聚集，“喧呼动地，蕃客士庶观者，莫不震骇”。当时，李隆基赋诗《观拔河俗戏》（并序）：“俗传此戏必致年丰，故命北军以求岁稔。壮徒恒贾勇，拔

拒抵长河。欲练英雄志，须明胜负多。噪齐山岌嶪，气作水腾波。预期年岁稔，先此乐时和。”描摹了这次千人拔河的盛况。此次动用军队千人拔河名为祈求丰岁，其实，有人已经指出：“名拔河于内，实耀武于外。”这才是千人拔河的真正用心。

体育与军事相关，入宫成帝王娱乐

摔跤，唐代称为“角觝”。可以说，徒手搏斗，历来是训练步兵的一种重要方式。后来，中原传统的手搏与北方民族的摔跤相互交流，这项运动也就增添了不少精彩与热烈。传入宫廷之后，摔跤运动的娱乐表演色彩颇浓，甚至成为唐代宫内设御宴时，必不可少的娱乐表演节目。于是，唐代宫内常备有摔跤力士，专供皇上欣赏。

射猎，尤为唐代帝王酷好的体育运动。史载，自武德二年（619）至武德八年（625），唐高祖李渊便举行了六次大规模的狩猎活动。唐太宗李世民甚至一年举行两次狩猎，或一个月内举行两次。例如，贞观四年（630）十月“辛丑，校猎于贵泉谷。甲辰，校猎于鱼龙川”。又如，贞观十六年（642）十一月，狩猎于岐山（今陕西省岐山县东北）；十二月，狩猎于骊山（今陕西省西安市临潼区东南）。

史载，武则天长安二年（702）开设武举。《大唐六典》称：“武举以七等阅其人：一曰射长垛……二曰骑射……三曰马枪……四曰步射……七曰举重，谓翘关，率以五次上为策。”正式将举重列入武举的考试内容。

所谓“翘关”之法，以一手捉城门关显而举起。城门关即城门的大门闩。春秋时期的大学者孔子，当年其力能翘关。唐代武举考试的“翘关”，门关“长丈七尺，径三寸半，凡十举。后手持关距出处无过一尺”。其举法与孔子翘关一样，双手握木棍一端，后手不得离棍端一尺。此法考验双臂的力量。

不难发现，唐代帝王所喜好的体育运动，皆与军事训练相关。可是，这些运动传入宫廷之后，成为帝王的休闲娱乐了。打马球如是，拔河如是，角觝、射猎、翘关……莫不如是，鲜有例外。

挑战男权社会的唐代公主

史载，唐代的公主尤其多，自高祖李渊，至昭宗李晔，凡十九宗，诸帝公主，计二百一十位。其中有些公主摆脱了寻常女儿态，尽显敢作敢为之风，极大地冲击了当时的男权社会。

史载，唐代自高祖李渊，至昭宗李晔，凡十九宗，诸帝公主二百一十人。其中，有些公主摆脱了寻常女儿态，尽显其敢作敢为之风，极大地冲击了当时的男权社会。

“开国功臣”平阳公主

平阳公主（？—623），唐高祖李渊第三女，嫁与晋州临汾（今属山西省）人柴绍。史载，大业十三年（617）五月，李渊将在太原起兵反隋，派人密召在长安的平阳公主夫妇。公主立即对柴绍说：“君宜速去。我一妇人，临时易可藏隐，当别自为计矣。”

柴绍赶赴太原后，平阳公主回鄠县（今陕西省西安市鄠邑区）庄所，散去家资，招聚徒众数百人，以响应李渊举兵；并收编何潘仁、李仲文等部数千人，夺取鄠县，攻掠盩户（今陕西省周至县）、武功（今陕西省武功县西北武功镇）、始平（今陕西省兴平市）等地。其治军有法，严令兵士不得侵掠，因此，远近前来投奔者众，得兵七万人。

当高祖挥师渡过黄河时，平阳公主亲自领精兵万余人，称为“娘子军”，与其兄李世民军会于渭北，合围京城长安。攻克长安后，其被封为平阳公主，并以独有军功，厚加赏赐。

武德六年（623），平阳公主薨。高祖下诏，其葬礼加鼓吹、大辂、麾幢、班剑四十人，及虎贲甲士。当时有太常奏议，按照礼法，妇人不得用鼓吹。高祖斥道：鼓吹，军乐也。昔日公主举兵以应义旗，亲执金鼓，有克定的大功，并非寻常妇人所能比的，怎能没有鼓吹？于是，破例特许，以表彰平阳公主的殊绩。

恃宠弄权，封官鬻爵

唐代中叶，一代女皇帝武则天，打破了男权独尊的天下。结果，其女太平公主、孙女安乐公主均具有强烈的参政意识，开府设官，临朝专政，干预政事。

太平公主（？—713），唐高宗第三女，武则天皇后所生，唐高宗永隆年间，下嫁薛绍；薛绍死后，改嫁武承嗣；遇承嗣小疾，罢婚，再嫁武攸暨。公主多权略，其母武则天以为类似自己。史载，神龙元年（705）正月，武则天患重病，公主参与宰相张柬之等人诛杀“二张”（张易之、张昌宗）有功，晋封为镇国太平公主。自此，太平公主开府设置官属，并上荐朝士，大多受到重用。

景龙四年（710），唐中宗李显被毒杀身亡，韦皇后临朝称制。太平公主与临淄王李隆基秘密计谋，诛杀韦后，并借机拥立睿宗李旦。由此公主权震天下，加实封至万户。“每入奏事，坐语移日，有言皆听，军国大政，事必参决。”当时宰相有七人，其中五人出其门下。

太平公主一生爱要权略，终因私下联结将相，密谋废太子，事败被赐死。可谓成也权略，败也权略。

安乐公主（684—710），唐中宗幼女，韦皇后所生。武则天长安年间，其下嫁武崇训；武崇训死后，改嫁武延秀。史称，唐中宗复位，安乐公主恃宠娇纵，“光艳动天下，侯王柄臣多出其门”。曾自作诏书，以遮掩前文，请中宗署名，中宗笑着顺从。又请封为皇太女，中宗虽不许，亦不以为罪。

唐中宗神龙年间，太平公主与中宗六位女儿（长宁公主、安乐公主、定安公主、宜城公主、新都公主、金城公主）皆开府设置官属，视同亲王。而以安乐公主开府设官尤滥，甚至公开纳财卖官，私自降墨敕斜封授爵，号为“斜封官”。

独具眼光的和政公主

唐肃宗第三女和政公主，章敬皇后所生，识大体，性敏惠，下嫁河中解（今山西省解州镇）人柳潭。史载，唐玄宗天宝十五年（756），安禄山举兵叛乱攻陷京城，公主夫妇随从唐玄宗逃到四川成都。不料，军人郭千仞率众造反，玄宗登临玄英楼谕降，叛众不听。柳潭带领折冲都尉张义重等人作殊死一战，和政公主授弓给丈夫，以勉励其上阵杀敌。最后，柳潭手斩敌首级五十，击退叛兵。

唐肃宗时，前叛将阿布思（突厥人）的妻子被拘于掖庭当奴仆。有一次御宴，阿布思妻被命穿着绿衣作倡伎。和政公主上前劝谏：阿布思属叛逆之人，其妻不容许接近皇上。可她本人无罪，不可与群倡在一起。于是，肃宗免除其为倡，并安排离开掖庭。

由于连年用兵，国库空虚，和政公主想方设法，以贸易买卖赢得奇利千万，以资军饷。唐代宗初立，公主“屡陈人间利病、国家盛衰事”，为皇上所采纳。广德年间，吐蕃再次入侵，和政公主刚怀孕，却坚持入朝商量守边御敌之计。柳潭坚决不同意，公主却说：“君独无兄乎？”随后，入内殿见皇兄。次日，和政公主“免乳而薨”。

婚姻自主，改嫁者众

宋儒朱熹认为：“唐源流出于夷狄，故闺门失礼之事不以为异。”

所以，唐朝初、中期的公主在婚姻方面也可谓“惊世骇俗”。唐宣宗李忱时，官宦世家子弟于琮，字礼周，河南（今河南省洛阳）人，托当时驸马都尉郑璟的关系，科场登第，并被皇上看中了，招其为驸马，命第二女永福公主下嫁。不料，永福公主不乐意。史称，其在与父皇吃饭时，两人谈不拢，公主怒折匕箸，以示抗婚。宣宗无奈地感慨：“此可为士人妻乎？”末了，只好作罢，改命第四女广德公主下嫁于琮。

在改嫁再醮方面，采取开放态度行事的公主为数不少。据不完全统计，唐代，二婚、三婚的公主有二十七人，几乎占唐代公主人数的八分之一（不计宗室公主）。

计有：高祖第四女高密公主、第五女长广公主、第七女房陵公主、第十八女安定公主，太宗长女襄城公主、第三女南平公主、第四女遂安公主、第十三女晋安公主、第十六女城阳公主、第二十一女新城公主，高宗第三女太平公主，中宗第三女定安公主、第四女长宁公主、第八女安乐公主，睿宗第七女薛国公主、第八女郧国公主，玄宗第六女常山公主、第十三女卫国公主、第十四女真阳公主、第二十女宋国公主、第二十一女齐国公主、第二十二女咸宜公主、第二十四女广宁公主、第二十五女万春公主、第二十八女新平公主，肃宗第二女萧国公主、第七女部国公主。

奇怪的是，自唐代宗以下，诸公主无再婚改嫁的记录。但是，以各种缘由丐为道士的现象增多。这种状况，或许是挑战男权社会的另一种方式，尽管属消极的态度。

这些公主虽然出身皇家贵胄，所处的社会地位也优越，但是，势必受到当时男权社会的道德标准和社会风气的影响。一方面受到南北朝时期的门第婚姻以及王室离婚还本制度的影响，另一方面受到政令影响，囿于连年战乱频仍，人口锐减，为着恢复生产亟需劳动力，唐太宗下诏，允许寡妇改嫁。

诚如著名学者陈寅恪先生指出的：唐代开设科举考试取士，逐渐形成新兴阶级，与当时山东士族阶级相对峙，新旧道德标准和新旧社会风气并存杂用。于是，出现唐代诸多公主挑战男权社会的现象，也就殊非偶然。

文翰篇

室名、别号拉杂谈

与文人的隐逸风尚息息相关，室名、别号产生于魏晋，至明清尤盛。室名、别号所蕴含的意象，往往是文人内心的精神追求，人生的悲苦与喜乐、得意与失意，对自我体认的表达，寥寥数字，跃然纸上。

文化学者刘斯奋，时任中共广东省委宣传部副部长，一次与笔者聊天，谈及中国文人的室名、别号。斯奋兄取“蝠堂”为室名，意指蝙蝠属哺乳动物，却长翼，具有飞翔能力。而斯奋恰属文学、美术两栖，其长篇小说《白门柳》获茅盾文学奖，后曾兼任广东画院院长，既善诗文，亦长于丹青。况且，“蝠”谐音“福”，寓意幸福吉祥。而笔者的室名“无不忘斋”。所谓“无不忘”，取自《庄子·外篇》“刻意第十五”：“若夫不刻意而高，无仁义而修，无功名而治，无江海而闲，不道引而寿，无不忘也，无不有也。淡然无极，而众美从之。”

自古以来，为自己起个室名、别号，往往寄托其诉求、祈想，并且与个人遭际、文化学养有关。或许，可算作中国文化人的一种癖好。

个性张扬，取名狂逸

南宋著名诗人陆游，字务观。史载，宋孝宗淳熙二年（1175），五十岁的陆游在锦官城（今四川省成都市）任参议。一些人诋毁其“不拘礼法”“燕饮颓放”，终被免职。次年，陆游愤感“罪其无辞”，干脆自号“放翁”，并写有七律诗一首：“策策桐飘已半空，啼螿渐觉近房栊。一生不作牛衣泣，万事从渠马耳风。姓名已甘黄纸外，光阴全付绿樽中。门前剖啄谁相觅，贺我今年号放翁。”表示鄙夷流言恶语，并予以迎头痛击。

清代少负才名的诗人、学者袁枚，字子才，当了几任县太爷，却在不惑之年辞官告退。其本是杭州人，辞官后并没有归乡，而是赖在江苏南京的小仓山下不走了，取个室名“小仓山房”；修了园子，叫“随园”，自号“随园老人”。园中挂有一副对联：“此地有崇山峻岭，茂林修竹；是能读三坟五典，八索九丘。”其实，三坟五典之类早属佚书。其著有《随园诗话》，创性灵之说，不满儒家诗教。

清代还有一位学者洪亮吉，字君直，一字稚存，阳湖（今江苏省常州市武进区）人，以进士授翰林编修，提督贵州学政。嘉庆间，其因上书指斥朝政，触怒皇上，被遣戍新疆伊犁。遇赦还籍后，其改号“更生居士”，专事著述。史称，其“于书无所不窥，尤精舆地学”，长于疆域沿革，亦留意音韵训诂之学。其室名也怪，叫“上下三千年纵横二万里之轩”。

要说个性张扬的，当数清代著名书画家、诗人金农，字寿门，号冬心，被奉为“扬州八怪”之首。史载，乾隆初，曾被举荐鸿博，他却不干，宁可当布衣。其一生嗜奇好古，收金石文千卷。诗格高简有奇气，尤工画梅，亦画佛像。自创“漆书”，独绝一时。有趣的是，其一时自署“心出家庵粥饭僧”，寺院中熬粥烧饭的和尚，位居最卑下；一时又自称“百二砚田富翁”，一副清心乐贫，悠然自得的样子。

情系家国，署号明志

宋末诗人、画家郑思肖（原名不详），字忆翁，又字所南。当元兵南下，其忧国忧民，上疏直谏，痛陈抗战之策，被拒不纳。宋亡后，其孤身隐居苏州。明代程敏政辑《宋遗民录》称，其“宋亡乃改名思肖，即思赵。‘忆翁’与‘所南’皆寓意也。坐卧不北向。扁其堂曰‘本穴世界’，以‘本’之‘十’置下文则‘大宋’也”。“本穴世界”属拆字组合，将“本”字之“十”，置于“穴”中，隐寓“大宋”二字，即意味着毋忘宋亡之耻。

说起广东这地方，明末清初的文学家、诗人屈大均可算条血性汉子。其初名绍隆，字翁山，又字介子。当清军攻陷广州，十八岁的屈大均参加义军反清。顺治七年（1650），清军再陷广州，其在番禺海云寺削发为僧，名其所居为“死庵”，以示誓不为清廷所用之意。据载，其“此后隐于山中者十年，游于天下者二十余年”，广交顾炎武、魏耕等民族志士。屈大均取“九歌草堂”为室名。“九歌”，即《楚辞》中战国楚人屈原创作的一部作品的篇名。《九歌》共十一篇，其中，《国殇》一篇悼念和颂扬为楚国战死的战士。屈大均以其为室名，宣泄个人的情感与寄托。

另一位广东梅州人黄遵宪，字公度，清末诗界革命的主将，著名爱国诗人。光绪间，其先后担任驻外参赞、领事十余年，主张对外开放，提倡科学救国，积极投身救亡图存的维新运动。戊戌政变失败后，其被解职归里。乡间居所名为“人境庐”，取意晋代诗人陶渊明诗句：“结庐在人境，而无车马喧。”自号“人境庐主”，并在“人境庐”设学授课，大力倡办新学。

清末女革命家秋瑾，字璇卿，浙江山阴（今绍兴市）人。自小习武、骑马，为人爽健，自号“竞雄”。光绪三十年（1904），其冲破封建家庭的牢笼，东渡日本留学，先后参加三合会、光复会、同盟会。秋瑾别署“鉴湖女侠”，并写下诗句：“拼将十万头颅血，须把乾坤力挽回。”慷慨激昂，洋溢着革命热情。回国后，在绍兴主持大通学堂，联络会党，组织光复军，准备武装举义。不幸被捕后，她壮烈不屈，临死前留下一句“秋风秋雨愁煞人”，令人荡气回肠。

立身致学，名号自扬

明代文学家张溥，字天如。崇祯间，以选贡生入都，已而归里，“集郡中名士相与复古学，名其文社曰‘复社’”。一生著作宏丰，编述三千余卷。其书斋名为“七录斋”（一称“七焚斋”）。史称，“溥幼嗜学。所读书必手抄，抄已，朗诵一过，即焚之，又抄，如是者六七始已。”由于其自认天生愚钝，每读文章边诵边抄边记，如此反复七次，直到背诵如流。是为七录七焚。

清代有一位诗人沈德潜，字确士，号归愚。史载，其出身清寒。乾隆间，他从二十二岁开始参加乡试，屡试屡落第，先后参加科举考试十七次，终于在六十七岁那年中进士，被称为“江南老名士”。其书斋名为“归愚斋”，取自唐代韩愈《秋怀》诗句：“归愚识夷涂，汲古得修绠。”意谓大智若愚，怀赤子之心，方悟彻大道。其晚年辞官归里，著书作述，并任苏州紫阳书院主讲。

清代学者钱大昕，字晓征，乾隆十九年（1754）进士，累官至詹事府少詹事。四十八岁时其居丧归里，引疾不仕。史称，其“始以辞章名”“既乃研精经、史”，治学颇广，博学鸿儒。其书斋名为“十驾斋”，义取《荀子·劝学篇》：“驽马十驾，功在不舍。”谓贵在有恒，不在天资。驽马无长技而有常性，锲而不舍，终亦大成，故曰“十驾”。后世以其著述《十驾斋养新录》与顾炎武的《日知录》并称。

藏品为名，文化有异

还有一些室名、别号，则以其家藏典籍、书画、鼎彝等文化器物来命名。

明代有名的“汲古阁”“目耕楼”，为江苏常熟人毛晋所建，藏书八万四千余册，多宋、元二代善本。而且，其校刻《十三经》《十七史》《津逮秘书》《六十种曲》等古书，流布天下。

明代另一位文人，浙江秀水人冯梦祯（字开之），以进士授翰林编修。万历二十六年（1598），其遭劾而去职，归隐于杭州西湖的孤山之麓。其能诗会文，一生笔耕不辍，并喜好收藏书画作品。其中，以家藏晋代书法家王羲之《快雪时晴帖》最为得意，因名其堂曰“快雪堂”。

清代中后期，广东南海有位富商孔广陶（字少唐），按族谱排序，其为孔子七十代孙。大约遗传先祖的文化基因，其精于鉴藏书画，善刻典籍，藏书处称“三十三万卷书堂”，成为广东近代著名的藏书家和刻书家。

清代，广东番禺有两位潘姓豪门富绅。一名潘正亨，其祖父潘有为官至内阁中书，家藏书画、鼎彝甚富。其以三件家珍作为室名，称“周尗兄簋唐曲江碑宋双砚三长物室”。一名潘仕成，祖上以盐商起家，官至两广盐运使。其不甘示弱，竟将家藏宝贝统统列上，室名为“周敦商彝秦镜汉剑唐琴宋元明书画墨迹长物之楼”。于是，室名的内中文化意韵颇失，倒是商家竞价之势凸显。

此外，最可笑的是清代将领胜保（字克斋），其室名叫“十五入泮宫二十八词林三十为大将之斋”。把个人简历列为室名，自鸣得意的狂态毕现。咸丰间，其率军先后与太平军、捻军交战，屡战屡败，被称为“败保”，最后因“讳败为胜”等罪名被逮。同治二年（1863），其被责令自尽。看来，该把“讳败为胜”“责令自尽”续上其室名，才算得上完整。

纵观中国的历史长河，大的姑且不说，小如室名、别号，从中可管窥文化人（或类文化人）的众生相，也可以品味一点文化。

古代书画家喜用的毛笔颖

中国曾经出土相当多的毛笔实物，其中湖北擂鼓墩曾侯乙墓出土的春秋时期毛笔，是目前发现的最早的毛笔实物。但据郭沫若和考古学家董作宾的考证，我国在商代就开始使用精良的毛笔了。

相传，我国的毛笔始于两千多年前，由战国后期著名秦将蒙恬所造，至今广泛流传“蒙恬造笔”的说法。毛笔成为中国人传统的书写工具。

自古至今，毛笔的品种繁多。素有“毛颖之技甲天下”盛誉的湖笔，品种就有二百多种。仅以毛笔笔头而言，笔头的用料不同，其锋颖柔韧的弹性有异，也就丰富了书家的风格、个性的展现。

兔毫笔与羊毫笔

1954年，在湖南省长沙市左家公山的战国墓，出土了一套写字工具，其中有一支用上好的兔箭毛制成的毛笔。三国曹魏时，曹植《乐府》诗曰：“墨出青松烟，笔出狡兔翰。”“翰”，即长而硬的毛。晋代王羲之《笔经》认为，“汉时诸郡献兔毫，出鸿都，惟有赵国毫中用”。赵国平原广泽，草细兔肥，“肥则毫长而锐，此良笔也”。

用兔毛制成的笔，称之为“紫毫笔”。唐宋著名文人、书家多喜用。唐代著名诗人李白《草书歌行》中有诗句：“墨池飞出北溟鱼，笔锋杀尽中山兔。”中山，一名独山，位于唐代宣州（治所今安徽省宣城市宣州区）。著名诗人白居易为此写下《紫毫笔》一诗，其中诗句：“江南石上有老兔，吃竹饮泉生紫毫。宣城之人采为笔，千万毛中拣一毫。”

到了元、明、清三代，羊毫笔大行于世。个中缘由，宋代庄绰《鸡肋编》称，“江浙无兔，系笔多用羊毛，惟明、信州为佳。”清代胡朴安《朴学斋丛刊·笔志》亦认为：“惟羊毫为今通行之品。其始因岭南无兔，多以青羊毫为笔。嗣以圆转如意，于今不绝。”由于当地无兔，只好以羊毫代之，不料，竟大受欢迎。

宋代著名文人、书家黄庭坚（字鲁直），世称“黄山谷”，善用软毫，笔软而力健，有“化我霜毫作鹏翼”的笔致，有人誉其开后代用羊毫之门。由于羊毫柔软，特别长锋羊毫颇难驾驭，使用起来颇见功力。

清初，王澍用羊毫笔写篆书，往往扎起笔头，可是所写的字纤弱无力。甚至个别书法家干脆弃毛笔而改用薄绸小卷来写篆书，结果大失艺术韵味，笔画形同火柴枝。而清代著名书法家邓石如（后更字顽伯，号完白山人），以长锋羊毫作篆，信奉“唯软笔则奇怪生焉”，充分发挥羊毫笔的特性，重视书写的艺术性，自成一套不同于前人的笔法。其写出玉筋笔画，圆润苍厚，功力过人，与众不同。

以其他动物的毛制成硬毫笔

以毛笔笔头的材质来区别，则有动物的毛、植物的纤维或枝叶，以及人体的毛发。就以动物的毛所制笔来说，除兔毫、羊毫外，还有鹿毛笔、狼毫笔、鼠须笔、猩猩毛笔、鸡毛笔等。唐代之前的书法家一般喜用硬毫笔。

鹿毛笔，即以鹿的细毛所制笔。五代马缟《中华古今注》：“蒙恬始作秦笔耳。以柘木为笔，鹿毛为柱，羊毛为被，所谓苍老，非兔毫竹管也。”西晋张华《博物志》则认为，蒙恬造笔“以狐狸毛为心，兔毛为副，心柱遒劲，锋芒调利，故难乏而易使”。一作鹿毛为柱，一以狐狸毛为心，说法各异。不过，真正使用鹿毛笔的，应是西晋书法家张华（字茂先）。唐代段公路《北户录》：“鹿毛笔，晋张华尝用之，不下兔毫。”

狼毫笔，以鼬（俗称黄鼠狼）尾毫所制，又称狼尾笔。1972年在甘肃省武威市磨咀子49号东汉墓，出土了一支毛笔。笔杆、颖完整，笔尖外复黄褐色的狼毫，笔芯根部还残留墨迹。据考证，此为东汉的狼毫笔。由于狼毫笔劲健有力，宜书宜画，受到不少书画家青睐。

五代时期画家胡瓌，契丹族，定居范阳（今河北省涿州市）。北宋《宣和画谱》称其“工画番马”，凡画骆驼及马等，“必以狼毫制笔疏染，取其生意，亦善体物者也”。

所谓鼠须笔，一说以鼠须制笔，一说以栗鼠尾毫制笔。南朝宋刘义庆《世说新语》称，王羲之“得用笔法于白云先生，先生遗之鼠须笔”，又说“钟繇、张芝皆用鼠须笔”。晋代王羲之（字逸少），别号“王右军”，以工书法称著于世，初从卫夫人（铄），后改习众家，草书学张芝，正书学钟繇，博采众长，世称“书圣”。不仅王羲之喜用鼠须笔，而且东汉著名书家张芝（字伯英）、三国曹魏著名书家钟繇（字元常）亦用鼠须笔。

清代吴景旭《历代诗话》认为，晋穆帝永和九年（353）三月三日，王羲之与谢安、孙统等41位朋友，宴聚山阴（今浙江省绍兴市）兰亭，席间各赋诗一首，合为一集，请王羲之为诗集作序。当时，王羲之酒酣耳热，手执鼠须笔，疾书而成。结果，这帖《兰亭序》遒媚劲健，绝代无双，成为传世佳作。

猩猩毛笔，以猩猩毛制笔。宋代颇为盛行。史载，宋神宗时，钱勰（字穆父）奉使吊高丽，“凡馈饩非故所有者皆弗纳”，廉洁自律，拒绝私纳礼品。回国后，被擢为中书舍人。可是，钱勰却带回了猩猩毛笔。其颇为自赏，赋诗《咏猩猩毛笔》以纪，并分送给著名书法家黄庭坚，于是，黄庭坚亦写下《和答钱穆父咏猩猩毛笔》之作。此外，宋代文豪陆游（字务观，号放翁）在晚年写下《自书诗》时，说明“用郭端卿所赠猩猩毛笔，时年八十矣”。作品今存世。

说起鸡毛笔，晋代王羲之《笔经》载：“岭外少兔，以鸡毛作笔，亦妙。”宋代黄庭坚（字鲁直），就是一位擅长用鸡毛笔的高手。其善书法，尤长于文章，世称“苏门四学士”之一。苏轼重之，与苏轼并称为“苏黄”。宋徽宗时，黄庭坚第二次遭贬，在荆州，特别是宜州（治所今广西壮族自治区河池市宜州区）生活拮据，在《跋李资深书卷》中述示：“余谪宜州半载，官司谓不当居关城内，乃抱被入宿子城南……用三文买鸡毛笔书此。”

黄庭坚用鸡毛笔写下不少佳作。宋徽宗建中靖国元年（1101）至崇宁四年（1105）间，恰恰是黄庭坚的书法臻于精熟，达到个人的艺术极顶。

以植物的纤维或枝叶制笔

宋代陈櫄《负暄野录》载：“吴俗近日却有用竹丝者，往往以法揉制，使就挥染。”指的就是竹丝笔，属用植物纤维所制笔。或谓苕枝，冒称竹丝。其实，晋代书家已使用竹丝笔书写。宋代米芾《书史》称：“晋右将军、会稽内史王羲之行书帖真迹……是竹丝干笔所书。”

明代著名学者、书法家陈献章（1428—1500），字公甫，号山居，广东新会人，所居村名“白沙”，世称“白沙先生”。喜用茅笔。明末屈大均《广东新语》载，其“所居圭峰，其茅多生石上，色白而劲，以茅心束缚为笔。作字多朴野之致。白沙尝称为茅君，有诗云：‘茅君稍用事，入手称神工。’”其字亦称为“茅龙体”。

至于南朝齐、梁时道士陶弘景（字通明），人称“山中宰相”。史称，其“幼有异操”，四五岁乃好书，“恒以荻为笔，画灰中学书”。以荻为笔，仅是道教学者陶弘景少时的学习工具罢了。

此外，胎毛制笔是始于唐代的一种地方风俗，唐代诗僧齐己写有《送胎发笔寄仁公诗》。用人体胎发制笔，大抵是纪念意义大于实用性。

明代文学家、戏剧家屠隆《考槃余事》认为，“笔之所贵者在毫”。此言自有其道理。凡书法家使用一管毛笔得心应手、挥洒自如，实则其充分发挥笔颖用材的特性。不论属毫毛，抑或纤维，只要彰显书家各自的特色与个性，给作品增添了艺术魅力，无疑当视为一支上好的毛笔。

人磨墨与“墨磨人”

唐宋以降，文人对墨一往情深，甚至嗜墨如命，至明清不衰。许多赫赫有名的文人都沉湎其中、不能自拔，乃至生死以之。为满足一己嗜癖，非但没成为墨的主人，反而沦为墨的奴仆，那就非常可笑了。

迄今所见，我国最早的书写用墨，首推湖北云梦睡虎地4号秦墓（1975年出土）的墨块，圆柱状，直径2.1厘米，残高1.2厘米，墨色纯黑。

汉代，隃麋县（治所今陕西省千阳县东）以产墨著称，后世因以之为墨的代称。史载，隃麋墨被汉朝廷列为办公用品。当时负责章奏文书、后总揽政务的尚书台，其官署的令、仆、丞、郎等官员每月可领取隃麋大墨一丸、小墨二丸。

南北朝贾思勰《齐民要术》录有三国魏人韦诞的合墨之法，制作工艺颇精。此后，历代制墨名家迭出：晋代张全、刘宋朝张永、唐代李廷珪、宋代潘谷、元代朱万初、明代方于鲁和程君房等。其中，以李廷珪尤享盛名。

“廷珪墨”独饮盛誉

李廷珪，三代均为唐代制墨名家，祖籍易县（今属河北省），原姓奚。祖父奚鼐，所制墨有光气，有“奚鼐墨”及“庚申”印文。唐末，廷珪与其父奚超自易水渡江，迁居歙州（治所今安徽省歙县）。以其地多松，因留居，以松烟作墨。父子所制墨“其坚如玉，其文如犀，写逾数十幅，不耗一二分也”，甚至“浸水中三年不坏”。南唐后主李煜对其大为赏识，因赐李姓。

据宋代庄绰《鸡肋编》载，北宋人吴幵，字正仲，滁州（治所今安徽省滁县）人，累官至翰林承旨。曾书写《华严经》一部，“半用廷珪（墨），才研一寸。其下四秩，用承宴墨，遂至二寸，则胶法可知矣”。由此吴幵断言唐代以来诸李所制墨，“无出廷珪之右”。

宋代胡仔《苕溪渔隐丛话》记有一则趣事：北宋学者陈师道（号“后山居士”）称，曾在“苏门四学士”之一的秦观家里见到“廷珪墨”，据说是宋神宗赵顼所赐，原属王平甫家收藏。经宋代制墨名家潘谷亲自鉴别后，潘当即再三跪拜，敬慕不已。于是，陈师道禁不住谐趣地赋诗一首：“潘翁拜跪摩老眼，一生再见三叹息。了知至鉴无遁形，王家旧物秦家得。”

令人诧异的是，“廷珪墨”还有药用功效。《鸡肋编》引录王彦若《墨说》：宋初，赵韩王赵普（922—992），幽州蓟县（今北京市西南）人，被宋太祖赵匡胤视为左右手，“事无大小，悉知决焉”。一次，赵普“从太祖至洛，行故宫，见架间一箧，取视之，皆李氏父子所制墨也。因尽以赐王”。由于属御赐珍物，满箧李超、李廷珪父子所制墨，被赵普藏存王府。后来，赵普的儿媳临产大出血，命危。医家求用古墨为药，才匆忙从箧中取出李氏父子制墨一枚，“投烈火中，研末酒服即愈”。见到“廷珪墨”功效神奇，赵府“诸子欲各备产乳之用，乃尽取墨煅而分之。自是李氏墨世益少得云”。其藏墨不供书写，只求药用，惹得作者庄绰有诗句叹喟：“只愁公子从医说，火煅生分不直钱。”

北宋兴嗜墨、藏墨之风

汉字书写和水墨国画的艺术创作发展，促使制墨工艺不断改进，渐渐墨自身不仅具有实用价值，而且具有收藏价值。北宋年间，兴起嗜墨、藏墨之风。

既是仁宗、英宗、神宗、哲宗四朝元老，也是文人学者的温国公司马光独嗜藏墨。明代郑瑄《昨非庵日纂》：“司马温公无所嗜好，独蓄墨数百斤。”当时有人不解，未免闲言碎语忖度起来。司马光听到后，只说了一句：“吾欲子孙知吾所用此物何为也。”为了让子孙后代知晓祖上用墨书写文章，著述等身而已。

大文豪、书法家苏轼也是藏墨大家，自称“吾有佳墨七十丸，而犹求取不已，不近愚耶”。宋神宗元丰元年（1078），苏轼四十三岁，时任徐州太守。其僚属徐州教授舒焕（字尧文），经常与苏酬唱交往。当其参观了苏轼多年的藏墨时，不禁惊叹收藏之丰，而且尽属精品，于是写诗致意。苏轼和诗《次韵答舒教授观余所藏墨》，其中有诗句：“此墨足支三十年，但恐风霜侵发齿。非人磨墨墨磨人，瓶应未罄罍先耻。”诗人的一番感慨，殊觉情至意切，发人深省。

苏轼有一位四川老乡石扬休，字昌言，少孤力学，举进士。宋仁宗赵祯时，官至刑部员外郎，知制诰。其也有藏墨之好，且视所藏“廷珪墨”为心头宝贝，绝不许人磨用。苏轼《书石昌言爱墨》指出：“石昌言蓄廷珪墨，不许人磨。或戏之云：‘子不磨墨，墨当磨人。’今昌言墓木拱矣，而墨故恙，可以为好事者之戒。”

此外，苏轼还有一位好友李常，字公择，南康建昌（今江西省永修县）人，举进士。其虽属儒雅出身，却颇有戾气。宋神宗熙宁间，其任齐州（治所今山东省济南市）太守，上任半年，大开杀戒，砍掉群盗三百余颗头颅，“境内遂清”。偏偏其嗜墨成癖，采用的亦是非常手段，见墨就抢，夺为己有。朋辈好友无不被其搜了个遍，丝毫不讲斯文做派。

难怪苏轼在《书李公择墨蔽》中说：“李公择见墨辄夺，相知间抄取殆遍。近有人从梁、许来，云‘悬墨满室’。此亦通人之一蔽也。余尝有诗云：'非人磨墨墨磨人。'此语殆可凄然云。"一种朋辈间无奈的惋惜。

宋徽宗赵佶贵为九五之尊，却能书善画。其书法世称"瘦金体"；工花鸟画，生动逼真。赵佶的嗜墨，除用墨进行书画的艺术创作之外，还喜好亲自制墨，别出心裁地以苏合油调和松烟为墨。

明代沈德符《万历野获编》载："宋徽宗以苏合油溲烟为墨，后金章宗购之，黄金一斤才得一两，可谓好事极矣。"金章宗，即完颜璟，女真族完颜部人，金国的一位皇帝，大定二十九年（1189）即帝位。其一边喜好汉文化，一边与宋朝交兵，善书法，能诗歌。看来，大凡擅书画者，必属嗜墨之徒。当然，还得当上皇帝，才能如此大手笔买卖一两墨。

当时，不仅皇上制墨，甚至连太监也来凑热闹了。在《万历野获编》中，记有明神宗朱翊钧的宦官孙隆，万历中，出任苏杭织造太监，并监管税务。激起当地民变者正是此人。他自恃内宦权势，竟在江南玩起了制墨。所谓有钱就任性，根本不计成本，务求制作精良，其"清谨堂"制墨成为一种特殊的工艺品。于是，"造墨馈遗"盛行一时。撰者沈德符认为："竞造墨馈遗，为朱提紫磨伴侣，贵人轻之，滕置高阁，间以给佐掾舆台急用，文房雅道，扫地尽矣。"

如此一来，在达官贵人之间，书写用墨失去其实用价值；尤其制作精良的佳墨，凸显其收藏价值。可怜的是那些连收藏价值也无法体现，被束之高阁的墨，偶然应差役小吏书写急用。

新安制墨名家之争

新安一地，即歙州、徽州一带的人，"例工制墨"。明神宗万历间，以制墨名家方于鲁、程君房二人为著。

方于鲁，初名大激，后以字行，改字建元，歙州人。其制墨初取程君房之法，而自有创新。其法取烟不以豨膏而用桐液，和墨不以漆而用广胶，解胶不以楷皮而用灵草汁。名重万历间。

方氏刻有《墨谱》一书，穷极工巧。其认为："试墨如试金，当略其色泽，求其神气。其法用紫石研，注水涓滴同磨，多少同，磨之一缕如线，而鉴其光。紫为上，黑光次之，青又次之，白为下，黯沕无光，或有云霞气，又下之下也。”这段话被视为“相墨金针”。

程君房，歙州人，善制墨，与方于鲁以名相倾轧。亦刻有《墨苑》一书，绘制精工，与方氏《墨谱》斗奇角异。明代沈德符认为此书“似又胜方”。而清代陆以湉《冷庐杂识》评述以上二书，却“当以《墨谱》为胜”。

其时，方于鲁与同乡汪道昆联结姻亲。汪道昆，字伯玉，因与名将戚继光募兵，击破倭寇，被擢升为司马郎，后官至兵部侍郎。方氏倚借亲家的官场威势，奖饰稍过，其制墨声誉日上，名振宇内。

程君房亦不甘人后，曾寻托朝廷内臣，以所制墨进奉明神宗宋翊钧。于是，声名鹊起，几乎超越方于鲁。方不满程所为，心中嫉恨，由此两人“贸首深仇”，斗个你死我活。

末了，程君房落了个“不得好死”的惨况，据说，与其同乡、同行方于鲁脱不了干系。

本来，制墨名家之争，当以真本事分高下，耻于使用邋遢阴损的招数，何况闹出个人命来，实为“墨磨人”之累。沈德符在《万历野获编》中，直斥为“真墨妖亦墨兵矣”。

姑且从墨而论，嗜墨也罢，藏墨也罢，抢墨也罢，制墨也罢，无非图个好墨，属个人所欲。倘若涉及一己之利，也就暴露“墨磨人”的物化现象。如是，不妨将“人磨墨”与“墨磨人”看作箅子，总能分离出个异样来。

那些以人体写字作画的名人

现代艺术各种各样的绘画形式层出不穷，用身体不同部位绘画者大有人在。但前人也并没有囿于笔杆，张旭的头发狂草、司马光的指书、顺治帝的螺纹画、高其佩的指画、齐白石的坐画，都令人赞叹。

书画家除了使用手中的笔之外，还有以人体的头发、手指、屁股等来施展技巧，写字作画。

唐代草圣张旭（675—约750），字伯高，一字季明，吴县（今江苏省苏州市）人，善草书，性好酒。每嗜酒大醉，呼叫狂走，或以头发蘸墨书写，洒脱自在。待酒醒后观看作品，以为神奇，不可复得。世称张颠。

唐代杜甫《饮中八仙歌》的诗句："张旭三杯草圣传，脱帽露顶王公前，挥毫落纸如云烟。"又有《殿中杨监见示张旭草书图》诗："呜呼东吴精，逸气感清识。"宋代吴曾《能改斋漫录》认为，杜诗未言其详，"惟李颀有诗赠之，其言'皓首穷草隶，时称太湖精'，则足以见杜所谓东吴精之意。其言'露顶据胡床，长叫三五声'，则足以见所谓脱帽露顶之意"。

张旭以头发蘸墨，直书狂草，笔势连绵回

绕，字形变化繁多，放纵夸张，飞腾奔宕。对于这种近乎癫狂的创作状态，唐代大文豪韩愈赞不绝口："喜怒、窘穷、忧悲、愉佚、怨恨、思慕、酣醉、无聊、不平，有动于心，必于草书焉发之。观于物，见山水崖谷，鸟兽虫鱼，草木之花实，日月列星，风雨水火，雷霆霹雳，歌舞战斗，天地事物之变，可喜可愕，一寓于书。故旭之书，变动犹鬼神，不可端倪，以此终其身而名后世。"（《送高闲上人序》）

还有以手指染墨而书，称为指书。宋代马永卿《懒真子》载："温公私第在县宇之西北数十里……诸处榜额皆公染指书，其法以第二指尖抵第一指头，指头上节微屈，染墨书之。"温公，即司马光（1019—1086）。北宋时期政治家、史学家，陕州夏县涑水（今属山西省）人，仁宗宝元初年（1038）进士，经英宗、神宗、哲宗四朝，追赠温国公。至于那些匾额都是司马光的指书，怕是官名大于艺术的缘故。

既有指书，则有指画。所谓指画，以指头蘸墨作画。

清代王士祯《池北偶谈》录有"御画牛"条。清康熙七年（1668），戊申新正五日，在慈仁寺僧舍，其亲睹世祖皇帝画的渡水牛图。清世祖，即顺治帝爱新觉罗·福临（1638—1661），太宗皇太极第九子，六岁登基，擅书画，画有钟馗像，现藏故宫博物院。

令人称奇的是其画的渡水牛，"用指上螺纹印成之，意态生动，笔墨烘染所不能到"。不管是第几指头的螺纹，所印成的御画，终归也算作指画一类。

至于首创指画的孰谁，有歧异。不过，大多认为是清初画家高其佩（1672—1734）。高其佩字韦之，号且园，又号南村。原籍辽宁省铁岭县人，生在江南，长在江南，八岁起学画。

据说，高其佩在梦中获授技法，于是，开创了画坛独特的指画一派。其重孙高秉《指头画说》称，高其佩"梦一老人，引至土室，四壁皆画，理法无不具备，而室中空空，不能摹仿，唯水一盂，爰以指蘸而习之，觉而大喜。奈得于心而不能应之于笔，辄复闷闷。偶忆土室中用水之法，因以指蘸墨，仿其大略，尽得其神，信手拈来，头头是道，职此遂废笔焉"。

遑论梦说的可信度，仅凭高其佩积十余年作画的摸索，自创指画却是毋庸置疑的。

高其佩作指画，不单用指头，而是充分运用手的各个部位：指甲、指头、手掌、手背等。其画作有山水、花鸟、人物……弟子有甘士调、赵成穆、李世卓，以及刘谌园、马芳等知名者百余人，当时颇有影响。

还有，更奇特的是以屁股作画。

据画家张子继说，1936年间，他在北京跟齐白石学画。当时，齐白石画虾、荷花很出名，一张画可卖两块银圆。跟齐先生学画的不少孩子，却生活困难。

为了帮补孩子们，齐先生想了一个办法：把磨好的墨倒在一只大脸盆里，叫两个胖孩子脱去裤子，光屁股在大脸盆里蘸上墨，然后，让他俩在裁好的宣纸上坐。坐一下，纸上即印有两个墨团。一下子，两学生坐了一二十张。齐白石提笔，在印有墨团的纸上，迅速画上几枝斜茎，勾勒两朵含苞的荷花；再在墨团上勾出几条荷叶筋络，题上两句诗词，盖上印章，一幅荷花图便画成了。他让学生拿去出售，很快被抢购一空。学生们把这些荷花图称为“坐画”。

由于种种原因，在艺术上求新逐异，本也无可厚非。至于孰美孰丑，却属见仁见智。幸好还有历史的评说。

古代机器人的遭际

机器人似乎只是现代文明的产物，是随着社会生产力的不断进步而产生的。但人类对机器人的追求与幻想，约有三千年的历史。典籍记载，早在西周时期，聪明的中国人就已经发明出古代机器人。

二千九百多年前，西周时期，中国用木头、皮革、胶、漆等材料制造出机器人。到了清代，以金属为材料的机器人也亮相了，并且丝毫不逊于西方发达国家。不过，如同古代诸多科学技术一样，一经发明，其遭际往往令人扼腕太息。

偃师与“倡者”险被废

《列子·汤问》载，周穆王西巡时，路遇一位奇工巧匠偃师。周穆王接见了偃师，并询其同来的是何人。偃师“对曰：‘臣之所造能倡者。’”“倡者”，歌舞伎。周穆王惊异地看见，“倡者”急步缓行，俯身抬头，跟真人一模一样。奇巧的是，“锁其颐，则歌合律，捧其手，则舞应节，千变万化，惟意所适”。一摇头，则唱歌合音律；一抬手，则跳舞应节拍。动作、表情生动丰富，逼真适意。

周穆王认为是“真人秀”，带着盛装的姬妾、侍随一起观看表演。临结束时，“倡者”竟用眼睛挑逗穆王左右的侍妾。周穆王勃然大怒，当即要把“倡者”与偃师斩首。偃师惊恐失色，立马把“倡者”一一拆散给王上看，原来是用胶粘合皮革、木头，涂抹各种颜料制成。周穆王仔细查看：内里的五脏六腑，外部的骨骼、皮毛、齿发全都是假的，可无不俱全。于是，下令重新装好如初，“王试废其心，则口不能言；废其肝，则目不能视；废其肾，则足不能步”。这回明白是个机器人，可是其内部结构与功能几乎和真人无异。渐渐，周穆王开始面露喜色，而且叹道：“人之巧乃可与造化者同功乎？”并下令用副车装上机器人，运回去。

或许，有人疑周穆王半属“神话人物”，而《列子》又被指称“寓言故事”。然而，不得不承认，王权社会里帝王的禁脔绝不容冒犯，哪怕是无血无肉的机器人。这却是毋庸置疑的。

“水饰”与炀皇帝的游艺

“水饰”，指游船上装备用水力机器操纵的各色木偶，或装有此类器具的游艺船。史载，隋炀帝杨广于大业十二年（616）三月，“与群臣饮于西苑水上，命学士杜宝撰《水饰图经》，采古水事七十二，使朝散大夫（一作散骑侍郎）黄衮以木为之，间以妓航、酒船。人物自动如生，钟磬筝瑟，能成音曲”。

史称，陈文帝蒨的宫殿有“供帐水饰”，曾被征北大将军侯安都倚势借用。开皇八年（588）冬，杨广任行军元帅统兵五十一万伐陈。次年灭陈后，“供帐水饰”是否落于杨广手中？隋炀帝的水饰与此水饰是否一回事？或者在前基础上研发呢？可惜尚未在史籍中见相关文字。

而这只奉隋炀帝杨广之命，由杜宝绘图撰文，黄衮率人建造的水饰，属以木制成的大型游艺船，极尽奇思巧工。据北宋李昉等编《太平广记》所引《大业拾遗》述，该水饰上以木刻有神龟负八卦出河、太鲈鱼衔箓出水、凤鸟降于洛上，以及古帝王尧舜坐舟于河、大禹治水、秦皇入海、汉高祖在芒砀山，还有屈原投汨罗江等“七十二势”。“木人长二尺许，衣以绮罗，装以金碧。及作杂禽兽鱼鸟，皆能运动如生，随曲水而行。”

水饰上相间装置有十二个木“航伎”。“木人奏音声，击磬撞钟，弹筝鼓瑟，皆得成曲。”而且，还会“百戏”，“跳剑、舞轮、升竿、掷绳，皆如生无异”。这些木人雕装奇妙，周旋于曲水池，“同以水机使之，奇幻之异，出于意表”。

水饰上还备有八尺长的小船七艘，每船站有五个二尺许的木人：一个端着酒杯站立船头，一个捧着酒钵，一个在船尾撑篙，二个在船中央划桨。酒船沿曲水缓行。岸边回曲的地方，坐有王公大臣，“酒船每到坐客之处即停住，擎酒木人于船头伸手，遇酒客取酒，饮讫还杯，木人受杯，回身向酒钵之人取杓，斟酒满杯，船依式自行”，周而复始。

这只水饰装置的木头机器人可谓精巧绝伦，创意十足。难怪该书对水饰制作者黄衮的巧性赞赏有加，推崇为“今古罕俦”。令人惋惜的是，一千四百多年前已经设计和制作如此精巧的机器人，竟全然为着隋炀帝个人的游玩享乐私欲，仅此而已。

可能是纵乐生悲，水饰制成刚满二年，大业十四年（618）三月，隋炀帝惨死于江都之变。

万寿小匣与制作者

清高宗乾隆五十六年（1791），乾隆帝弘历八十大寿，各省纷纷筹备进奉万寿之物。当时，福康安（富察氏，满洲镶黄旗。谥文襄）任两广总督，皇宠优渥，气势熏灼，当然不会放过邀宠谄媚的机遇。他到底进奉什么呢？清代李岳瑞《春冰室野乘》详述：“其进奉之物，系小楠木匣一枚。”

这只小楠木匣内有乾坤。一打开，“则一小屋，屋内中置屏风，屏风前一几，几上列笔床砚匣数事”。桌几上隐藏有机关，一扭动机关，“则一西洋少女，高可尺许，自屏右出，徐徐拂几上尘，注水于砚，出墨磨之”。墨磨好了，西洋少女又从架上取一幅朱红色的纸，铺在桌儿。立即有一个长有卷曲胡须的汉子，从屏风左边出来，直接走近桌儿，拿毛笔书写“万寿无疆”四字。“书成，掷笔，仍返入屏后。女乃从容收去笔砚，仍置原处”，才关闭屋内的门窗而去。

无疑，匣中的西洋少女、虬髯汉子，都是金属结构的机器人。“闻制此者，为院房一吏”，制作者是总督衙门属下的小吏，姓名不入史籍。

木匣做好后，福康安检看了演示，迟疑一会儿，说：“四字如能作‘满汉合璧’，则更佳矣。”小吏双膝跪地答道：“可容归而思之。”制作者回家后，即高卧在床，至夜晚才起来。“起辄以布一匹，紧缠其首，升屋瓦上，坐达旦。”三天三夜都是这样子，苦思冥想，终于兴奋地说：“得之矣。”他稍微增加了几个重要的零部件，“于是所书者，居然成满汉文矣”。福康安大喜，重赏制作者。“然其人脑力业已用尽，自此遂不能复记忆一事，平时巧思，皆乌有矣。”以现代医学来看，制作者应当患有心脑血管疾病，经此激变，猝然中风，并落下失忆、痴呆等后遗症。

很明显，小木匣中的机器人的制作受到当时西方进口的自鸣钟、音乐盒一类的影响。而且，乾隆二十四年（1759）之后，广州十三行成为清政府闭关政策下唯一幸存的对外贸易场所。十三行的行栈、作坊成为中外能工巧匠荟萃之地，连京城养心殿造办处自鸣钟处，也是以西洋人和广州匠为主要技术骨干。因此，制成小楠木匣中的机器人，也就不足为怪。作者李岳瑞不禁惊叹：“孰谓吾国人机巧逊晰种哉？”事实说明，中国黄色人种的机巧，绝不比西方白种人差。

据说，福康安上京给乾隆帝祝寿，先期进呈小楠木匣，宫内太监索取重贿，被福康安拒绝。太监立即板起脸孔，说：“机巧之物，非有知识，且为器愈精，则愈易破损。设书至无字，而机关忽滞，戛然中止，孰则执其咎者？”说得够吓人的：机巧之物，越精密越易破损。假若书写不见字，机关忽然失灵，半途而止，到底算谁的账？一番话堵得福康安难以应对。于是，小木匣竟然被摒弃，不得进奉皇上万寿。作者李岳瑞认为，此则属传闻之误。因为福康安深受乾隆帝殊宠，“内监决不敢勒索重贿，即有要求，以文襄（按，即福康安）之豪侈，亦决不吝此戋戋也”。“戋戋”，少、细微之意。按说福康安生活极为奢靡，所谓“重贿”对其而言，简直是小菜一碟，决不会吝啬。李岳瑞的分析颇为占理。

那么，小楠木匣究竟进奉了吗？这件事仿佛石子抛进海里，没个响声。其实，即便小木匣进奉入宫，可是，在各地大员搜奇斗巧的众多进奉之物中，大抵是没夺得头彩，也就是被湮没了。可怜呕心沥血的制作者——那位默默无名的小吏！

古代机器人的遭际大多蹇舛，而其制作者往往也掌控不了个人的命途，委实是一种无奈的悲哀。幸好，在中国这片热土上，人们刻苦耐劳，善学好思，奋发自强，能人辈出。自古以来，我们从不乏能工巧匠，从不乏创新精神，厉害了。

古人的饮食嗜好种种

每个人舌尖上的味觉有别，历史上，姬昌爱酸菖蒲，曾点爱羊枣，吴王僚爱叉烧鱼，屈到嗜菱角，齐王嗜鸡脚掌，吕不韦嗜燕子屁股，而权长孺嗜食人爪、刘邕嗜食疮痂，实在让人诧为怪事。

自古以来，“民以食为天”，中国是饮食大国。一经形成文化，饮食就不仅仅是果腹充饥了。所谓“五味令人口爽”（老子语），强烈满足私欲，贪图文化享受，于是，暴殄天物的饕餮辈出。不容忽视，有的为着追求口爽，饮食嗜好千奇百怪，也就不失为一种特别的文化现象。

相传，大约在公元前十一世纪，周文王姬昌尽管贵为商末周族的首领，却偏好菖蒲腌成的酸菜。菖蒲，一种长在水边的草，有香气，根入药，属芳香健胃剂。说不准由于这种酸菜的药用功效，姬昌被囚在羑里（今河南省汤阴县北）时，成功推演出了六十四卦三百八十四爻。

春秋时期，冒出好几位饮食嗜好独特的名人——

鲁国人曾点（《史记》作“曾蒧”），字皙，鲁国南武城（今山东省平邑县南）人，孔子的弟子曾参之父。《孟子·尽心下》称其酷爱吃羊枣，一种野生果子。也许是羊枣吃多了，血脉偾张，精神亢奋，结果，他被人视为狂士。

另一位是吴王僚（？—前515），嗜食太湖佳肴“叉烧鱼”。东汉赵晔《吴越春秋》载，公子光（即阖闾）欲夺吴王僚的王位，听从伍子胥的计谋，找刺客专诸去太湖，花上三个月时间，学做“叉烧鱼”。终于，在宴饮时，专诸借上叉烧鱼，伺机谋杀了吴王僚。这宗命案全属叉烧鱼惹的祸，可怜吴王僚为着心头所好，赔上了自家性命。

还有一位楚国人屈到，楚康王时官居莫敖之职，位仅次于令尹，却嗜芰（按，即菱）如命。《国语·楚语》载，一次他患重病，为防不测，连忙召集宗亲长老，安排后事。其中，有一条“祭我必以芰”，叮嘱身后祭祀供品必须上芰。也就是说，做鬼也要吃芰。

西汉刘安《淮南子·说山训》：“若齐王之食鸡，必食其跖数十而后足。”跖，即脚掌。看来，当今食肆的菜式“掌中宝”，可远溯两千多年的历史。

战国末，秦相吕不韦（？—前235）原是阳翟（今河南省禹县）大商人，秦庄襄王元年（前249）任秦相，封文信侯，食河南洛阳十万户，被秦王嬴政尊为“仲父”，擅权十余年。大凡人逢非富即贵时，口味也就独到。

其主编的《吕氏春秋·本味》认为：“肉之美者：猩猩之唇，獾獾之炙，隽觾之翠……”至于猩唇、獾掌一类，也就罢了，这个老吃货偏偏推崇“隽觾之翠”。“隽觾”，肥美的燕子。所谓“翠”，文雅说法为“尾巴肉”，实则“屁股”也。肥美的燕屁股，被誉为人间顶级美食，未免令人愕然。大抵燕屁股的味道与鸡、鸭屁股近似，喜食燕屁股亦算作一种独特的饮食嗜好。

此外，唐代有位权长孺嗜好食瓜，瓜果一类并不为怪。然而，据南宋顾文荐《负暄杂录》称，权长孺嗜好食爪。“瓜”与“爪”二字，差之毫厘，失之千里。本来吮嚼一番鸡爪（美名“凤爪”）之类，尚属有滋有味，可怕的是，其食的是人爪，不禁令人心惊肉跳。不过，到底是嗜瓜还是嗜爪？或许是以讹传讹；或许是千古之谜。

最骇人听闻的当数“嗜痂成癖”。南北朝时，宋武帝刘裕的心腹谋臣刘穆之，其孙刘邕嗜食疮痂，以味似鳆鱼。据南朝宋刘敬叔《异苑》载，其曾拜访孟灵休，当时孟灵休身上长疮，在家卧床不起。刘邕见有疮痂散落床上，竟上前捡起往嘴里送。灵休大惊，悉刘邕嗜食此物，干脆将身上未剥落的疮痂全都揭下来。刘邕也毫不客气，逐一吞进肚里。只是刘邕离去后，孟灵休已经遍体流血。

史载，这位“官三代”荫袭其祖“南康郡（后改为南康国）主”之爵时，南康国吏二百余人，不问罪否，相互鞭笞，直至见血。伤痕结痂后，以供刘邕食用。这种非正常的饮食嗜好，让人感到恶心、残忍，当属另类中的另类了。

至于嗜酒好茶者，则不胜枚举。嗜酒，如商纣、陶潜、刘伶、李白等；好茶，如汉代司马相如、扬雄，晋代张载、杜育，唐代陆羽、卢仝，宋代赵佶、蔡襄等。

明末清初，戏剧文学家李渔提出：一种本性特别喜欢的东西，可以当药。说是“癖之所在，性命与通，剧病得此，皆称良药”。其著作《闲情偶寄》记述：庚午之岁（1630）瘟疫盛行，李渔患病尤重。适逢五月，杨梅当造，正是李渔最爱吃的东西。医生却认为此物性极热，与他的病症相反，即使食一二枚也会丧命。李渔直斥其是庸医，不管三七二十一，买来杨梅大嚼，一吃就是一斗，结果病全好了。

不管怎样，这些也属饮食文化。

古代文人骚客的嗜肉一族

毫无疑义，华夏民族常年以五谷杂粮为主食。其中，却不乏嗜肉者，尤其是历史上一些文化名流赋有嗜肉习性。比如鱼鲙（鱼生），宋代文献记载的鱼鲙有三十八种之多，欧阳修、苏轼与陆游等文人不但爱吃，还留下不少鱼鲙诗词。

古代，与干力气活的贪图大块肉、大碗酒不同，文人嗜肉一族，往往讲究慢烹细烩，所谓“食不厌精，脍不厌细”。尽管烹饪或品尝的方式各自有异，不过，吞落肚里的数量断断不会少。

随着许多动物被驯化豢养，可供人食的肉类品种也丰富起来。除却牛羊之外，还有猪、鸡、狗以及水里的鱼蟹等等。

逆境中，苏轼嗜猪肉

北宋时，神宗元丰二年（1079），文豪苏轼因“乌台诗案”惹上牢狱之灾。出狱后，被贬为黄州（治所今湖北省黄冈市）团练副使，从八品小官。而且无权签署公事，属当地官府代为看管的犯官。

按照朝廷规定，犯官没有正常的俸禄，仅仅

一份微薄的实物配给，于是，苏轼一家大小二十余口生活窘迫。其在《寒食雨二首》诗中写道："空庖煮寒菜，破灶烧湿苇……也拟哭途穷，死灰吹不起。"苏轼初到黄州的日子，几乎到了穷途末路的境地。

在逆境中，苏轼除了接受其弟苏辙的救济外，只能尽量节衣缩食。后来，在友人的帮助下，多方申请，当地衙门批给苏轼一块荒弃的坡地，位于黄州城东门外。于是，苏轼取"东坡"二字，自称"东坡居士"，躬耕劳作，自谋生计。

在黄州的四五年间，苏轼的生活和思想发生了巨大变化。正如其在一首《定风波》中所说："此心安处是吾乡。"甚至，有人认为苏轼以出世的精神，办入世的事情。

当时，出于生活所迫，苏轼喜食猪肉。宋代周紫芝《竹坡诗话》称："东坡性好嗜猪，在黄冈时，尝戏作《食猪肉诗》云：'黄冈好猪肉，价贱等粪土。富者不肯吃，贫者不解煮。慢着火，少着水，火候足时他自美。每日起来打一碗，饱得自家君莫管。'"

此《食猪肉诗》，一名《猪肉颂》，各本所录字句个别有异。诗中认定猪肉好吃，价钱便宜，但是富贵人家视羊肉远胜猪肉。结果，宋代的羊肉价格高企。据清人王士祯《池北偶谈》载："宋时谚云：'苏文熟，啖羊肉。'殿帅姚某性饕餮，每得坡公手帖，辄换得羊肉数斤。"当时，苏轼颇负盛名。殿帅（即殿前都指挥使）姚麟想饱餐羊肉，通过苏轼的朋友韩宗儒，索得苏的来往书信，换取羊肉解馋。可见，三四品大员也得变着法子来吃羊肉。该书称："按宋时京官日支羊肉钱。"为了解决羊肉一事，朝廷还给京官专门发吃羊肉的钱，而平民百姓则是吃不起羊肉的。

那么，价贱的猪肉怎样煮才好吃呢？诗里公开了"东坡肉"秘制技法：白水慢炖猪肉。清代梁章钜《浪迹续谈》指出："今食品中有东坡肉之名，盖为烂煮肉也。随所在厨子能为之。"其烹制方法简单，其猪肉糜而不烂，甘饫味美，食可果腹，可谓价廉物美。难怪苏轼喜好食猪肉，每天起来都得吃上一两碗。

从京城吃羊肉到黄州喜吃猪肉，生活饮食的变化，也算是苏轼"黄州精神"的微细展现。

临危之际，刘安世啜鸡粥

宋儒刘安世，字器之，魏州（今河北省魏县西南）人。中进士后，不参加选官，从学于司马光。后为司马光、吕公著推荐，历官秘书省正字、右正言、起居舍人兼左司谏、左谏议大夫。著有《尽言集》（十三卷），辑入《四部丛刊》（史部）。

宋哲宗朝，刘安世敢于谏诤，言事激切，号为“殿上虎”。因不满章惇强买民田的劣行，两人结下梁子，且其卷入新旧党争的漩涡，累被贬逐。清代潘之骃《宋裨类抄》认为：“章惇恨安世，必欲杀之。人言春、循、梅、新，与死为邻；高、窦、雷、化，说着也怕。八州恶地，安世历遍七州。所以当时有‘铁汉’之称。”

哲宗绍圣间，章惇主持政事，将刘安世贬为新州（今广东省新兴县）别驾，安置在英州（今广东省英德市）。宋代洪迈《夷坚志》录有一事，颇为详尽。当时，书生林某入仕较迟，急谋升迁捷径。悉章惇久怀杀刘安世之心，其私下谒见章惇，表示愿意赴英州，“为相公了公事”。章心里明白，当即允诺：“君能举职，当以转运判官奉处。”转运判官职位不算高，可职权不小：选派京官充任，佐理转运使，兼理边防、治安、钱粮、巡察等事，特别是具有督察州府地方官员的权力。于是，林某奉职南去，星夜兼程，来到英州境，“郡僚出迎”。

刘安世一家随一道人，寓居英州城郊的山寺。道人与州府孔目交善。当日，道人流泪告诉刘安世，刚才孔目密报，“新使君举措殊不佳，已谕都监使引军围寺，三更鸣钟将加害，公必不免”。说着，拉住刘安世的手放声痛哭。刘安世不禁呵斥起来：“人之生死前定，何用惧？汝出家学道，见识乃尔！”

刘安世喜好用鸡肉煮粥，通常每天二更时分食鸡粥，然后安睡。到了这种生死关头，仍然不忘食鸡粥，刘安世对道人说：“吾即当就寝，安神定志以俟之。汝为我作粥。”说完，倒头便睡。不一会，鼾声响起。“然道人泣不止，泪落粥中，忽闻钟声，急撼刘醒。”鸡粥还未煮好，刘安世也顾不及了，勉强吃下一碗，便点燃烛火，写好给家人的遗书。不料，刘安世“危坐待旦”，一直毫无动静。

后来才知道，转运判官林某到了衙府，“自谓得策，趋上堂，不觉蹴户限，仆地立死”，踢上门槛，跌倒而死。于是，人一死，“公事”也就未了而了了。

登坛讲经，金圣叹食狗肉

明末清初，文坛怪才金圣叹，吴县（今江苏省苏州市）诸生，能文善诗。明朝灭亡后，以读书著书为乐，其以为世间有“六才子书”：《离骚》《庄子》《史记》、杜诗、《水浒传》《西厢记》。并加以评点批注（唯杜诗未完成），议论奇异标新，发前人所未发。

清代尤侗《艮斋杂说》称：“吾乡金圣叹，以聪明穿凿书史，狂放不羁，每食狗肉，登坛讲经，缁流从者甚众。”金圣叹好食狗肉也就罢了，偏偏食罢狗肉，才登坛讲经；而且平民百姓聚众而来。此实属奇事一桩。

关于金圣叹登坛讲经的场景，清代学者廖燕《金圣叹先生传》有一段精彩的描述：金圣叹“于所居贯华堂设高座，召徒讲经，经名《圣自觉三昧》。稿本自携自阅，秘不示人。每升座开讲，声音宏亮，顾盼伟然”。“贯华堂”，金圣叹居所的堂名。讲经“声音宏亮”，或许与食狗肉不无关系。

其讲经内容丰富生动，囊括一切儒、释、道内外诸典籍，以及轶闻琐事、风土民俗，均融会贯通，表述精当。“座下缁白四众，顶礼膜拜，叹未曾有。先生则抚掌自豪，虽向时讲学者闻之攒眉浩叹，不顾也。”来自四面八方，不同阶层的听众，无不钦仰叹服。金圣叹“则抚掌自豪”，毫不理会一些讲学者的异议不满。

有趣的是，金圣叹批改《西厢记》卷二·二之一“寺警”中，借评点和尚惠明送信一节，大发食肉的议论：“昔日世尊于涅槃场，制诸比丘不得食肉：‘若食肉者，断大慈悲！’夫大慈悲，止于不食肉而已乎？”指出不食肉的和尚干尽“一切世间不如法事”，真正有碍大慈悲，并且认为：“昔我先师仲尼氏，释迦之同流也，亦以教人也：务孝悌，主忠信，如是云云。”金圣叹还认为，孔子（仲尼）独不教人不得食肉，则有遗言，若食肉即不得为孝悌忠信，但不食肉即是孝悌忠信。事实上，“今儒者修孝悌忠信于家，而食大享于朝”。

末尾，金圣叹愤怒地批道：“今诸秃奴，乃方欲以己之不食肉，救拔我之食肉，此其无理可恨，真应唾之、骂之、打之、杀之也！”明指“秃奴”，实指“食大享于朝”者。无疑，这是金圣叹生前的一声怒吼。

聚梅家，欧阳修大啖鲫鱼鲙

嗜好陆上动物的有之，好啖水里鱼蟹的亦不乏其人。

北宋的文豪不仅爱吃鱼，而且大多好啖鲙，如欧阳修、梅尧臣、刘敞、苏轼、黄庭坚……所谓“鲙”（亦作“脍”），即生鱼片或生鱼丝，唐代段成式《酉阳杂俎》称：“又鲙法：鲤一尺，鲫八寸，去排泥之羽，鲫员天肉腮后鬐前，用腹腴拭刀，亦用鱼脑，皆能令鲙缕不著刀。”切生鱼片的方法：先切掉鱼鳍，然后从腮后鳍前切割。先在鱼腹肥腴处擦拭刀，也可在鱼脑处擦拭刀，擦拭刀可使切片的过程中，生鱼片丝不粘刀，而鱼片切得越薄越好。此外，北魏贾思勰《齐民要术》认为，切鲙不能水洗，垫上白纸隔着灰，吸去鱼体血水。生鱼片一旦沾水，味道就不好了。可见古代对生鱼片的做法相当讲究。而且，唐代杨晔在《膳夫经》中，把适合做生鱼片的鱼分为三个等级，列入头等的只有鲫鱼。

欧阳修、梅尧臣、刘敞等人过往甚密，既是好友，亦为嗜食鲫鱼鲙的同好。

欧阳修，字永叔，号醉翁、六一居士，吉州庐陵（今江西省吉水县）人，北宋著名的文学家、史学家。其以文章、诗词冠天下，今人陈寅恪誉为“宋诗的主要奠基人”。著有《集古录》，奉诏修《唐书》，自撰《五代史记》，另有《欧阳文忠公集》传世。

梅尧臣，字圣俞，宣州宣城（今属安徽省）人，世称宛陵先生。工诗，以“穷而后工”作为诗歌创作的主张。南宋刘克庄称其为宋诗的“开山祖师”。有《梅圣俞诗集》，欧阳修作序。

刘敞，字原父（一作原甫），号公是，临江新喻（治所今江西省新余市）人。其学问渊博，宋仁宗时，编纂第一部金石学著作《先秦古器物记》；主张欧阳修提出的“易简”之法，以义理讲经学，打破汉唐以来烦琐的章句训诂的经学传统。著有《七经小传》《春秋权衡》《春秋意林》《春秋传》等。

据宋代叶梦得《避暑录话》载，当时，“京师无能斫鲙者，梅圣俞家老婢独能为之”。由于切生鱼片的做法相当考师傅，难得梅家有做鲙的高手，于是，“欧阳修、刘原甫诸人，每思食鲙，必提鱼往过圣俞家”。而梅圣俞家有适当做鲙的鲜鱼时，“必储以速诸人”。他们食鲙首选鲫鱼，“故集内有买鲫鱼八九尾，尚鲜活，永叔许相过，留以给膳”。甚至，欧阳修与市集鱼贩相许约，订下鲜活的鲫鱼八九尾，留以供做鲙啖食。梅圣俞有诗《设脍示坐客》，以纪其事。其中有诗句：“我家少妇磨宝刀，破鳞奋鬐如欲飞。萧萧云叶落盘面，粟粟霜卜为缕衣。”形容生鱼片恍若云叶般落入盘面，如霜似雪的萝卜切成缕缕细丝，生鱼片的配菜都齐了。

不妨细想一下，欧阳修作为北宋诗文革新运动的主将，而梅尧臣、刘敞则是革新运动的得力干将，那么，在梅家相聚啖鲙之余，他们之间必然少不了诗文革新的话题。也许，这是一个不容忽略的重要事由。

苦风痹，张耒嗜蟹如故

不知何故，北宋时期吃螃蟹成风。欧阳修为吃蟹，晚年在阜阳西湖岸边买地盖房；苏轼著文把“嚼霜前之两螯”“蟹微生而带糟”誉为“物之夭美”。还有一位皇帝——宋仁宗从小嗜蟹，一顿不吃就馋得发慌……不过，嗜蟹的吃货还得数北宋诗人张耒。

张耒，字文潜，人称“宛丘先生”，号柯山；生于淮阴（今属江苏省），祖籍谯郡（今安徽省亳州市）；与黄庭坚、秦观、晁补之同为“苏门四学士”。

也许生于水乡淮阴，张耒性喜食蟹肉。还在洛阳当官时，其写有《寄文刚求蟹》诗：“遥知涟水蟹，九月已经霜。筐实黄金重，蟹肥白玉香。尘埃离故国，诗酒寄他乡。苦乏西来使，何缘至洛阳。”涟水蟹，诗人家乡特产的一种河蟹。农历九、十月间，霜降前后，河蟹成熟，进入蟹汛期。蟹黄如金，个头重实；螯钳肥美，肉白如玉，沁发香味。前四句诗，思念家乡的河蟹；后四句诉说人在他乡，远离故里，苦于没有西来（河南）的使者，家乡的蟹如何带来洛阳呢？全诗由思蟹到求蟹，寓寄了张耒的故乡情怀。

宋代费衮《梁溪漫志》称，“张文潜好食蟹，晚年苦风痹，然嗜蟹如故，至剔其肉，满贮巨杯而食之。”张耒的晚年患有风痹，中医认为由风、寒、湿等引起的一种疾病，肢节疼痛或麻木，反复发作，痛处游走不定。蟹性寒，不宜多吃，风痹患者不适食用。张耒却忍受风痹疼痛的折磨，依然“嗜蟹如故”。况且其食法殊异：整蟹煮熟后，慢慢剔出其肉，待盛满一大杯才享用。据说，此食法至今被淮阴人誉为上佳。

看来，被清代李渔捧为“薄诸般之海错，鄙一切之山珍”的蟹，其滋味委实令人难以拒御。不过，细思量之下，窃以为张耒晚年嗜蟹如故的缘由，恐怕还夹杂着一丝思乡之情。

根据发表于《公共科学图书馆》的一篇研究文章称，科学家关于古代人类头盖骨碎片的一项研究表明，古代祖先的食肉行为至少持续了150万年之久。美国一位科学家认为，食肉行为与人类大脑发育进化有关。大脑是一个庞大的器官，而且需要许多能量，因此，需要更多考虑大脑膨胀与高蛋白饮食之间的关系。“问题在于是什么引发了我们的食肉行为？是环境的改变，还是大脑本身的膨胀？我们真的并不清楚。”

抄录以上的文字，说明问题还在研究探索中。从古至今，经常使用大脑的文人骚客，尤其是嗜肉一族，大抵应当属于研究之列。

古代文人饮酒玩情调

诗酒散诞是古代文人的显著特点。他们将喜怒哀乐倾注于酒中，借以挥洒壮志豪情、寄托离愁谪绪，在诗酒中寻找精神家园。得意之时，借酒助兴，尽显英雄本色；潦倒之际，凭酒遣愁，抚慰凄怆心怀。

古代文人嗜酒，应是不争的事实。与酒结缘一生，尽管会有悲喜愁苦诸味杂陈，却从饮酒中体味生活的乐趣，追寻文化的品位。这种文人的酒文化现象，与当时的社会现状、人文环境，以及个人际遇是分不开的。用通俗的话来说：玩情调，彰显个性。

陈遵投辖，孔融好客

成语“陈遵投辖”中的陈遵，字孟公，杜陵（今陕西省西安市长安区东北）人，性嗜酒，善书。当时他写的书信，被人珍藏，并以此为荣。史载，汉哀帝末，陈遵以功封奋威侯，仕途曾几起几落。其“以列侯归长安”，“车骑满门，酒肉相属”，热情好客，酒肉管够。

他立有“规矩”：宾客满堂，立即紧闭大

门，命人把客人来车的车辖投入井中，让客人无法离去。辖，一种小物件，用来插车的軎孔，固定车轴，阻止车轮外脱。去其辖，车不能行。后人用“陈遵投辖”褒誉盛情留客。

还有一位孔融，字文举，鲁国（今山东省曲阜市）人，汉魏时，曾举为北海相；少好学，博览群书。明代曹臣《舌华录》载，当孔融失势在家，居然宾客日满其门，他不禁感叹：“座上客常满，樽中酒不空，吾无忧矣。”

一个位高列侯，一个失势居家，境遇迥异，他们的诉愿相同：客常满，樽不空。

以酒浇块垒，以饮酒为德

倘若说，聚众群酗，追求的是氛围热闹，酣兴意畅，那么，三两知己酣饮，追求的是襟怀相契，放任忘形。魏晋时期“竹林七贤”，即阮籍、嵇康、山涛、向秀、阮咸、王戎、刘伶七人，相与友善，经常一起在竹林下宴饮。

阮籍，字嗣宗，陈留（今河南省尉氏县）人，嗜酒能啸，善弹琴，能著文。史载，时属魏晋之际，“天下多故，名士少有全者，（阮）籍由是不与世争，遂酣饮为常”。世家子弟王恭曾问王忱：阮籍嗜酒与汉代司马相如相比怎么样？王忱答道：“阮籍胸中垒块，故须酒浇之。”直指阮籍胸中郁结不平。而且，嗜酒成为其安身保命的方式。当时，司马氏的心腹钟会，权倾一时，数次以时事试探阮籍，欲治其罪，幸而被阮籍以酣醉而避祸。

刘伶，字伯伦，沛国（今安徽省淮北市）人，嗜酒，著有《酒德颂》，称饮酒“无思无虑，其乐陶陶。兀然而醉，豁尔而醒”，而且，“不觉寒暑之切肌，利欲之感情，俯观万物扰扰焉，如江汉之载浮萍”。以饮酒为德，也就是宣示饮酒的一种情调。于是，刘伶干脆携一壶酒，坐上鹿车，随行随饮，还叫人扛上锹相跟着，说：“死便掘地以埋。”

以酒会友，吟诗觅句

唐代“竹溪六逸”，指开元末年，李白与孔巢父、韩准、裴政、张叔明、陶沔等六人，结隐在泰安府（今山东省泰安市）徂徕山下的竹溪，天天在一起纵酒酣歌，以酒会友，以文会友。

唐代诗人杜甫有诗《饮中八仙歌》，描写贺知章、李琎、李适之、崔宗之、苏晋、李白、张旭、焦遂等八人嗜酒，以及各自的醉态，勾画他们豪放不拘的性情。其中诗句“李白斗酒诗百篇，长安市上酒家眠，天子呼来不上船，自称臣是酒中仙”，正是展示其从徂徕山下走出来的本色。不过，贺知章等八人并无一起聚集宴饮，仅是先后在京都长安待过而已。

看来，吟诗觅句，成为饮酒玩情调的一种文字游戏，或直抒胸臆，或寄托诉求。明代何良俊《四友斋丛说》录有一段逸事：明代苏州有位老儒朱存理，字性甫，博学工文，颇攻诗。在吴中旧族王氏家中教书时，一天，朱老夫子与主人晚酌之后，独自在庭中，适见月上，灵感一动，吟得诗句：“万事不如杯在手，一年几见月当头。”他喜极发狂，拍门大叫，连呼主人起来。主人听罢诗句，亦击节赞赏，当即令人取酒，两人重新对酌，直至兴尽而罢。次日，又遍请吴中善诗者来欣赏佳句，一连数日摆酒戏乐，成为一时盛事。

碧筩杯、鞋杯及流觞曲水

在文人饮酒过程中，连酒具也可以用来玩情调。

唐代段成式《酉阳杂俎》载，魏正始年间，每遇三伏之际，郑懿经常带着宾客、幕僚在历城（今山东省济南市）使君林避暑。他们摘取大莲叶连茎，以簪刺叶，令与茎柄相通，在莲叶上盛酒三升，“屈茎上轮菌如象鼻，传吸之，名为碧筩杯”。据称酒味杂莲气，香冷胜于水。

东晋穆帝永和九年（353）三月三日，王羲之与谢安、孙统等四十一人，在山阴兰亭（今浙江省绍兴市西南兰渚山上），按民俗，修祓禊之礼。他们宴集于环曲的水渠旁，在清澈的水上放置酒杯，杯酒流行停在某人面前，当即取饮，名为“流觞曲水”。并且，席间每人赋诗一首，合为一集，请王羲之为诗集作序。在序中，王羲之写道：“虽无丝竹管弦之盛，一觞一咏，亦足以畅叙幽情。”流觞曲水，一觞一咏，难道不是在玩情调吗？

明代顾元庆《云林遗事》也有一则旧事。元代杨维桢，字廉夫，号铁崖、东维子，山阴（今浙江省诸暨市）人，善诗文，工书法。因其风格奇诡，被人讥为“文妖”。晚年居松江，耽好声色，纵恣诗酒。平时，与倪瓒、顾德辉、郑元祐、张雨等文友往来。一天，他与倪瓒会饮于友人家。杨维桢竟把陪侍妓女的鞋脱下来，置酒杯于鞋中，让座上客人传饮，名曰“鞋杯”。画家倪瓒素有洁癖，一见“鞋杯”，不觉大怒，“翻案而起，连呼龌龊而去”。

“鞋杯”此举，涉情色风流，玩玩情调也就罢了。万一此鞋经月未洗，或者其主患足癣、脚疮一类，异味杂伴的酒也就难以入口，怪不得倪瓒大怒了。

文人饮酒玩情调，一味追求新奇，饮什么黄柑酒、椰子酒……有的干脆自酿自饮，比如，宋代黄庭坚、陆游先后赋诗称赞自酿的“醇碧酒”。尤其是苏东坡，在北宋绍圣元年（1094）被贬惠州时，其《桂酒颂》诗的序曰：“有隐居者，以桂酒方教吾，酿成，而玉色香味超然，非世间物也。”另一首诗《新酿桂酒》中，也有描述自酿的诗句：“捣香筛辣入瓶盆，盎盎春溪带雨浑。收拾小山藏社瓮，招呼明月到芳樽。”喝上自酿的桂酒，悠然自得的情调跃然纸上。

“五饮”与“八醉八宜”

至于饮酒玩情调，宋代张舜民《画墁录》记有五种饮酒方式：“苏舜钦、石延年辈有名曰：鬼饮、了饮、囚饮、鳖饮、鹤饮。”宋代苏舜钦、石延年均好酒能诗，有狂名。所谓“鬼饮”者，不燃烛火，摸黑而饮；“了饮”者，每饮一次必挽歌哭泣；“囚饮”者，围坐一处，仅露头而饮；“鳖饮”者，以毛席自裹其身，露出头来，饮完又缩回去；“鹤饮”者，饮一杯后上树，再下树而饮。

北宋沈括《梦溪笔谈》亦录有“五饮”，略有不同。石延年“每与客痛饮，露发跣足，着械而坐”。他不仅露发光脚，还要自戴器械，谓之“囚饮”；坐在树梢饮酒，谓之“巢饮”；用干草束裹其身，露出头来饮酒，谓之“鳖饮”。其余依前无异。

据明代曹臣《舌华录》载，东汉皇甫嵩，字义真，安定朝那（今宁夏回族自治区固原市东南）人，少好《诗》《书》。其认为“凡醉各有所宜”：“醉花”适宜白天，熏染其明艳；“醉雪”适宜黑夜，明晰其思绪；“醉得意”适宜歌唱，显示其应和；“醉将离”适宜击钵，以壮其行色；“醉文人”适宜谨慎礼节，害怕其轻侮；“醉俊人”即才智特出的人醉酒，适宜增加杯盆等盛具，添加旗帜，以助其威势；“醉楼”适宜暑天，凭依其清凉；“醉水”适宜秋天，浮现其爽朗。“此皆审其宜，考其景，反此则失饮之人矣。”上述“八醉八宜”，几近醉酒玩情调的“大全”。

此外，南朝宋刘义庆《世说新语》录有王恭的一句大实话：“名士不必须奇才，但使常得无事，痛饮酒，熟读《离骚》，便可称名士。”这也算是一种情调。当然，到了烂醉如泥，呕吐满地的时候，也就无个性可言，亦玩不出情调了。

明代茶饮方式变革与道家

明代饮茶方式发生了巨大变革。茶饮从普通的世俗活动，变成了脱离世俗的艺术，并在世俗中求得一片玄静。文人对茶的艺术追求到了一个新的高度，这也是明代文人独特的审美品位与个性。

中国的茶饮历来有“茶兴于唐，盛于宋”的说法。

唐代茶饮以烹煎为主，称为“烹饮法”。采摘新鲜茶叶先蒸熟，后焙干碾成粉末，添上油膏、米粉等制成饼茶。饮用时，将茶饼捣碎，放上调味佐料（盐、姜、葱、枣、橘皮、薄荷等），烹煮成茶汤。正如唐代诗人卢仝《走笔谢孟谏议寄新茶》中所说：“摘鲜焙芳旋封裹……纱帽笼头自煎吃。”

宋代茶饮流行“分茶”，称为“点茶法”。在唐代的基础上发展，包括炙茶、碾茶、罗茶、候汤、焰盏、点茶等一套程序。但是，饮用时不添加调味配料，追求茶的“真香灵味”（宋徽宗赵佶语）。先把团茶、饼茶碾成粉末，然后用沸水点冲；饮茶时往往连茶粉带水一起喝下。

到了明代，茶饮方式提倡从简行事。这一变

革主要体现为“瀹饮法”，即以沸水直接冲泡茶叶，无须经过以往的炙茶、碾茶、罗茶等工序。

最早提倡“瀹饮法”的是明代宁王朱权。朱权（1378—1448），别号涵虚子、丹丘先生、臞仙；自署大明奇士，安徽凤阳人；明太祖朱元璋第十七子，洪武二十四年（1391）封藩大宁。

当时，年仅十多岁的宁王朱权统领塞上九十城，拥有甲兵八万，战车六千，特别是麾下朵颜三卫骑兵，骁勇善战。史称，朱权“智略渊弘”“威振北荒”。

朱元璋死后，建文元年（1399），朱元璋第四子燕王朱棣起兵“靖难”夺权。由于顾忌其弟朱权兵强势壮，朱棣先骗朱权入燕军，将其掌控起来。待朱棣登上皇位后，永乐二年（1404）却未放朱权回大宁，而是改封南昌（今属江西省）。

在皇室猜疑、倾轧下，幸存性命的朱权，自此韬光养晦，在住处修造一所精庐，终日读书鼓琴，与文人雅士相交往；寄情于道教，并以音乐、戏曲自娱，自号“臞仙”。

史载，朱权仍然难逃统治者的监视。永乐年间，有人曾举告其巫蛊诽谤朝廷，后经上头派人秘密查探，认为“查无实据”，才不了了之。明成祖朱棣死后，法禁稍见松懈，朱权上书朝廷，申诉南昌并非其封国。而作为其亲侄的明仁宗朱高炽，却毫不客气地拒绝朱权离开南昌。甚至，明宣宗朱瞻基宣德年间，朱权已是知天命之年，还有官府上门找麻烦，使其过着忍辱负重的日子。

因此，朱权晚年崇尚道家思想，完全是一种无奈之举。他追求老庄思想归复，“道法自然”，强调“无为自化”“清静自正”；以追逐自然清新的生活方式，讲求宁静恬淡的生活情趣，构筑其人生失意时的“隐循之所”，自舔其精神伤痛之处。

朱权著有《茶谱》一书，对茶品、茶具、饮茶方法等茶事活动有明确具体要求。其认为茶发“自然之性”，饮者要“清心神”“参造化”“通仙灵”，追求秉于性灵，回归自然的境界。对茶具，他反对繁复华丽和“雕镂藻饰”，形成一套“从简清饮”的茶饮方法。应当说，朱权改革传统的茶饮方式，“取烹茶之法，末茶之具，崇新改易，自成一家”。

由于“瀹饮法”对茶汤色、香、味的追求，还刺激了白瓷以及青花瓷的生产发展；同时，促进我国茶叶生产技术的进步，散茶的品种迅速增多。

鲁迅说：“中国的根柢全在道教。”谁又料到，连寻常生活中的茶饮方式变革也与道家有干系。

魏晋风度与茶饮

魏晋风度中对本真生命的强烈向往和追求、洒脱不羁而又纯真自然的个性，给后世留下无尽的向往，但那个政治风云变幻的时代，人人面对的人生际遇、政治生态、等级制度，可在日常茶饮中管窥一斑。

公元三四世纪，随着巴蜀地区与中原的经济文化交流，饮茶的风俗沿着长江中下游流域流传开来。魏晋南北朝时，在江南，包括东南沿海地区，饮茶之风在门阀士族中日盛，成为进行社会活动的一种媒介。在这种风气感染下，永嘉之乱后，从北方南渡的豪门士族也有不少喜好饮茶。

史载，三国东吴的韦昭，吴郡云阳（今江苏省丹阳市）人，少好学，善文章，著有《孝经注》《论语注》《国语注》等书。东吴末帝孙皓在位时，其被封高陵亭侯，迁中书仆射，后为侍中，尝领左国史。长期生活在江南的他喜饮茶，却不善喝酒。偏偏遇上孙皓在位16年，常宴饮群臣，每人在宴席上必须喝酒七升，不醉无归。而且，孙皓还找来黄门郎10人，作为宴会监酒司过；宴罢，令各奏其过，以嘲谑公卿，举发私短为欢。酒量不过二升的韦昭，参加宴饮时，只好偷偷以“茶”代酒。结果，孙皓以不奉诏命为由，于凤凰二年（273）收韦昭入狱。

不奉诏命的罪名，貌似来自韦昭以“茶”代酒；其实，祸起于当年孙皓即位，欲为其父孙和入史书作纪，而修史的韦昭却认为孙和不登帝位，只有资格为传，由此触怒孙皓。积前后嫌怨，韦昭在狱中也就难逃一死。

以士风而论，韦昭一介儒学之士，并非主张“任情废礼”的玄学，冲击传统旧礼法，然而，只要抗君命，逆龙鳞，一桩小小的“茶饮”事件，也可以弄掉了脑袋。

从汉末到晋末，士族阶层开始形成、发展。当时，战乱频仍，社会动荡，士风活跃，传统的旧礼法不足以适应已变化的社会状态。可是，由于门阀制度的存在，士族与庶族之间固然分明；就是士族与世族之间，世族与世族之间，也是等级森严，甚至不是门当户对，不通婚姻。

《世说新语》录有二则有趣的“茶饮”故事——

永嘉之乱后，晋室南渡，太傅褚裒（字季野）初过江后，来到苏州，正巧当地的豪强大族在金阊亭（今江苏省苏州市阊门）会聚饮茶。会上，褚太傅虽然官高名重，但乍到江南，却不为人相识，于是，被人吩咐左右特别“关照”：多斟茶水，而且不断添续；却尽量少给佐茶的蜜渍瓜果，让褚裒始终吃不上。明知受到轻侮，褚太傅倒也沉得住气。直至饮罢，他才徐徐举手，对众人报上姓名：“褚季野。”一下子，四座大惊而散，无不狼狈。难怪人称褚季野“皮里阳秋”，意即外表虽不言语，而四时之气蕴备。说来令人可笑，当时连饮茶也非分个三六九等。

另一则故事与号称“仲父”的王导（字茂弘）有关。王导出身士族，琅琊临沂（今属山东省）人，晋元帝建武元年（317）任丞相。当他悉知任瞻过江南渡，便邀上先渡江的名人贤士一起，到石头城（今江苏省南京市西清凉山）迎接。

说起任瞻，字育长，乐安（治所今山东省邹平市东北）人，与王导属山东老乡，官宦子弟。年少时，颇有美名，形象俊朗，神明可爱。当时的权贵王戎选女婿，任瞻被列入四名候选人之一。可是，自过江后，任瞻人便变糊涂了。

当天，王导与任瞻一见面，觉得他有点不太对劲。众人入席坐下，茶水一送上来，任瞻便问："此为茶为茗？"茗，即晚采的茶叶。旁人一听，面露怪异的神色。任瞻觉察后，又自我解释："刚才是问茶是热的，还是冷的。"尽管如此，王导还是依照昔日在北方时一样，热情相待。这种待人之道，容人之量，充分说明王导历仕元、明、成帝，二十多年间，能够领导南迁士族，联合江南士族，稳定东晋在南方的统治，自有过人之处。

茶饮，一种日常的生活方式，既平常又普通，却可窥魏晋风度一二。

古人洗澡之谜

今天看来极为普通的沐浴，古人赋予其更多精神层面的追求，将之与思想境界、人生境界联系起来。或赋予其“澡身而浴德”内涵，欲求净身净心灵；或为追求精神自由，超脱心灵，不好沐浴，摈弃形骸。

洗澡，成为古人生活中的一种重要礼节：斋戒沐浴，虞礼沐浴，沐浴而朝，诞生沐浴，居丧沐浴，祓禊洗浴……周朝制定的“三日具沐，五日具浴”礼仪习俗，至今还为人们所津津乐道。

早在三千六百多年前，商王成汤用青铜浴盘洗澡，并在浴盘内刻盘铭：“苟日新，日日新，又日新。”在古人的眼里，洗澡不仅能清除身体的污垢，而且被视为精神上弃旧图新、去恶从善。可曾想到，人们生活中的洗澡，内里竟隐藏有谜一般的秘密。

浴池密谋弑君弃尸

春秋时期，齐昭公十九年（前613），昭公卒，其同父异母兄弟公子商人弑昭公之子舍，“自立，是为懿公”。齐懿公是个记仇的主子。

当其还是公子时，曾与大夫邴歜（一作丙戎）之父争夺田地，未果。待其即位后，邴歜父已亡，齐懿公下令挖出其尸，砍掉双腿，以泄私愤。而且，他还故意让邴歜为自己赶车。齐懿公见大夫阎职（一作庸职）的妻子容貌姣好，竟夺为己有。每当两人同行出游，齐懿公还有意让阎职坐其车上陪乘。

据《左传·文公十八年》述，齐懿公四年（前609）春五月，齐懿公游于申池（今山东省临淄县西）。当时，齐国都城西门名申门，左右有池。邴歜、阎职二人也随从下池沐浴。在池中，两人一边洗澡，一边相互激将，结果，彼此内心对暴君的积怨怒火点燃起来。

清代高士奇《左传纪事本末》有一段生动的文字："歜以扑抶职，职怒。歜曰：'人夺女妻而不怒，一抶女，庸何伤？'职曰：'与刖其父而弗能病者，何如？'""扑抶"，杖击。邴歜用木棍打阎职，阎职发怒。"女"，古同"汝"，即"你"。邴歜说：人家霸占你的妻子，你不生气；我打你一下，又有多大损伤？阎职反唇相讥：假如一个人的父亲被人砍去双腿，这个人却不仇恨凶手，又该如何说呢？于是，你一言我一语，最后，两人激发了心中的仇恨，共同谋划逆弑齐懿公。

说干就干，邴歜、阎职二人把齐懿公杀死了。至于怎么死的，一说把懿公按在水里溺亡，一说杀懿公于车上。反正，其尸首被藏匿于附近的竹林。邴、阎二人回家后，抛官舍爵，逃出了齐国。

"澡刷不谨"与时称"水淫"

魏晋南北朝时期，出现一种怪现象，以不好沐浴为名士风度。

"竹林名士"之一的嵇康（约223—约263），字叔夜，曹魏时官至中散大夫，后隐居不仕，与阮籍等"竹林七贤"共倡玄学新风。其《与山巨源绝交书》中有："性复疏懒，筋驽肉缓，头面常一月十五日不洗，不大闷痒，不能沐也。"借口"疏懒"，筋肉不适，经常不洗沐，身上多虱，瘙痒不止。不好沐浴，看似个性张扬，特立独行，其实，往往属发泄对当时朝政、权贵的不满。嵇康主张"越名教而任自然"，藐视所谓礼仪世俗，条条框框。

还有一位南朝梁的名士卞彬，字士蔚，济阴冤句（今山东省荷泽市西南）人。史载，卞彬“才操不群，文多指刺”。其性好饮酒，摈弃形骸，“仕既不遂，乃著《蚤虱》《蜗虫》《虾蟆》等赋，皆大有指斥”。

其《蚤虱赋·序》曰：“余居贫，布衣十年不制。一袍之缊，有生所托，资其寒暑，无与易之。为人多病，起居甚疏，萦寝败絮，不能自释。兼摄性懈惰，懒事皮肤，澡刷不谨，浣沐失时……”自称多病性惰，不好洗浴，常年不易衣冠，以致四体臭秽，淫痒难忍，而乐与蚤虱共生存。据说，此即卞彬“摈弃形骸”的生活写实。

如同魏晋时嵇康一样，卞彬的不好沐浴，摈弃形骸，与其对朝政不满是分不开的。而且，他也不屑深藏不露，不时以其锋锐的笔端、戏谑的文字指刺权贵、官宦。史载，卞彬目禽兽云：“羊性淫而狠，猪性卑而率，鹅性顽而傲，狗性险而出。”皆指斥权贵。其《虾蟆赋》曰：“纡青拖紫，名为蛤鱼。”世谓比喻令仆，即朝廷高官。又云：“科斗唯唯，群浮暗水。维朝继夕，聿役如鬼。”以蝌蚪比喻令史谘事。结果，“文章传于闾巷”，为民间所喜诵。

恰恰相反，当时也有名人沐浴成癖。南朝何佟之（449—503），字士威，庐江灊县（今安徽省霍山县东北）人，名门贵族子弟。史称，“佟之少好《三礼》，师心独学，强力专精，手不辍卷”。熟读《礼》论三百余篇，大都能背诵。其以经学历仕，刘宋时曾为总明馆学士；南齐时为国子博士，给儒生讲授《丧服》；后仕至尚书祠部郎，国家吉凶礼仪皆由其裁决。于是，其名重当时，号为京邑硕儒。梁武帝即位后，任其为尚书左丞，当时草创诸制，皆依礼定仪。而何佟之博通经学，尤精三礼，因此参与制定各种礼仪制度。其所著有《礼义》百余篇。可以说，何佟之是礼的研习者、传播者及草创者，毕一生与礼仪制度密不可分。

或许属礼的铁杆学者大儒的缘故，所谓“澡身而浴德”，何佟之性好洁，沐浴成癖。史载，往往一天内，其洗浴十余次之多，世上颇为罕见。时人称之为“水淫”。此亦当时的一种怪现象：好走极端。不好沐浴者有之，沐浴成癖者有之。

杨贵妃为禄儿“洗三”

唐玄宗时，安禄山（703—755），营州（今辽宁省朝阳市）人，本姓康，名轧荦山。母阿史德氏是突厥族巫婆。其母后改嫁突厥将军安波注之兄延偃，其改姓安，名禄山。后投靠幽州节度使张守珪，其以骁勇出名。开元二十八年（740），安禄山任平卢兵马使。

其秉性“忮忍多智”，常以厚礼贿赂往来官员及皇上身边的人员，为其在朝廷多说好话。甚至在唐玄宗面前，他也故意装傻卖乖，骗取宠信。看来，这些伎俩还是奏效的。天宝元年（742），其被命为平卢节度使；天宝三年（744），兼任范阳节度使；天宝十年（751），又被授为河东节度使。短短十年间，安禄山身兼三镇节度使，手握重兵，雄踞边镇一方。史载，唐玄宗还下令其与杨贵妃的三位姐姐结为兄弟，足见“恩宠寖深”。当时，安禄山见杨贵妃深受皇上宠幸，竟不顾其年长贵妃十八岁，恬不知耻地拜认杨贵妃为干娘，“母事妃”。

据宋代司马光《资治通鉴》载，天宝十年（751）正月初三，安禄山年满五十八岁，唐玄宗及杨贵妃赏赐其“衣服、宝器、酒馔甚厚。后三日（按，即正月初六），召禄山入禁中，贵妃以锦绣为大襁褓，裹禄山，使宫人以彩舆舁之”。世俗在婴儿出生后第三日，举行沐浴仪式，会集亲友为婴儿祝吉，即“三朝洗儿”，称“洗三”礼俗。杨贵妃身为“干娘”，在宫中为禄儿举行“洗三”仪式：让人把安禄山放进大澡盆洗澡。浴后，用锦绣料子特制的大襁褓，包裹安禄山，并将其放在彩轿上，让宫人抬着，在后宫花园里转悠。嬉戏取乐，欢呼动地。一时间，唐玄宗也被惊动，使人问明事由后，“上自往观之，喜，赐贵妃洗儿金银钱，复厚赐安禄山，尽欢而罢”。

一出后宫“洗儿”的闹剧，看似匪夷所思的荒唐之举，然而，只要拨去表层的迷雾，不难发现，安禄儿玩的仍是“扮猪吃老虎”的把戏，是不惜攀附取宠，掩其狼子野心的骗术。可怜唐玄宗李隆基被其吃准了，误信其奸，甚至不听良言劝谏，不仅没有“禳厌”这个胡儿，反而一再让其坐大，直至不可收拾，让其有机会起兵造反，造成长达八年之久的“安史之乱”。杨贵妃因恃宠骄纵，曾于“天宝五年”“天宝九年”两次被皇上“微谴”，送归外宅。尽管很快又被接回宫中，但相信其不敢再“忤旨”，只能揣摩着唐玄宗的心思，显摆一下娘娘的威焰罢了。至于那些男女苟且的“丑闻”，大抵是文人的戏说。

晚年得道好沐浴

北宋时蒲宗孟（1028—1093），字传正，阆州新井（今四川省南部县）人。史载，其“常日盥洁，有小洗面、大洗面、小濯足、大濯足，大小澡浴之别。每用婢子数人，一浴至汤五斛”。其好沐浴，颇成规矩。本来，《仪礼·聘礼》规定：“三日具沐，五日具浴。”“沐”，洗头。“浴”，洗身。蒲宗孟不仅分为洗面、濯足、澡浴；而且各自又细分为大小。

明代谢肇淛《文海披沙》详述，宋代蒲宗孟“小洗面，一易汤，用人颒（按，颒，即洗脸）面。大洗面，三易汤，用五人，肩颈及焉。小濯足，一易汤，用二人，踵踝而已。大濯足，三易汤，用四人，膝股及焉。小澡浴，汤用三斛，人用五六。大澡浴，汤用五斛，人用八九。每日两洗面、两濯足，间日一小浴，又间日一大浴”。可见其沐浴按时、耗水、用人，以及洗浴的部位，均严整有序，难怪有人认为其生活侈汰。

从蒲宗孟的仕途来看：宋仁宗皇祐五年（1053）第进士。神宗时，历任著作佐郎、集贤院校理、直舍人院、知制诰、翰林学士兼侍读，官至尚书左丞。后被劾，罢知汝州。不久，徙亳州、杭州、郓州。郓州（治所今山东省东平县）素多盗贼，蒲孟宗严加整治，连小偷微罪，亦断其足筋。“盗虽为衰止，而所杀亦不可胜计矣。”御史又劾其惨酷，被夺职知虢州。明年，复知河中（治所今山西省永济市蒲州镇），恢复其职务，后移大名府。史称，其晚年“厌苦易地，颇默默不乐”。

处于默默不乐中，蒲宗孟以浴澡为其养生之道。其写给好友苏轼的信中，大谈如何洗浴，自称“晚年学道有所得”。苏轼复函答道：“闻所得甚高，然有二事相劝：一曰慈，二曰俭也。”就是针对蒲宗孟所失而言。终末，蒲宗孟卒年六十六，尚不及古稀之年。

历史上，洗澡之谜仅属当时的秘密，随着时间的推移，其中的“谜底”往往会浮现出来。

古代文人的赌博游戏

古代，赌博被称为“博戏”，后有“博彩”之称。如掷骰、投壶、射柳、赌牌、斗鸡……尽管花样繁多，最终以输赢来决定钱物的归属。而在文人墨客中，却有别样清新雅致的“博戏”。

纵观古代文人的赌博，有的时候，他们绝非为钱财、女色或爵禄营私牟利，而是以个人的学识下赌注，只在乎争个高下，讨个彩头。比如翻书赌茶、诵书赌酒，甚至瀑泉灌顶、吟唱诗文、应答疑难等等。这种赌博纯属文人闲暇生活的游戏。

女词人翻书赌茶

女词人李清照生于宋神宗元丰七年（1084），号易安居士，山东济南人。其自幼精通书史，多才多艺，诗词尤长；宋徽宗建中靖国元年（1101），适太学生赵明诚。

赵明诚（1081—1129），字德父，宋代金石学家，密州诸城（今属山东省）人。其夫妻二人平生酷爱金石书画，曾竭力收集资料，共同校订整理，并仿宋代欧阳修《集古录》体例，于宋徽宗宣和末编成《金石录》三十卷。前十卷为铜器铭文和石刻目录，石刻目录收自嬴秦至宋代石刻一千九百种；后二十卷是就部分器物、碑刻所撰写的题跋五百零二条，汇集了作者多年的研究心得。此书是我国现存较早的碑刻目录和研究专著之一。

李清照《金石录后序》称："后屏居乡里十年，仰取俯拾，衣食有余。连守两郡，竭其俸入，以事铅椠。"据今人考证，从宋徽宗大观元年（1107）至政和二年（1112），赵明诚夫妇"屏居"青州（治所今山东省益都县）。及赵明诚起知青州、莱州（治所今山东省莱州市）两郡，夫妇二人尽其财力，收藏金石书画，一起校勘，整集签题，指摘疵病，考证精凿，多足正史书之失。"故能纸札精致，字画完整，冠诸收书家。"当时，夫妇居所名曰"归来堂"。并在"'归来堂'起书库，大橱簿甲乙，置书册"。在堂内，"于是几案罗列，枕席枕藉，意会心谋，目往神授，乐在声色狗马之上"。

这一段日子里，李清照过着心情畅快的惬意生活。《金石录后序》录有其夫妇间的趣事："余性偶强记，每饭罢，坐归来堂，烹茶，指堆积书史，言某事在某书、某卷、第几叶（页）、第几行，以中否角胜负，为饮茶先后。"所谓"翻书赌茶"，凭借个人强记，指言几案堆积的"书史"，以胜负决定饮茶先后。结果，"中即举杯大笑，至茶倾覆怀中，反不得饮而起"。可见，这种赌博游戏既是文人博闻强记的角逐，也是勘校整理之余的逸补。闺阁间彼此成为文心慧质的快友，难怪乎李清照喟叹"甘心老是乡矣"。

后人不乏仿效"翻书赌茶"。无名氏《牧斋遗事》载，明代学者、诗人钱谦益（字牧斋）在虞山北麓筑"绛云楼"，与如夫人柳如是仿李清照翻书赌茶故事。又，清代况夔笙《选巷丛谈》称，清代学者阮元里居时，亦曾仿为之（翻书赌茶），可是，被人讥为"邯郸学步"。

瀑泉灌顶答疑难

史载，南宋时期，福州富沙（今属福建省）人潘牥（字庭坚，号紫岩）以豪侠闻世。其初名公筠，为避理宗赵昀讳，改名为枋。理宗瑞平二年（1235）进士，调镇南军节度推官、衢州推官，皆未上。历浙西茶盐司干官，改宣教郎，除太学正，旬日出通判潭州（治所今湖南省长沙市）。

宋代周密《齐东野语》称，“庭坚才高气劲，读书五行俱下，终身不忘”，为人“跌宕不羁，傲侮一世”。其曾在福建府帅手下当幕僚，负责文字事宜。大白天喝得半醉，骑着黄牛，口中吟唱《离骚》，招摇过市，时人以为是神仙。潭州任上时，潘枋曾约同社文友，在瀑泉亭举行酒会。“行令曰：‘有能以瀑泉灌顶而吟不绝口者，众拜之。’庭坚被酒豪甚，竟脱巾髽髻，裸立流泉之中，且高唱《濯缨》之章。”饮酒行令，以瀑泉灌顶而吟不绝口为胜。潘枋趁着酒兴，竟豪爽地脱去衣巾，挽发在头顶两旁，束结成髻，赤身露体，站立在飞瀑湍流之中，而且高唱古代歌谣《濯缨》。《濯缨》，又称《沧浪歌》，或称《孺子歌》，早在春秋时期传唱，属楚地流传久远的歌谣。《孟子·离娄章句上》：“有孺子歌曰：‘沧浪之水清兮，可以濯我缨；沧浪之水浊兮，可以濯我足。’孔子曰：小子听之！清斯濯缨，浊斯濯足矣，自取之也。”“水清”，喻治世。“缨”，借代帽，表示地位。古人所谓：君子处世，遇治则仕，遇乱则隐。

据《齐东野语》载，当时，同社众友大为惊叹，对潘枋“罗拜以为不可及，且举诗禅问答以困之”。众人表示愿赌服输，逐一对其敬拜；可又认为仅唱《濯缨》还不够，当即“加码”，提出种种诗禅疑难来诘难潘枋。潘枋毫无怯意，一一应对如流。然而，由于长时间瀑泉灌顶，寒气已侵入其身体经络之间，回家后，潘枋便病卧不起。不久，他于宋理宗淳祐六年（1246）因病去世，年仅四十二，令人感到惋惜。

从潘枋喜好吟唱《离骚》《濯缨》一类作品来看，尽管其才华横溢，心怀“兼济天下”之志，却苦于无法报效家国，对偏安的南宋小朝廷醉生梦死而大失所望。往往借酒醉间，以惊世骇俗之举，发泄个人不满的消极反抗情绪。潘枋写有《洞仙歌》词一首，其中有：“凄凉阑干外，一簇江山，多少图王共争霸。莫闲愁、金杯潋滟，对酒当歌，欢娱地、梦中兴亡休话。”可见其瀑泉灌顶的打赌，分明带着那么一种情绪了。

记诵《史记》赌酒

明代嘉靖、万历年间，文学复古思潮高涨。史称，以李攀龙、王世贞为首的“后七子”，继承“前七子”李梦阳、何景明等人的拟古主张，强调“文必西汉，诗必盛唐。大历以后书勿读，而藻饰太甚”。

李攀龙（1514—1570），字于鳞，号沧溟，历城（今山东省济南市）人。“九岁而孤，家贫，自奋于学。”史称，其“益厌训诂学，日读古书，里人共目为狂生”。嘉靖二十三年（1544）进士，授刑部主事。

王世贞（1526—1590），字元美，号凤洲、弇州山人，太仓（今属江苏省）人，将门之子。史称，其“生有异禀，书过目，终身不忘。年十九，举嘉靖二十六年（1547）进士，授刑部主事”。

明代谈迁《枣林杂俎》载：“陈眉公曰：‘李于鳞、王元美在刑曹时，手抄《史记文选》一部，举觥诵以记否为赏罚。’”陈眉公，即晚明文学家、书画家陈继儒（字仲醇，号眉公）。其披露李攀龙、王世贞同在刑部供职时，不仅选取《史记》文章，亲手抄录成册，而且相互默诵《史记》文章为赌，以酒赏罚。那么，这种诵书赌酒的文人游戏，为何选取《史记》呢？

当时，李攀龙、王世贞二人对司马迁《史记》推崇备至。王世贞《弇州山人四部稿》盛赞：“余二人者相得甚欢，间来约曰：‘……七言畅于燕歌乎，而法极杜、李矣……《书》变而《左氏》《战国》乎，而法极司马史矣。’”此处所谓“法”，指的是文法。他俩认为诗歌创作的顶峰是盛唐杜甫、李白；而古文的文法当推《史记》，甚至提出《史记》文章胜过《左传》及其他经部典籍的主张。

明万历年间，著名出版家、史学家凌稚隆（字以栋）即将刊行其《史记评林》一百三十卷时，特意请王世贞作序。在《史记评林叙》中，王世贞不吝赞道：“自今而后，有能绍明司马氏之统而称良史、至文者，舍以栋（凌稚隆）奚择哉？”其不仅强调《史记》是“良史”，而且推为“至文”，一反明代以前对《史记》在文学方面的批评与指摘，完全把司马迁《史记》在史学和文章学中的地位经典化，并产生了重大影响。

这种诵书赌酒的文人游戏，无疑是对《史记》经典地位的致礼，属李攀龙、王世贞等人力主拟古的一种践行。有人认为，明代《史记》在文章学中的地位经典化，引发明代研究、评点《史记》热潮，其根本原因是明人试图树立新的文章学典范以对抗宋人。此确实值得关注。

一些文人的赌博游戏记录如斯，看似寻常的休闲“乐子”如赌茶、赌酒，或者恍如狂异的举动如瀑泉灌顶……往往不容轻觑，内中大多涉其不一般的心绪与意境。游戏的样式大可不同，招式各异；终极一点是，这种“赌博”寄托着他们的文化诉求。

善弹琴的文化大家

古代文化素养讲求“琴棋书画”，琴则列于首位。在文人生活中，抚琴听曲是美妙的精神盛宴，是表达感情的极佳方式。古代的弄琴高手，或以琴交友，或以琴传情，或以琴砺志，充分展示了古琴文化的魅力。

古琴，古代文人修心养性的必备乐器。弹琴属文人的一种雅趣。

《礼记·乐记》载：“昔者舜作五弦之琴，以歌《南风》。”可知琴最初为五弦，周代时已有七弦。三国时期，古琴七弦、十三徽的形制稳定下来，一直流传至今，相传三千余年历史。

春秋战国时期，伯牙鼓琴，钟子期善听，“高山流水”典故流传不绝，说明古琴的独奏音乐具有感人的艺术表现能力。从孔子至刘安、刘向、蔡邕、嵇康、王维、欧阳修、苏轼、李清照、耶律楚材，以及明清诸多文人……一代一代传承，创作了大量悠扬动听的琴曲和琴歌。因此，琴乐不仅代表对音乐意境的追求，而且寄托着文人在精神上的诉求，表达其生活美学的态度。

相如琴挑卓文君

这是一段以琴为媒的姻缘。

西汉时期，司马相如（前179—前117），字长卿，蜀郡成都（今属四川省）人，好读书，善辞赋，西汉辞赋大家。景帝时为武骑常侍，不喜其职。其从梁孝王刘武客游梁地，著有《子虚赋》（后为汉武帝所赏识）。

史载，“会梁孝王卒，相如归，而家贫，无以自业，素与临邛令王吉相善，吉曰：‘长卿久宦游不遂，而来过我。’”临邛，治所今四川省邛崃市。司马相如返归故里，因家贫无以为生计，只好赴临邛，投靠友人县令王吉。

临邛一地富人颇多，首富卓王孙有家僮八百。听说县令有贵客，卓王孙连忙张罗设宴迎请。当天，与会宾客百来人，县令王吉也到场。到了中午，司马相如称病不能参加。见不到相如，王吉不敢进食，亲自前往迎请。相如不得已，勉强来到卓家，结果，满座客人无不惊羡其风姿。

“酒酣，临邛令前奏琴曰：‘窃闻长卿好之，愿以自娱。’相如辞谢，为鼓一再行。”“行”，曲也。此谓一两首曲。司马相如的琴技精妙，当年在梁孝王的梁园“雅集”，相如没少露一手，深为梁孝王赞许。据说，梁孝王为此将“绿绮”名琴馈赠相如。

当时，卓王孙有女文君喜好音乐，年仅十七岁，新近守寡居住娘家。“故相如缪与令相重，而以琴心挑之。”时年三十四岁的司马相如，佯与县令王吉相互敬重，却着意在卓家酒宴上弹琴，以琴声暗地诱发少女的爱慕之情。

司马相如来到临邛时，车马跟随其后，雍容大方，悠然优雅，十分出众。而待到卓家饮宴，相如弹奏琴曲时，“文君窃从户窥之，心悦而好之，恐不得当也”。妙龄少女春心萌动，既悦其人又好其琴音，并担忧得不到对方的情感。

酒宴一结束，司马相如托人以重金赏赐文君的侍者，“文君夜亡奔相如，相如乃与驰归成都”。尽管卓王孙事后大怒，却也无法阻断这段姻缘。

唐代司马贞《史记索隐》引张揖（三国魏）曰，当时卓家酒宴上，司马相如弹奏一曲《凤求凰》，“其诗曰：凤兮凤兮归故乡，游遨四海求其凰，有一艳女在此堂，室迩人遐毒我肠，何由交接为鸳鸯”，云云。此大抵是后人添续之作，亦不失为美谈。

博学大家与古琴

这是一位善弹琴、能辨材制琴、深知琴音的大家。

东汉时期，蔡邕（132—192），字伯喈，陈留郡圉县（今河南省杞县南）人，博通群籍，“好辞章、数术、天文，妙操音律”。史载，延熹二年（159），梁皇后死，汉桓帝与单超、徐璜、具瑗三名中常侍以及左悺、唐衡二名小黄门，合谋诛外戚、大将军梁冀。因诛梁冀有功，单超等五人同日封侯，世称“五侯”。从此，权归宦官，朝政日乱。不知怎的，他们听说蔡邕善弹琴，于是禀告皇上，并以皇帝名义下诏，令陈留太守督促蔡邕进京。

蔡邕的《述行赋》记述颇详。《述行赋》，又称《纪行赋》，主要记述行旅中的所见所思。其《述行赋》序言称：“延熹二年秋，霖雨逾月。是时梁冀新诛，而徐璜、左悺等五侯擅贵于其处。又起显阳苑于城西，人徒冻饿，不得其命者甚众。白马令李云以直言死，鸿胪陈君以救云抵罪。”当时，蔡邕年仅二十七八岁，尚未步入仕途。就在这一年，在宦官当权朝政腐败，百姓生活维艰的社会状况下，蔡邕被当朝权贵召进京弹琴，“心愤此事，遂托所过，述而成赋”。其被迫无奈起行，沿途感慨当地的历史掌故、史实，表达个人的政治理想，谴责扰乱朝政的佞臣，褒扬正直的贤士，揭示社会的黑暗现实，对百姓苦难生活表示同情。当来到偃师（今属河南省洛阳市）时，蔡邕称疾而归，“闲居玩古，不交当世”。

汉灵帝光和元年（178），蔡邕复为宦官所害，为避祸“亡命江海，远迹吴、会”。“吴、会”，指吴、会稽二郡，所领太湖流域和钱塘江以东，以至福建地区。

史载，当时，蔡邕逃亡至吴地，偶遇当地人以桐木作柴火烧饭，从柴火猛烈的燃烧声中，蔡邕知其为良木，赶紧请求把火中的桐木抢出熄灭，制作成琴。“果有美音，而其尾犹焦，故时人名曰‘焦尾’琴焉。”晋代傅玄《琴赋序》，把司马相如“绿绮”琴、蔡邕“焦尾”琴，都列为“名器”。

更有一宗奇事，史载，当年蔡邕在故里陈留时，其邻居设酒食召请蔡邕，按照往常彼此饮酒尽兴。这次却不一样，邻居家里有客人在屏后弹琴，恰巧蔡邕来到门口，暗地里听了一会，心里叹道：为何琴声中有杀心？于是，不敢进屋，掉头离去。因为蔡邕性笃孝，孝敬母亲，且“与叔父从弟同居，三世不分财”，所以素为乡亲邻里尊崇敬重。当主人得知蔡邕来到门口又离去时，急忙亲自追上前，询问缘由。蔡邕一五一十地将实情相告，众人听后无不感到怪异。“弹琴者曰：‘我向鼓弦，见螳螂方向鸣蝉，蝉将去而未飞，螳螂为之一前一却。吾心耸然，惟恐螳螂之失之也，此岂为杀心而形于声者乎？’”原来弹琴客见到螳螂捕蝉，心里只怕螳螂错失捕杀机会，即所谓“杀心而形于声”。蔡邕莞然一笑，称“此足以当之矣”。从琴声中听出弹奏者细微的内心变化，真可称之一绝：深知琴音。

临终一曲《广陵散》

这是一位以琴音与生死命运抗争的文化大家。

三国曹魏时期人嵇康（约223—约262），字叔夜，谯国铚县（今安徽省宿县西）人，著名文学家、思想家、音乐家。史称，“（嵇）康早孤，有奇才，远迈不群……长好《老》《庄》。与魏宗室婚，拜中散大夫。常修养性服食之事，弹琴吟诗，自足于怀”。

嵇康擅弹琴，曾作《长清》《短清》《长侧》《短侧》四首琴曲，后人合称为“嵇氏四弄”。并著有《琴赋》《声无哀乐论》，是中国音乐美学史上独树一帜的文献。其认为“心之与声，明为二物”，音乐是客观存在，情感是主观宣泄，因此，“声无哀乐”。嵇康继承了老、庄的美学思想，推崇和追求自然之美、天然之美，反对儒家强调的人为主观、功利性音乐艺术观。这与其“越名教而任自然”的社会观密不可分。

魏元帝景元三年（262），司马昭时任大将军，都督中外诸军事、录尚书事，操持朝政。史载，其昵信心腹部属钟会的谮言，以嵇康“言论放荡，害时乱教”为由，将其杀害。

南朝宋刘义庆《世说新语·雅量》载：“嵇中散临刑东市，神色不变，索琴弹之，奏《广陵散》。曲终，曰：‘袁孝尼尝请学此散，吾靳固不与，《广陵散》于今绝矣！’”相传，《广陵散》与战国时聂政复仇刺死韩王（一说刺杀韩相）的故事有关。曲谱中有“刺韩”“冲冠”“发怒”“投剑”等分段小标题。全曲贯注着一种愤慨不屈的浩然之气，跌宕起伏，变化急剧，“纷披灿烂，戈矛纵横”。以至宋代大儒朱熹愤然指斥：“其声最不和平，有臣凌君之意。”嵇康临刑前弹奏此曲，绝非偶然，以琴音表达其内心对朝廷权贵的愤慨痛恨，对个人生死命运的抗争不屈。

其中提及的袁孝尼，名准，嵇康外甥。入晋后，官到给事中。其能弹琴，曾请从嵇康学《广陵散》，可嵇康坚拒不传授。于是，袁孝尼私下“偷师”。唐代陈拙《琴书》载：“（嵇）康静夜鼓之，孝尼窃从外听……止得三十三拍。”后加工成四十一拍，与先前的《广陵散》还是有些区别。

嵇康临刑时，“太学生三千人上书，请以为师”挽救他，司马昭不许。嵇康终年四十，海内之士，莫不悲痛惋惜。

“淡和之美”与“平心养生”

这是一位拥有三张古琴的文化大家。

北宋时期，欧阳修（1007—1072），字永叔，号醉翁，晚年更号六一居士，庐陵（治所今江西省吉安县）人，著名政治家、文学家、史学家、金石学家、音乐家，被称为“得文章之全者”。

欧阳修《三琴记》称，其有三张古琴：张越琴、楼则琴、雷氏琴，制作皆精而有法。“今人有其一已足为宝，而余兼有之。”而且，“余自少不喜郑卫，独爱琴声，尤爱《小流水曲》”。郑卫之声，指周代郑国和卫国一带的民间歌舞音乐，被传统的儒家认为“乱世之音”。孔子一方面提出“恶郑声之乱雅乐也”“郑声淫”“放郑声”；另一方面，其与弟子们编纂的诗歌总集《诗经·国风》中，却大量收录郑、卫两国的爱情歌曲，其中不乏大胆火辣之作。

欧阳修独爱琴声，不喜郑卫之声，体现了其音乐审美的追求。当年，其在《书梅圣俞稿后》中提出淳古淡泊之声舒和高畅的审美观点。而后，其通过个人不断对音乐创作、弹奏和欣赏的实践，逐渐形成自己独到的“淡和之美”的音乐美学思想。“尤爱《小流水曲》”，便是其音乐美学思想的具体体现。

欧阳修的一生，仿佛流水的动态，曲折坎坷：幼年丧父，两度科举落榜，仕途几度遭小人诬陷被贬……“平生患难，南北奔驰，琴曲率皆废忘，独《流水》曲梦寝不忘。今老矣，犹时时能作之。”其为人品格亦真如同流水一般，百折不回，坚持直言不阿，淡泊名利，不惧官场的纷扰，从悲慨中彻悟，在欣慨中生活。因此，其认为“琴曲不必多学，要于自适，琴亦不必多藏，然业已有之，亦不必以患多而弃也”。

晚年的欧阳修，在“淡和之美”的美学思想上，更注重音乐的实际意义，专注于音乐的养生功效。其友人杨寘，字审贤，“少有隽才”，累不得志，当时，被调往剑浦（今福建省南平市内）为尉。即将赴任时，欧阳修写下《送杨寘序》为其送别。文中讲述了欧阳修的亲身经历：曾患幽忧之疾，老治不好。后来向友人孙道滋学弹琴，感受琴音，弹奏几首琴曲，时间一长，乐在其中，疾患也就不知不觉消失了。如今，杨寘到僻远之地赴任，缺医少药，“风俗饮食异宜”，欧阳修担忧其多疾之体，有不平之心，心境郁悒怎能长久下去？“然欲平其心，以养其疾，于琴亦将有得焉”，劝导杨寘学琴，强调音乐平心养疾的养生功能。

宋神宗熙宁三年（1070），六十三岁的欧阳修由青州再贬至蔡州（今河南省汝南县），更号六一居士。所谓“六一”，指家藏书一万卷、金石遗文一千卷、琴一张、棋一局、酒一壶，“以吾一翁老于五物之间”。据《六一居士诗话》载，其家藏一张雷氏琴。唐代，四川有一个九辈制琴的世家，称为“西蜀雷氏”，唐代雷氏所制的琴，世称“雷公琴”，皆是古琴的精品。欧阳修藏的雷氏琴，为唐敬宗宝历三年（827）时，雷会所制作，已有二百五十年之久。当时，欧阳修的门生苏东坡曾在淯井监（今四川省长宁县双河镇），得到西南夷族所卖的土布弓衣。弓衣，即保护弓和弦的弓套。土布上织有欧阳修挚友梅圣俞的《春雪》诗，因而特意送给欧阳修。欧阳修珍爱雷氏琴，“其声清越，如击金石，遂以此布更为琴囊，二物真余家之宝玩也”。

然而，宋代张端义《贵耳集》录有欧阳修《论琴帖》，欧阳修在文中称：“官愈昌，琴愈贵，而意愈不乐。”其青年时被贬为夷陵（治所今湖北省宜昌市）县令，得到一张普通的琴，琴虽不佳，可身处青山绿水间，无复为世俗所累，意则自适。等到官擢舍人、学士之位时，他先后得到张粤（一作越）琴、雷氏琴。可终日奔走于世俗间，官场名利纷扰，无复清思，琴虽佳，又有何乐趣？因此，其认为弹琴“乃知在人不在器也，若有心自释，无弦可也”。由此可知音乐与人的身心有着密切联系。

这些古代的文化大家，或称大师，无一不是音乐家。他们擅于弹琴，精妙于心。司马相如以琴音追求幸福生活；蔡邕深知琴音，辨材制琴；嵇康以琴音与生死命运抗争；欧阳修以琴音展现个人的品格和审美情趣……“鼓天地之和而和天下”（宋代范仲淹语），正是他们一代一代地演绎着我国的古琴文化，才使之成为世界音乐史上凸现的一种奇特现象。

好吹笛的奇人趣事

东晋“笛圣”桓伊以歌乐进谏，用心良苦，令谢安动容，让孝武帝暗自愧疚；赵文度以“声调清越，众惊叹”的笛曲，让宋琪连夜逃离华州……此时的笛声，充满了人文情怀、政治抱负和精神追求。

唐代段安节《乐府杂录》：“笛者，羌乐也。”笛是少数民族的一种管乐器，尤适于表达离愁怀乡的情愫。

脍炙人口的唐代杜甫《吹笛》诗句：“吹笛秋山风月清，谁家巧作断肠声。”唐代宗大历元年（766），其由夔州移寓西阁，即景所作，借《落梅花》《折杨柳》《武陵深》《胡笳声》等古笛曲，将乡愁国忧与感时伤世之情抒发酣畅。

又有高适《塞上听吹笛》诗：“雪净胡天牧马还，月明羌笛戍楼间。借问梅花何处落，风吹一夜满关山。”《落梅花》《关山月》古笛曲皆清商曲，为思乡之作。全诗以苍劲的情怀，展现盛唐时期边塞战士的豪迈情感。东汉应劭《风俗通》认为：“笛，涤也，所以涤邪秽，纳之雅正也。”

吹罢笛无言而去

东晋时期，名将桓伊曾参加“淝水之战”，与谢玄、谢琰等大破前秦苻坚百万敌军。

桓伊，字叔夏，小字子野、野王，谯国铚县（今安徽省宿县西）人。史称，其驰骋疆场以外，“善音乐，尽一时之妙，为江左第一”。桓伊最擅长的是吹笛。据说，其使用的竹笛，是东汉蔡邕亲手制作的“柯亭笛”。桓伊吹笛出神入化，最拿手的曲子为《梅花三弄》。后来，唐代颜师古将其笛曲改编为著名琴曲。

史载，桓伊“性谦素，虽有大功，而始终不替”。有一次，东晋名士、书法家王徽子应召赴京师建康，途中船泊青溪（三国吴开凿。故道自今江苏南京市东北紫金山，屈曲西南流，经南京市入秦淮河。今已湮废）旁，其素与桓伊不相识。恰巧，桓伊乘车从岸上路过，被王徽子同船的客人认出来，指称桓伊的小名：“此桓野王也。”王徽子生性高傲，放荡不羁，当即派人对桓伊说：“闻君善吹笛，试为我一奏。”

当时，桓伊身居尊贵显达的地位，平日听过王徽子的名字，对其轻狂不以为然，却也没有拒绝。“便下车，踞胡床，为作三调。”吹罢笛曲，其径自上车离去，始终与王徽子“不交一言”。好个“不交一言”，桓伊尽管应从要求吹笛，亦表明其对“名士”的不屑态度。

史载，晋孝武帝司马曜在位末年嗜酒好肉，沉迷后宫，不亲朝政。其弟司马道子，时封琅琊王，酗酒尤甚，且好听谄言邪语，搞小圈子，亲信王国宝，窃弄威权，势倾天下。王国宝其人，当朝名相谢安女婿，专谋私利，毫无节操品行。谢安厌恶其为人，经常遏制不用。王国宝见升官攫利此路受阻，便改换门庭，以从妹为司马道子王妃，使用攀附谄谀各种不正当手段，被司马道子倚为心腹，借势擅权，甚至唆使司马道子与皇上争权，挑动内外不和，朝政紊乱。在淝水之战后，谢安功高名盛。于是，一些逐利邪僻的人从中诬枉构陷，引起皇上心生猜疑，逐渐疏远谢安。

一次，孝武帝召桓伊饮宴，谢安陪侍在座。“帝命伊吹笛，伊神色无忤，即吹为一弄”，便放下笛子，请求准许自己弹筝唱歌，称其弹筝虽不及吹笛，可足以韵律配合歌管，而另请人吹笛。筝，我国一种古老的传统弹拨乐器，素称“仁者之器”。皇上认可桓伊的乐音和谐通畅，当即下令一名御妓吹奏笛子。桓伊以不便配合而婉拒，请求由其家奴吹笛，相互配合娴熟。皇上越加赏识其放达直率，于是，允许桓伊召人吹笛。

其家奴吹起笛子，桓伊“便抚筝而歌《怨诗》曰：为君既不易，为臣良独难。忠信事不显，乃有见疑患。周旦佐文武，金縢功不刊。推心辅王政，二叔反流言”。《怨诗》出自魏晋时曹植的《怨歌行》。诗中叙述周公旦忠公辅佐文王、武王的故事。当周武王病重时，周公私下祷告：愿以身代死，并将书写祝词的典册封存于“金縢”之匮（以金质绳索捆束的箱匣）。成王继位后，周公摄政，其兄弟管叔鲜等放出流言，诬周公图谋篡位，使周成王疑忌在心。几经周折，后打开金縢，看到纳于匮中的文书，周成王才明白周公旦的一片忠心。当年，曹植亦受到魏明帝的猜疑，写下这首诗。而桓伊在皇上面前，配合着笛声，弹筝唱《怨诗》，歌声慷慨激昂，俯仰可观。谢安听得泪流湿襟，越席来到桓伊身边，捋着胡须，说：使君在此表现很不一般！皇上脸露惭愧之色。桓伊既巧妙地通过弹筝放歌，又大胆地捅破某些人的别有用心，有助于弭除帝相之间的猜忌。

吹笛如陈师鞠旅

北宋初，赵文度经历了人生中的一大转折。

赵文度，蓟州渔阳（今天津市蓟州区）人，曾任河东节度使书记一职。其为人善言巧语，喜逗趣开玩笑。当河东节度使刘崇在晋阳称帝，以延汉祚（史称“北汉”）后，赵文度深受刘崇及其子睿帝刘钧的重用，累官至门下侍郎兼枢密使，后与北汉权相郭无为不和，被贬镇守岚州。

宋太祖开宝二年（969），赵匡胤率大军亲征晋阳，另派一支军队围攻岚州。在危难困厄的情势下，赵文度投降归顺北宋朝廷。不料，其不仅没有被歧视和贬弃，反而受到宋太祖厚赐安抚，并授检校太傅、安国军节度。一年多后，赵文度任华州（治所今陕西省华县）节度使。

据宋代丁谓《丁晋公谈录》载，当时，同州（治所今陕西省大荔县）节度使宋琪移镇邠州（治所今陕西省彬县），途经华州。于是，赵文度设宴招待宋琪。

宋琪，字叔宝，幽州蓟县（今北京市西南）人。在北宋朝廷里，其可谓老资格，宋太祖乾德四年（966），即任开封府判官。要知道时任开封府尹的是赵光义，嫡亲皇弟，即后来继位的宋太宗。由于宋琪与宰相赵普、枢密使李崇矩过从甚密，招惹赵光义不高兴。结果，宋琪被调离汴京，去外地任职。尽管其仕途颇周折，可自认为是老臣子，看不起赵文度这种半路归宋的降臣，而且还与其平起平坐，心里实在气不过，决意要给赵文度“下马威”。

宋琪参加赵文度的招待酒宴时，“带随使乐官一百人入赵府署，立于东厢，赵之乐官立于西”，东西两厢分别站立着宋、赵的乐官，恍如两军列阵对垒。即将举杯开宴时，东厢的宋琪乐官抢先吹响乐声。于是，赵文度说：“于此调吹《采莲》送盏！”赵故意定下调式，让宋琪的乐官吹奏古曲《采莲曲》。无疑，吹奏时需要移调变奏，属鼓吹乐中“一曲多变”的手法之一。可是，宋琪的百人乐官都吹不成调。赵文度当即下令西厢的乐官演奏。

在《采莲曲》的乐声中，众人传杯送盏一巡。宋琪亦觉得挫损锐气，心犹不甘，亲自出马吹笙。在笙曲声中，赵文度饮罢一杯。接着，赵文度索取笛子，吹奏乐曲，复送宋琪饮一杯。笛曲“声调清越，众惊叹”。想不到赵文度还会这一手，而且演奏技巧高超，令人叹服。一下子，如同阵前号角一响，决定了宋、赵双方的胜负。暗地里，宋琪随使乐官取其竹笛来看，发现笛窍不一般，乐官的手指按不满笛窍。

席终人散，宋琪回驿馆后，赵文度又在山亭张罗夜宴。宋琪自知不是赵文度的对手，连夜逃离华州。

能文能武知乐音

宋神宗时，刘几由第进士入仕的文职官员，成为守边知兵的武将。

刘几，字伯寿，洛阳（今属河南省）人，官宦子弟。史载，神宗即位，其转四方馆使，镇守保州（今河北省保定市）。北宋时期，保州地处宋、辽边境，成为北宋北部的边防重镇，防御辽军南侵的第一道防线。在刘几的治理下，保州的状况为河北第一。刘几被称为善于治军带兵的武将。六年后，其调回朝廷任秘书监，并请准告老致仕。

当时，刘几六十五六岁退休，在嵩山、少室山之间，心怀旷荡，放达不羁。宋代朱弁《风月堂诗话》载，其在嵩山玉华峰下建房，自号玉华庵主。刘几有二侍妾，一名“芳草”，一名“萱草”，不仅人秀丽，而且善音律。“伯寿出入乘牛吹铁笛，二草以蕲笛和之，声满山谷。”刘几吹的是铁笛，二位侍妾吹蕲笛。蕲笛，蕲州（治所今湖北省蕲春县南）竹所制笛，乐音清幽柔和，与铁笛的音质相和。令人称奇的是，刘几骑牛出门，不言行踪，任由所骑的牛行即行，牛止即止。其必定将壶觞里的酒饮尽，酣醉而归。当地人都视刘几为地仙。

史载，宋神宗元丰三年（1080），因刘几知音，皇上下诏，任刘几为太常雅乐修定官，改制雅乐。当时，宋代的雅乐主要为宫廷祭祠音乐，教坊乐主要为宫廷宴饮音乐。北宋初以来，二者乐律不同，乐器有别。熙宁九年（1076），时任教坊副使的乐工花日新，经奏准，改造教坊乐律，主张去噍杀之声，“导中和之气”，俗中求雅，更将新乐施之于雅乐殿堂。刘几则改造太常雅乐，认为“律主于人声，不以尺度求合，古今异时，声亦随变”，“故求于器虽合，而考于声则不谐”。在这期间，刘几曾与花日新相互交流，研究雅乐与俗乐之间的关系。终于，太常雅乐经刘几改制而成。

宋代陈师道《后山谈丛》载，刘几好音，当时与乐工花日新交往。其弟刘卫卿劝说不要与花日新往来，可刘几不听。于是，其弟告诫守门口的仆人，不让花日新进屋。刘几想了个法子：“约鸣管以自通”，干脆与花日新约定，两人以吹笛为号。卫卿知道后，故意指使别的乐工在大门外吹笛，以误导刘几，可“数奏而不出”。其弟以为刘几未听见，有意去告诉他，刘几表示不是花日新。话音刚落，乐工花日新来到大门外，一吹笛子，刘几笑着说："此是也。"接着，走出门去。

刘几祖父刘温叟，宋初拜御史中丞。有趣的是，因温叟父名岳，"岳"与"乐"音同，刘温叟避讳，一辈子不听音乐。其孙刘几却喜好音乐，深知音乐。

铁崖道人吹铁笛

元末明初，杨维桢被称为"通才""奇才""怪才"。其诗名动一时，号铁崖体。亦有人贬其为"文妖"。

杨维桢，字廉夫，号铁崖道人、铁笛道人，又号铁心道人、铁冠道人、铁龙道人、梅花道人，晚年自号老铁、抱遗老人、东维子等，会稽（治所今浙江省绍兴市）人。史载，少时，其父在会稽铁崖山筑楼聚万卷书，让其苦读，五年时间足不下楼，辘轳传食。于是，自号铁崖。

其三十一岁中进士，仕途不顺，为人狷直忤物，为官十年不调；四十三岁丁艰，期满，迟未得补官；元惠宗至正四年（1344），应聘赴湖州长兴东湖书院任教。在长兴二年间，杨维桢意外得到一支千年残剑镕铸而成的大铁笛。据杨维桢《铁笛道人自传》称，铁笛"长二尺有九寸，窍其九，进于道人。道人吹之，窍皆主应律，奇声绝人世"。杨维桢得到铁笛，名之为"铁龙"，作为其须臾不离身的伴侣。因此，其自号"铁笛道人""铁龙道人"。当时，"城中富贵人闻道人名，多载酒道人所，幸闻笛"。杨维桢吹罢一曲，便躺卧送客。即便客人不离去，其照样自行躺卧或吹笛。

史载，杨维桢作客吴（今江苏省苏州市）中，一次，与"吴中四杰"之一的诗人杨基相遇。"基于座上赋《铁笛歌》，维桢惊喜"，与杨基一同东游，其对跟随同游的人说：我在吴中又得一铁了。他（指杨基）的学识，优于老铁的学识。一老杨，一小杨，两人成为忘年交。

《铁笛歌》即《铁笛歌为铁崖先生赋》。明代郎瑛《七修类稿》载，当时，杨维桢与杨基相见，"戏以所号铁笛为题，使其赋歌"。杨基应道：不仅能歌，而且尤仿效铁崖体。次日，杨基真的写出仿铁崖体的《铁笛歌》，杨维桢不觉自失地说：“吾意诗径荒，今老铁当让子一头地。”因此，当时有“老杨”“小杨”之称。

元末，农民起义军纷纷举帜，反元斗争风起云涌。杨维桢避乱于富春山，后迁钱塘。因得罪达识丞相，其又徙居吴淞江边，度过其人生最后的十二年。尽管其生活困顿，“赖馈饷度日”，却依然自得其乐，“取铁笛作长短弄，旁若无人”。有时，杨维桢头戴道士的华阳巾，身披羽衣，坐在船屋上，吹铁笛，奏《梅花弄》；有时，呼唤侍儿唱《白雪》歌，自倚凤琶伴奏，“宾客皆翩跹起舞，以为神仙中人”。

所谓奇人趣事，无非有异于一般人、平常事。其实，说奇也不奇，他们擅以一支竹笛或铁笛，表达对世俗陋习的蔑视，或对朝政腐败的愤懑，彰显其个性的自由精神与追求。无论是处于人生的顺境还是逆境中，哪怕是悲慨的乐曲，他们都能自取其乐，在笛声中演绎豪迈的情怀、不屈的志气。不能不看到，这是他们的真情流露。

琵琶声里的人生故事

琵琶作为民乐的典型代表，兼具异域与本土特征、俗乐和雅乐特征，既与民间音乐息息相关，又与盛唐宫廷遗风紧紧相连。在其两千多年发展历程中，历代文人又倾注了大量心血，使之充满传奇色彩。

清代，徐松《登科记考》引唐人小说《集异记》：唐玄宗李隆基开元年间，诗人王维赴长安应试，岐王李隆范让其去拜见九公主（唐玄宗同母妹玉真公主）。在公主府邸，王维为九公主弹奏自制琵琶新曲《郁轮袍》，满座皆惊。李隆范乘机推介王维，不仅琵琶弹得好，其诗更好。王维献上诗作，公主看后赞不绝口，当即表态，定会在省试“力荐之”。

唐代省试，相当长一段时间内，对试卷不“弥封”，相反，根据推荐人递上的“行卷”，与试卷相比照。王维给九公主弹奏琵琶，因“行卷”获进士第的故事，至今已难究其实。不过，在史料的述录中，还有不少与弹奏琵琶相关的人生故事。

康昆仑折服拜师

康昆仑，唐代著名琵琶师，西域康国（今乌兹别克斯坦撒马尔罕一带）人，祖居祁连山北昭武城（今甘肃省临泽县境内）。

唐德宗贞元间，一年春旱，京师长安大街搭起彩楼，有诵经者，有弹唱者，纷纷求神祈雨。据明代何良俊《四友斋丛说》述，“杨升庵（按，即明代文学家杨慎）云，长安大市有两街，街东有康昆仑琵琶，号为第一手。谓街西必无己敌也，遂登楼弹一曲新翻调《绿腰》”。新翻调《绿腰》，又作《六么》，或《羽调录要》。正当其悠然自得之际，街西一座彩楼忽然传来美妙的琵琶声。只见楼头端坐一位女郎，手抱琵琶，亦弹此曲，并在原曲中移入“枫香调”，妙绝入神。昆仑当即惊骇，深为其琴艺折服，请以为师。孰料此女是和尚男扮女装，姓段，人称段师，法号善本，少年即在长安庄严寺出家为僧。

次日，唐德宗召见康、段二人，大加赏励，给予不同的奖赏。先令昆仑弹一曲，曲罢，“段师曰：本领何杂，兼带邪声”。一语切中要害，昆仑惊呼：“段师神人也。”唐德宗下令，段师授技艺给昆仑。“段师奏曰：且请昆仑不近乐器十数年，忘其本领，然后可教。”唐德宗许可。后来，康昆仑果然十来年不摸琵琶，然后重新跟随段师习艺，尽得其琵琶技艺。

先忘却旧本领，再重新习技艺，缘何道理呢？《四友斋丛说》引述，宋代大儒朱熹在一封答人论诗的书信中说：“来书谓漱六艺之芳润，良是，但恐旧习不除，渣秽在胸，芳润无由入耳。”务必根除旧习，清渣去秽，此谓诗歌与乐器之艺同理。

康海怒摔琵琶明志

康海，字德涵，号对山，武功（今陕西省武功县西北）人；明孝宗弘治十五年（1502）状元，授翰林修撰；以诗文名列明代“前七子”之一；著名文学家，精音乐，尤善琵琶。清代诗人吴伟业《琵琶行》诗句：“琵琶急响多秦声，对山慷慨称入神。”盛赞康海的琵琶技艺。

史载，明武宗正德初，宦官刘瑾擅权乱政，与康海同乡，慕其才名，想延揽招士，遭康海拒绝。后来，康海好友李梦阳（“前七子”之一）被拘入狱。梦阳在狱中写纸条给康海：“对山救我。”为了营救李梦阳，康海只好放下身段，去见刘瑾。“海因设诡辞说之，瑾意解，明日释梦阳。”不料，正德五年（1510），“站皇帝”刘瑾势败被诛。康海却受牵连，名列刘瑾党而被罢官归里。

据明代何良俊《四友斋丛说》称，康海归里后，“常与妓女同跨一蹇驴，令从人赍琵琶自随，游行道中，傲然不屑”。史书记述，康海与其友王九思（字敬夫，号渼陂）同里、同官、同以刘瑾党废，于是，两人经常相聚于鄠县（治所今陕西省西安市鄠邑区）、杜县（治所今陕西省西安市雁塔区）之间，挟声伎酣饮，制乐造歌曲，“自比俳优，以寄其怫郁”。当时，王九思有《念奴娇·寄对山子》词云：“闷拨琵琶歌未了，却被莺声相妒。”

清代查继佐《罪惟录》载，当朝宰辅兼少傅杨廷和之弟杨廷仪，新都（今四川省成都市新都区）人，曾任兵部右侍郎，有人曾揭发其与宦官刘瑾有过关系。一次，其离家还朝，途经康海处所。由于是老熟人，“海喜，置酒引醉，自弹琵琶，唱新词为寿”。杨廷仪颇为自大地对康海说：“家兄居恒相念，君但得一书，吾为道地史局。”史局，即史馆，负责修史的官方机构，属宰相主管。杨廷仪扬言其兄杨廷和平日对康海颇有印象，只要康海写信给杨廷和，由其带交……话未说完，康海大怒骂道：“若伶人我哉！”把我看作伶人，倚傍贵人门户讨生计？口中一边怒骂，手中的琵琶掷击出去，琵琶被击得散裂破碎。杨廷仪踉跄逃去，幸免击中。“海遂入，咄咄蜀子，更不相见。”由此益知康海当年不可能屈折志向而投靠刘瑾。“盖气节屼不可犯，即非瑾时，少师座中不易至也。”少师，指杨廷和。

查八十琵琶游江湖

查鼐，字廷和，休宁（治所今安徽省休宁县西）人。其母刘氏生育时，恰逢其祖父八十大寿，大喜，取名为“八十”，人称“查八十”。

其为明代著名琵琶家，活动于明代正德、嘉靖间。晚明诗人王稚登有诗句：“查翁琵琶天下闻，奇妙不数康昆仑。”赞誉其演奏技艺。

其祖父经商起家，查鼐成年后，随父兄经商，行走江湖。其喜好琵琶，曾拜乐师张老六和谢彦明为师，尽得两人琵琶弹奏技法。明代何良俊《四友斋丛说》载，当时，清弹琵琶享誉盛名的是正阳（今安徽省寿县西南）钟秀之。查鼐来到正阳拜访钟秀之，持侍生名帖投谒。“钟令人语之曰：使寻常人来见，则宜称侍生。吾闻查八十以琵琶游江湖，今日来谒，非执弟子礼，我断不出。”查鼐应道：“吾固闻秀之名，然未见其技。使果奇，执弟子礼未晚。”于是，钟秀之在照壁后面，取琵琶弹奏一曲。查鼐听罢，立即跪膝前行，自称弟子。其留在正阳数月，日夜习练，尽得钟秀之的琵琶技艺才回去。

据明代汪道昆《查八十传》述，查鼐行走江湖，每到一地，人人亲近查鼐，以听其弹奏一曲为荣。在苏州，其与名士祝允明、杨慎、王庞、唐寅、文徵明以友相交。在开封，周王派人召查鼐入王府，查鼐对使者说：“王能客鼐，鼐来；不能，鼐裹足逝矣。”周王听了回话，以贵宾礼仪接待查鼐，两人相叙尽欢。在扬州，富商李从尧出巨资想跟查鼐学弹琵琶，“鼐笑曰：既得富家翁为弟子，鼐将鬻技乎哉”，以不愿成为卖艺人，婉言谢绝。

《四友斋丛说》载，明嘉靖中叶，查鼐友人王亮卿（徽州同乡）在留都南京参加考试，听说查鼐来到南京，前往拜访。王亮卿邀约其在伎馆宴饮，想听查鼐弹奏琵琶。“查曰：妓人琵琶，吾一扫即四弦俱绝，须携我串用者以往。”唐代之前琵琶五弦，宋代之后四弦。查鼐提出必须带自己的专用琵琶。于是，王亮卿在相熟的杨家伎院摆酒，宴请查鼐。杨家世代以弹奏琵琶扬名南京。酒过三巡，查鼐取个人的专用琵琶弹奏，请杨家一妓女占板。刚弹奏一二段，“其家有瞎妈妈最知音，连使人来言：此官人琵琶与寻常不同，汝占板俱不是”。半曲过后，瞎妈妈被搀扶出来，询查鼐来历。悉查鼐是钟秀之的徒弟，其不禁与查鼐相持而泣，流连不忍分别。原来，瞎妈妈旧与钟秀之相处。

民间相传，琵琶这种少数民族的乐器，传入汉族，流传广远，成为我国传统乐器中的一朵奇葩。文中所述的，均是琵琶高手，弹琵琶或成世间绝技，或属文人雅趣。其技艺称绝，虽有天赋奇遇，必离不开苦习勤练。而且，他们往往以匹夫而拒显贵，耻于降志事主，傍人门户。尤其是仕途不济或厌倦官场的文人，其精神追求与现实生活发生冲撞时，对其人生道路和人生价值进行反思，必须崇尚自我价值，构成儒家人格精神，演绎其与社会流行风气迥异的人生故事。

古人借书二三事

古代图书奇缺，借书绝非易事。古人借书有约定俗成的礼仪，“借书一瓻，还书一瓻”，借书还书都珍惜，皆以酒醴通殷勤。这种“借人典籍，皆须爱护”（颜之推语）的文化道德观，一直绵延后世。

可以设想，当年没有造纸技术，没有印刷技术，人类的知识依恃心传口授。尤其是笔录，仅以手抄的形式得以流传与传承，那是何等艰辛。从而证实一个道理：人类的文明发展与书籍是密不可分的。

那么，不妨沿着历史的轨迹，捡拾出现纸张，甚至使用印刷术之后的遗落碎片，通过借书这个环节，对我国文化知识的阅读、传播、继承及发展管窥一斑。

（一）

考古发现，甘肃省天水放马滩出土的古纸，纸面平整光滑，质地薄而软，上面还有细墨线绘的山川、河流、道路等图形。经专家考证，放马滩古纸属西汉早期，比东汉“蔡侯纸”的发明大约早了三百年。

然而，当时纸张的发明和使用，在流通、传播的领域，不管有偿或无偿，并没有改变手抄本的形式。那些家贫的好学士子，仍然难以叩开借书的方便之门。于是，出现了一种“借读”的特殊方式。

西汉后期的经学家匡衡，生卒年不详，字稚圭，东海承县（治所今山东省枣庄市南）人。史称，其“父世农夫，至衡好学，家贫，庸作以供资用，尤精力过绝人”。西汉刘歆《西京杂记》有一段详述其“庸作”的文字：“匡衡……勤学而无烛……邑人大姓，文不识，家富多书，衡乃与其佣作，而不求偿。”在大姓人家里作佣打工，却不索取工钱。“主人怪，问衡，衡曰：愿得主人书遍读之。”原来，匡衡看上的是主人“家富多书”，甘愿无偿佣作，借读于主人家。其以借读的方式，最终成为一代学者。史载，匡衡善说《诗》。其时，“诸儒为之语曰：无说《诗》，匡鼎来；匡语《诗》，解人颐”。

还有一位东汉时期的学者王充（27—约97），字仲任，会稽上虞（今属浙江省）人。史载，其“家贫无书，常游洛阳市肆，阅所卖书，一见辄能诵忆，遂博通众流百家之言”。凭借“借读书肆”，好学强记，博通诸家。

王充后辞官还乡，闭门潜思，以为俗儒守义，多失其真，著《论衡》八十五篇，二十余万言，释物类同异，正时俗嫌疑，影响颇为深远。

以上两位汉代学者，一是“佣作借读”，一是“借读书肆”，均以“借读”的方式，走上个人学习与积累文化知识的崎岖之路，并取得亮眼的成就。

（二）

据文献记录和出土印本相证实，唐代初期发明雕版印刷，在书籍流通传播的领域，总算摆脱了手抄本“茕茕孑立”的尴尬局面。大约中晚唐时期，木雕版印刷技术广泛使用起来。

唐穆宗长庆四年（824），诗人元稹为《白氏长庆集》作序，称当时扬州、越州一带，有人将他俩（元稹、白居易）的诗“缮写摸勒，衒卖于市井，或持之以交酒茗者，处处皆是”。“摸勒”即指刊刻印刷。由于是印本，数量足以供出售，或者用来交换茶酒，无疑也就促进私人藏书以及借书的发展。

有趣的是，唐代李匡乂《资暇集》称：“借借书籍，俗曰借一痴，借二痴，索三痴，还四痴。又案《王府新书》，杜元凯遗其子书曰：书勿借人。古人云，古谚‘借书一嗤，还书二嗤’。后人更生其词，至三四，且讹为痴。”

杜元凯，即晋代杜预（222—284），字元凯，京兆杜陵（治所今陕西省西安市）人。晋武帝咸宁四年（278）其为镇南大将军，死后追赠征南大将军。史称，其博学多闻，尤精《左传》。由此看来，所谓“借书一嗤，还书二嗤”一语，可上溯至晋代之前。后来，以讹传讹，结果讹为“痴”。那么，古人为何称“借书还书”为“痴”呢?

宋代方勺《泊宅编》认为：李匡乂指“嗤”，笑也。后又讹为“痴”。“前辈又以‘痴’为‘瓻’。瓻，酒器也。盖云借书以一瓻酒，还之亦以一瓻酒。瓻，通作鸱。吴王取马革受（伍）子胥尸，沉之江。颜师古曰：即今之盛酒鸱夷幐。”“鸱夷”，即皮口袋。唐代史学家颜师古则称，当今以皮囊盛酒最佳。

“痴”实为“瓻”，讹传之误。宋代何薳《春渚纪闻》引证：“因于孙愐《唐韵》五之字韵中瓻字下注云：酒器，大者一石，小者五斗，古借书盛酒瓶也。又得以证二字之差。然山谷鸱夷字必别见他说。当是古人借书，必先以酒醴通殷勤，借书皆用之耳。”

显然，古人借书还书时，“以酒醴通殷勤”，纯属民间不成文的“约定俗成”。

（三）

细想一下，“瓻”讹为“痴”，虽属民间“俗鄙之语”，却非毫无一丝道理。内蕴得书之艰辛、借书之不易。

元代刘祁《归潜志》感慨地说：“昔人云：‘借书一痴，还书亦一痴。’故世之士大夫，有奇书多秘之，亦有假而不归者，必援此。予尝鄙之，以为君子惟欲淑诸人，有奇书，当与朋友共之，何至靳藏，独广己之闻见？”而且，直斥“其假而不归者尤可笑，君子不夺人之所好，己所不欲，勿施于人，岂有假人物而不归者耶？因改曰：‘有书不借为一痴，借书不还亦一痴也’”。

遑论用竹用帛的手抄本时期，即使发明造纸技术的汉代，甚至发明木雕版技术的唐代之后，亦往往有书不外借，秘珍“靳藏”。

东汉学者蔡邕（132—192），字伯喈，陈留圉县（今河南省杞县南）人。史称，其博通群籍，好辞章、术数、天文，尤善音律。汉灵帝熹平四年（175），经奏请皇帝同意，蔡邕等人正定《六经》文字，自书丹于碑，使工镌刻于太学门外，世称“熹平石经”。后其曾两次为宦官所害，亡命吴、会（即吴、会稽二郡）二十年。

据《后汉书·王充传》袁山松注：“（王）充作《论衡》，中土未有传者，蔡邕入吴，始得之。恒秘玩以为谈助。”当时，蔡邕为宦官迫害，亡命途中获得《论衡》，其艰辛不言而喻。不过，蔡邕“恒秘玩”，不肯示人，终为人所诟病。

另外，前述的晋代杜预，幽州刺史杜恕之子，尚晋文帝妹高陆公主。史称：“预博学多通，明于兴废之道，常言：‘德不可以企及，立功立言可庶几也。’”杜预身居镇南大将军时，率兵攻灭吴国，“既立功之后，从容无事，乃耽思经籍，为《春秋左氏经籍集解》”，甚至自诩有“《左传》癖”。可谓出则为将，入则著文，一个响当当的人物，偏偏不肯借书与人。

唐代段成式《酉阳杂俎》载，杜预写信给儿子杜锡：“知汝颇欲念学，今因还车致副书，可案录受之，当别置一宅中，勿复以借人。”竟然嘱咐其子秘藏书籍，“勿复以借人”。由此可知，尽管造纸术、雕版印刷术发明之后，书籍日渐繁富起来，但是，遇着家有藏书却不愿外借的境况，哪怕“以酒醴通殷勤”，亦无济于事，何况一贫如洗的好学穷小子？

值得一提的是，五代时期一位平头百姓借书未竟后，却志酬夙愿。此人叫毋昭裔，生卒年不详。据宋代秦再思《洛中纪异录》载，毋昭裔，蒲津（今山西省永济市蒲州镇）人，“先是，公（即毋昭裔）在布衣，日常从人借《文选》及《初学记》，人多难色。公浩叹曰：余恨家贫，不能力致，他日稍达，愿刻板印之，庶及天下习学之者”。后来，毋昭裔被后蜀后主孟昶看上，位居丞相。其“乃曰：今日可以酬宿愿矣。因命工匠日夜雕板，印成二部（按，即《文选》《初学记》）之书。公览之，欣然曰：适吾愿矣。复雕《九经》诸书，西蜀文字，由是大兴”。

《资治通鉴》特此记载，后周广顺三年（953），“自唐末以来，所在学校废绝。蜀毋昭裔出私财百万，营学馆，且请刻板，印《九经》，蜀主从之，由是蜀中文学复盛”。毋昭裔自掏腰包百万，刻板印书，兴办学馆，培育人才，以酬夙愿，此举与“恒秘玩”“勿复以借人”大可相互映照。

（四）

长期以来，我国古代的官府藏书、寺院藏书、书院藏书，只是针对部分特殊人群开放而已，而私人藏书，则多数“恒秘玩”“勿复以借人”。可是据史料所载，对私人藏书持豁达开明态度的，亦不乏其人。

史载，南朝齐的藏书家崔慰祖，字悦宗，清河东武城（今河北省清河县西北）人。其好学博通，“聚书至万卷，邻里年少好事者来从假借，日数十帙，慰祖亲自取与，未尝为辞”。附近乡邻的好书少年，经常来崔家借书，一日数十种之多，崔慰祖从不表示厌烦，从不予以拒绝。

宋代毕昇发明活字印刷技术，并由胶泥活字，逐渐发展至木活字、金属活字，大大促进刻本的刊行。当时，宋代士大夫藏书蔚然成风，出现了江正、王溥、李昉、宋敏求、司马光、王洙父子、叶梦得、晁公武、尤袤、陈振孙、周密等一批著名的藏书家。

其中，宋代史学家、方志编纂家宋敏求（1019—1079），字次道，赵州平棘（今河北省赵县）人，神宗熙宁间进士，官至史馆修撰及龙图阁直学士。史载：“敏求家藏书三万卷，皆略诵习。”而且多精审本，其豁达肯借书与人著称于时。

南宋朱弁《曲洧旧闻》载："宋次道龙图云：校书如扫尘，随扫随有，其家藏书，皆校三五遍者。世之蓄书，以宋为善本。"当时，宋敏求家居春明坊，结果，"士大夫喜读书者，多居其侧，以便于借置故也。当时春明宅子，比他处僦直，常高一倍"。由于方便借阅书籍的缘故，春明坊的房租竟比别处高一倍。

宋代陆游《老学庵笔记》记录一位老儒：闻人滋，字茂德，嘉兴（今属浙江省）人。"予少时与之同在敕局，为删定官。谈经义滚滚不倦，发明极多，尤邃于小学云。"一时士人皆乐于与其交游，绝非因闻人滋在朝廷部门任删定官，而是其"又多蓄书，喜借之。自言作门客牙，充书籍行，开豆腐羹店"。闻人滋不仅喜借书与人，而且喜包客食，尽管只是蔬豆一类的饭菜。

清代康熙年间，藏书家曹溶写成《流通古书约》一卷，首次较完整地提出古籍流通的方法，促进图书流通。其认为私人藏书恒珍秘之，难免书籍损毁散佚，不如将藏书广而公之于众，流通于世，并提出有实力的藏书家将书籍刊刻流布的设想。正是在藏书公开借阅、刊刻流布的观念下，明清时期产生了不少借书、刻书的著名藏书家。

从出现私人藏书、私人藏书家，到私人藏书楼，一直到藏书楼向近代图书馆转变，整个发展过程中都伴随着资源共享意识的产生和发展，充分证实古代藏书与借书相互共存、相互促进的密切关系。

清代袁枚《黄生借书说》提出："黄生允修借书。随园主人授以书，而告之曰：书非借不能读也……余少好书，家贫难致，有张氏藏书甚富。往借不与，归而形诸梦。其切如是……然则予固不幸而遇张乎，生固幸而遇予乎？"由于借书的不幸与幸，随园主人袁枚认为"书非借不能读"，让人多少明白其道理所在。

古人治学论争拾趣

中国古代从不乏治学论争，或笔墨官司，或当面舌战。讵料谦谦书生，也会偶失斯文，挥拳动粗。清代李因笃为争论音韵学问题，奋拳将毛奇龄殴打致伤；汪中与洪亮吉舟中争辩，情急将洪亮吉推落水中。学术论争，几成生死决斗。

学术的论争，对于学界而言，应当属于常态。由于流派门户的不同，认知修为的迥异，也就需要不断切磋求证。通过彼此论争，也许殊途同归，也许歧路求索；有的了无输赢，求同存异；有的缠战不休，欲争高下……

在论争之间，文人学者的强烈个性，往往下意识地暴露无遗。各自存留的人性天禀，仿佛骤然失控的脱缰奔马，毫无掩饰地纵一时之快。于是，内中的趣意也就可寻了。

著名的“鹅湖之会”

南宋淳熙二年（1175）六月，在信州（今江西省上饶市）鹅湖寺举行了一次学术辩论会，史称“鹅湖之会”。

本来，这次聚会交流学术，“相与讲其所闻

之学”，首开书院会讲之先河，但是，正如清代学者全祖望在补校《宋元学案》中指出：“宋乾（道）、淳（熙）以后，学派分而为三”：一是以朱熹为首的朱学，一是以吕祖谦为首的吕学，一是以陆九渊为首的陆学。其中，吕学兼取朱、陆二家所长。而且，全祖望认为，吕氏之学“平心易气，不欲逞口舌以与诸公角，大约在陶铸同类以渐化其偏，宰相之量也”。因此，吕祖谦邀集朱熹、陆九渊二家与会，意图调和朱、陆两派的争执。连陆九渊门人朱亨道也说：“鹅湖讲道，切诚当今盛事。伯恭（按，吕祖谦字伯恭）盖虑陆与朱议论犹有异同，欲会归于一，而定其所适从，其意甚善，伯恭盖有志于此。语自得，则未也。”（见《象山全集》附《年谱》）可见，“鹅湖之会”未如吕祖谦所愿，却成为朱学与陆学针锋相对的学术论争会。

朱熹（1130—1200），字元晦，又字仲晦，号晦庵，晚称晦翁，世称朱文公；祖籍徽州婺源（今属江西省），出生于南剑州尤溪（今属福建省）；南宋绍兴十八年（1148）进士，历仕高宗、孝宗、光宗、宁宗四朝，官至焕章阁待制兼侍讲；南宋著名理学家，闽学派的代表人物，儒家集大成者。其理学思想为“理本论”，主张“存天理”，“理”是本体；“心在理外”，“心”是认识本体。

陆九渊（1139—1193），字子静，号存斋、象山翁，世称象山先生，抚州金溪（今属江西省）人；宋孝宗乾道八年（1172）进士，历任崇安县主簿、国子正、荆门知军；南宋著名理学家，其学问渊博，与朱熹齐名，而学术见解多有不合。其理学思想为“心本论”，主张“心即理”，坚持以“心”来统贯主体与客体。

由于朱、陆两家的理学思想不合，双方在“鹅湖之会”展开激烈论争，相互诘难。朱熹认为伦理纲常是客观存在的“天理”；而陆九渊则视伦理纲常为人所固有的“本心”。朱熹主张“格物致知”，循序渐进，最后对“理”的体认豁然贯通；陆九渊则以为“此心此理，我固有之”，以“本心”统驭整个身心修养，然后达到尽性穷理。朱熹主张治学“邃密”，强调“泛观博览而后归之约”，由“博”而“约”；陆九渊主张治学“易简”，强调“发明人之本心”，提纲挈领，以纲统目，由质的突变到量变。结果，朱熹说陆九渊的学问是“易简功夫”；陆九渊说朱熹的学问是“支离事业”。双方争论不下，至六月八日，最终不欢而散。此后，朱、陆二人继续展开了旷日持久的辩论。这场争论繁荣了中国古代学术，推动儒学的新发展。

为了纪念“鹅湖之会”，当朱熹、陆氏兄弟和吕祖谦四人辞世后，信州刺史修筑“四贤祠”。南宋淳祐十年（1250），朝廷将其命名为“文宗书院”；明景泰四年（1453）改称为“鹅湖书院”。

争论不下挥拳相向

清代毛奇龄（1623—1716），原名甡，又名初晴，字大可，号秋晴，以郡望西河，人称“西河先生”，浙江萧山（今属杭州市）人，清代经学家、文学家。康熙十八年（1679）荐举博学鸿儒科，授翰林院检讨；二十四年（1685）充会试同考官；不久，引疾归里，不再出仕，专事著作。

其淹贯群书，以经学傲睨一世，挟博纵辩，务欲胜人。史称：“他人所已言者，必力反其词。”对于古文《尚书》的真伪，宋代学者吴棫、朱熹、吴澄等人相继多疑其伪，直至清代学者阎若璩作《古文尚书疏证》，其伪大明。毛奇龄却力辩其真，并撰《古文尚书冤词》，以难阎若璩，“自比于抑洪水驱猛兽”，以求胜于阎氏。而且，其撰《四书改错》，抨击宋代学者朱熹的《四书集注》。

据清代全祖望《鲒埼亭集》载，“西河雅好殴人，其与人语，稍不合，即骂，骂甚继以殴”。毛奇龄不仅爱较真，认死理，“好为驳辨”，而且，话不投机，立即开骂，甚至揎拳捋袖，动不动就打人。据说，其还有“绝招”：一边跟老婆对骂不止，一边撰文章手不停笔。若骂不赢，则挥拳相向，然后再回座作文。

一次，毛奇龄“与富平李检讨天生，会于合肥阎学座”。李检讨，即李因笃（1631—1692），字天生，又字子德，富平（今属陕西省）人。其深通经学，兼长诗赋，精于音韵，人称“关西夫子”。康熙十七年（1678），朝廷诏举博学鸿儒，其为李天馥举荐，被授翰林院检讨。“合肥阎学”，即李天馥，字湘北，号容斋，庐州合肥（今属安徽省）人；清顺治十五年（1658）进士，授翰林院庶吉士；康熙十六年（1677），任内阁学士兼礼部侍郎，后官拜武英殿大学士。其善诗文，从政后仍孜孜不辍，以“倡兴古学”为己任。休暇时，其常与二三同好商榷风雅，探讨经学源流正变及正旨。

不料，这次在李天馥家的聚会，毛奇龄与李因笃二人发生争执。《鲒埼亭集》称：“论韵学，天生主顾氏亭林韵说，西河斥以邪妄。”双方所持的音韵学观点不一。李因笃与明末清初的著名学者顾炎武（世称为“亭林先生”）为密友，并一起钻研古音，其所著《汉诗音注》《古今韵考》多受顾炎武影响。因此，李因笃主张顾炎武的音韵学说，反对毛奇龄的观点。毛奇龄斥为邪妄之说，李因笃激动地站起来力争。“西河骂之，天生奋拳殴西河，重伤。”毛奇龄张口大骂起来。可这回不待其动手，李因笃已奋拳打过来，直把毛奇龄打得不轻。事后，由于李天馥“素以兄事天生”，碍于其脸面，毛奇龄也不敢追究下去。

关于在李天馥家里，毛奇龄、李因笃一起论音韵之学，民国易宗夔《新世说》另有一说，仅聊以备存。

同舟论学被捽堕水

清代朱克敬《儒林琐记》载，清乾隆年间，“（汪）中尝江行，与洪亮吉同舟论学”。汪中（1744—1794），字容甫，江苏江都（今属扬州市）人。而洪亮吉（1746—1809），字稚存，江苏阳湖（今属常州市武进区）人。二位学者不仅属江苏大同乡，而且身世相近，皆“少孤家贫”，自学成才。

汪中自幼从寡母习《四子书》，稍及年长，靠为书商在市集上卖书为生，亦缘此机会遍读经、史、百家诸书。乾隆四十二年（1777）拔贡生，其以母年迈不朝考，专意钻研经术。史称，其著述“考三代典礼及文字训诂、名物象数，益以论撰之文”；而且，熟于诸史地理，诗文书翰无所不工，皆见称于时。

洪亮吉从小孝事寡母，勤奋自学，后入陕西巡抚毕沅幕府，为其校刊古书。通过校对工作，其研习经学大进，辞章考据，著于一时。乾隆五十五年（1790）进士。史载，其任贵州学政时，以古学教士，地僻无书籍，购经、史、通典、文选置各府书院，“黔士始治经史”。

经过各自的努力，二人对经学的研治皆有所成，成为当时著名的学者。但是，汪、洪二人的治学观点有分歧。在这次同舟讲学时，相互争辩，竟然闹得不可开交。《儒林琐记》称：“亮吉专崇马郑，中兼涉程朱，辩争良久。中口拙，屡为亮所屈。”洪亮吉尊崇东汉著名经学家马融、郑玄，主张以古文经学为主，兼及今文经学。而汪中受到宋代理学家程颢、程颐以及朱熹的影响，其支持程朱理学的观点。当时，言经学者往往“宗宋必斥汉”，于是，二人争辩好长时间。汪中苦于口拙，口头表达能力稍逊，屡屡被洪亮吉所诘难。“愤甚，捽亮吉堕水。”汪中因恼羞成怒，一把揪住洪亮吉，推其落水中。幸好船夫望见，赶忙救起洪亮吉，其侥幸不死。由于彼此学术争辩，险些闹出人命案，实在是一桩惊悚之中带异趣的奇事。

有时候，切莫小觑书生意气，儒雅归儒雅，风流归风流，看似口角之争，一旦触及其立身之本的治学问题，往往酿出一些惊人的意外。当然，这也可看作是一种异样的奇趣。

避讳与清朝大狱

作为特殊的政治文化现象，文字狱在各朝代不同程度地存在着，至清朝达到高峰。据学者统计，清代的文字狱数量当在160宗左右，比历朝的文字狱总数还多。故清人方孝标曾说："株连文字狱，杀戮无老稚。"

在封建社会里，君父观念神圣不可侵犯。所谓"避讳"，指在言及或书写君主或长上姓名时，必须避免直接说出或写出，以示尊重。

其中，皇帝和孔子之名，全国上下避之，谓之国讳；尊上之名，全家男女避之，谓之家讳。还有，上司之名，下属避之；朋友之间交往，也得了解对方（包括祖宗三代）的名讳，以免触犯而引起不快……特别在上层社会，尤为严苛。

这种风气始于周朝，直到民国改元才废此恶例。其间，以清朝避讳最为厉害，一旦触犯"圣讳""国讳"，残酷且苛细，动辄下狱，以至戮杀枭首。

庄廷鑨明书案

庄廷鑨明书案，是清初开国的第一宗文字

狱，株连甚广。

庄廷鑨，字子襄，乌程南浔镇（今属浙江省湖州市）富户。因病失明，以司马迁有“左丘失明，厥有《国语》”之说，其仿效之而发奋著书。据清代顾炎武《书吴、潘二子事》、全祖望《鲒埼亭集外编》载，清初，前明文渊阁大学士朱国桢的后代家境衰落，将朱国桢编纂的明史遗稿以千金卖于庄廷鑨。于是，庄廷鑨延揽江南一带有志纂修明史的才子吴炎、潘柽章等十余人加以增补，编辑成《明书辑略》，凡一百余卷，并请旧礼部侍郎李令皙作序。

清顺治十二年（1655），庄廷鑨病死。其父庄允城继而出资，于顺治十七年（1660）冬，将书刻成刊行。该书增补明末崇祯一朝，以及南明事，奉尊明朝年号，不承认清朝正统；而且，直呼建州女真努尔哈赤为“奴酋”，清兵为“建夷”。顾炎武称该书“颇有忌讳语”；全祖望称“中多指斥昭代语”，对明朝史实，满族入关等，有所褒贬。次年，归安知县吴之荣持此书，勒索庄氏钱财未成。其进京于旗下告发，在书中“摘忌讳语，密奏之”，结果，惊动朝中辅政四大臣索尼、苏克萨哈、遏必隆、鳌拜。当时，掌权的鳌拜大怒，即责令刑部满官率兵至湖州彻查，严厉处置。

康熙二年（1663），清兵闭城捉拿涉案有关人士达数百人，后牵连两千余人。庄廷鑨被发冢戮尸，其父庄允城病死狱中，其弟廷钺凌迟至死，并籍没庄家的家产，全族获罪。凡书中列名的作序者、参校者以及刻书、卖书、藏书者均被处死。作序的李令皙及其子礽焘等四人被斩杀，还有汉人任职的知府、推官、学官等数人以隐藏罪亦被处死。甚至与此事毫无关涉的富户朱佑明及其五子也遭惨祸。此案诛死者七十余人。

清代陈康祺《郎潜纪闻》则称，此案“名士伏法者二百二十一人”，相传“二百余人中，多半不与编纂之役”。

看似犯讳的明书案，为何血腥味弥重？要知道，清王朝正是用人头落地之势，极力打击汉人官绅，掐灭反清复明之念，以巩固新立的清政权。而且，涉及编纂明史，清政府尤为上心，竟然花费了惊人的一百四十五年时间。从康熙帝下旨纂修明史，历九十余年，三易其稿的

《明史稿》（武英殿本）公开刊行。可乾隆帝又下旨全面改修，重新勘改。当新本《明史》完成，收入《四库全书》后，故宫里明代二百多年的帝王起居注《明实录》被全部毁掉。其居心自明。

查嗣庭试题案

查嗣庭，字润木，号横浦，浙江海宁人，清康熙四十五年（1706）进士；雍正四年（1726），以礼部左侍郎充江西乡试正考官。

据清代萧奭《永宪录》载，查嗣庭典试江西时，科场策题有三。首题“君子不以言举人，不以人废言”，出自《论语》；次题“正大而天地之情可见矣”，出自《易经》；次题“百室盈止，妇子宁止”，出自《诗经》。雍正帝胤禛认为，首题“显与国家取士之道相背谬”。而次题《易经》《诗经》句中，“前用‘正’字，后用‘止’字”，其寓意与去年（雍正三年）正法的汪景祺论年号语相同，“指正字有一止之象”，触犯雍正年号的忌讳。于是，雍正帝以其“心怀怨望”“命题讥讪”革职拿问，并遣人搜查嗣庭京城寓所，在其行李中起出日记两本，及请托营求、科场关节等书札文字；而且，查实其日记“极意谤讪”圣祖（康熙帝）已行之事。是年九月，下旨逮查嗣庭下狱，“交三法司治大逆不道罪”。

史载，同年十一月，雍正帝又以查嗣庭为浙人，“藐视国宪”“玷辱科名”，“诏浙江士习敝坏，工为怀挟，停其乡会试”，并设观风整俗使。

还有一种说法，清末民初黄鸿寿《清史纪事本末》载，“嗣庭典试江西时，题为‘维民所止’”。此题出于《诗经·商颂·玄鸟》：“邦畿千里，维民所止。”一首殷商时期祭祀所唱的歌，却被告发者说成“维”“止”二字“乃取雍正斩首之意”。“继又搜出日记，于圣祖用人行政，大肆讥评”，惹得胤禛大怒，“逮嗣庭及其子上克下于狱，至是皆死狱中”。

尽管试题的说法不一，罪名却只有一个：犯雍正年号讳，大逆不道。罪名怪吓人的，其严厉处置亦无以复加。胤禛为何揪住查嗣庭不放呢？仅凭一两道科场试题，抑或日记的谤讪文字，显然属障眼的荫翳。其真实目的在于八个字：打击朋党，整肃士习。

这缘于查嗣庭卷入隆科多的小圈子。隆科多，佟佳氏，满洲镶黄旗，贵胄子弟；康熙朝累迁至理藩院尚书。胤禛即位，命其总理事务，袭一等公，授吏部尚书，加一等阿达哈哈蕃世职，后加太保，恩宠一时。雍正元年（1723），经隆科多荐举，查嗣庭被命南书房行走，擢内阁学士，加经筵讲官。后隆科多又复保荐其为礼部左侍郎。查嗣庭与隆科多的关系非同寻常。

史载，雍正三年（1725），隆科多失宠，解步军统领，诏责其交结专擅，诸事欺隐，有意扰乱。随后，与大将军年羹尧交结，与允禩党阿灵阿、揆叙相党附，私藏玉牒，保奏查嗣庭等诸事皆发，先后削太保及世职，罢尚书，夺爵。雍正五年（1727），胤禛召隆科多入京，以互结朋党、私植党羽罪具狱，终身监禁。次年，其死于禁所。自清顺治、康熙朝以来，互结朋党被严令禁止，必祸及身家。那么，保奏查嗣庭已列为隆科多罪行之一，查嗣庭还能逃脱吗？

王锡侯《字贯》案

王锡侯，字韩伯，江西新昌（治所今江西省宜丰县）人，乾隆十五年（1750）举人，后会试屡挫，改向故纸搜求。其曾编集《唐诗试帖详解》《国朝试帖详解》《书法精言》《国朝诗观》《西江文观》《王氏源流》《字贯》《经史镜》等十余种书籍。

其《字贯》刊行于乾隆四十年（1775）。据清代蒋良骐《东华录》载，乾隆四十二年（1777），“新昌县民王泷南呈首举人王锡侯，删改《字典》（按，指《康熙字典》），另刻《字贯》”，有诋毁逆之意。王泷南是王锡侯族中子侄一辈，曾因唆讼被问从发配而逃回原籍，王锡侯与人联名加以检举，复使其被逮重归发配。后来，王泷南获释回乡，心怀旧恨，挟嫌报复。当时，新昌县令见到呈告，即报江西巡抚海成，将王锡侯锁问归案。

海成审阅《字贯》后，认为该书比《康熙字典》所收字数增添四万六千余字，内中虽无悖逆之辞，却暗寓优劣之意。于是，其以王锡侯“狂妄不法”“妄行著书”，奏请革去其举人，以便审拟。不料，乾隆帝弘历接阅海成的奏折，以及所呈《字贯》，赫然大怒。在当年十月二十一日谕旨中，直斥该书凡例“将圣祖、世宗庙讳，及朕御名字样开列，深堪发指”，竟敢临文不讳，排列康熙、雍正、乾隆三帝之名，触犯忌讳。“此实大逆不法，为从来未有之事，罪不容诛。即应照大逆律问拟，以申国法而快人心。”限令十一月内将王锡侯锁押解京，交刑部严审治罪。“至所有书板，及已经刷印本，及翻刻板片，均著即行解京销毁。”并且，痛骂海成审理错谬，“双眼无珠”，“天良尽昧”，有负委托。《字贯》案情骤变，由一桩“妄行著书”案变成“大逆不道”的重大案件。

至于海成奉严谕之后，续奏查出王锡侯纂辑各书（十种）皆称有悖逆不法之处，尽力罗织，以图自救，亦无济于事。同年十一月，弘历连下二道严谕，将江西巡抚海成及承办此案的藩、臬二司，均革职，交刑部治罪。说起满官海成，还得多说两句。当年，弘历下旨，由搜访遗籍改为查办禁书，江西巡抚海成非常卖力，前后查出禁毁书籍八千余部之多。晚清《国粹丛书》中《奏缴咨禁书目》载，乾隆四十一年（1776）十二月十三日，弘历下谕，“看来查办遗书一事，惟海成最为认真，故前后购获应行毁禁书籍，较江、浙两省尤多”，对其大加褒赏。不料，相隔不足一年，这位封疆大臣海成却先后经历了冰火两重天。

乾隆四十二年（1777）十一月，经庭讯，王锡侯被判斩立决；其子王霖等七人被判斩监候，秋后处决。其家产被查抄，其妻妾、媳，及幼童等皆给付功臣家为奴。巡抚海成最终落了个被判斩监候，秋后处决的下场。江西藩、臬二司周克开、冯廷承革职。两江总督高晋，以降一级留任。

清代以避讳之名下大狱，数乾隆帝弘历最具两副嘴脸。不妨寻查一下，乾隆元年（1736），云南道监察御史曹一元上疏，请宽比附妖言之狱，并禁挟仇诬告。史载，其疏言：“臣愚以为井田封建，不过迂儒之常谈，不可以为生今反古；述怀咏史，不过词人之习态，不可以为援古刺今。即有序跋偶遗纪年，亦或草茅一时失检，非必果怀悖逆，敢于明布篇章。使以此类悉皆比附妖言，罪当不赦，将使天下告讦不休，士子以文为戒，殊非国家义以正法、仁以包蒙之意。”大胆指出康、雍二朝文字狱的弊病，建议“凡奏疏中从前避忌，一概扫除”。令人意外的是，弘历“亦如其议”，竟允准其奏疏。然而，后来的事实证明，弘历“变脸”了：不是“宽”，而是“严”。据统计，乾隆时期文字狱一百三十余起，超过顺治、康熙、雍正时期文字狱数量的总和，其捕风捉影之荒唐，株连之广泛，处理之严酷，比乃祖、乃父有过之而无不及。

从清代康熙、雍正和乾隆三朝来看，其文字狱（包括避讳）特点有二：一是狱案愈演愈烈，其涉案的范围越来越广，治罪的方式越来越严酷和苛细；二是其打击对象由官吏和上层知识分子，扩大至下层知识分子。如果说，康熙、雍正时期，主要打击对象是具有反清思想的士大夫或政治上的反对势力，那么，乾隆时期，绝大部分文字狱并没有反清抗清的政治倾向。处于这种“深文周纳”“滥杀无辜”的文化专制统治下，当时的知识分子怎敢议论时世的社会问题？怎敢真实地编写历史？只能逃避现实，选择埋头于故纸堆中，养成烦琐的学风，造成学术思想断崖式的畸形发展。

清代考据的噱嚎

继承中国历代学术实证思想，清代考据学界涌现了一批大师。但厚古薄今、重学轻行的弊端，也使一些考据学大师、高手、专家，陷于自溺迷误，考而失据，被伪作和假冒古物瞒骗，沦为后世笑柄。

考据学萌于先秦，成于两汉；至清代乾隆、嘉庆时期，达到鼎盛阶段，形成以重视实证、长于考据为宗旨和治学特征的“乾嘉学派”。近代学者梁启超《中国近三百年学术史》认为：“乾、嘉间之考证学，几乎独占学界势力……可以说是清代三百年文化的结晶体，合全国人的力量所构成。”

诚然，“乾嘉学派”兴为汉学，著述如林，风靡一时，功不可没。当时，借着考据之风，陆续出现一些怪现象，或捉弄，或诈骗，闹了不少笑话，即便是大师也难免身陷其中。所谓噱嚎，引人大笑也。

“折足铛”、河滩石

清末民初徐珂《清稗类钞》载：“阮文达予

告归，搜罗金石……自夸老眼无花。”阮文达，即阮元。

阮元（1764—1849），字伯元，谥“文达”，仪征（今江苏省扬州市）人，精通经学，长于考据、金石，在史学、数学、天算、舆地、编纂、校勘等方面造诣颇高，史称其“主持风会数十年，海内学者奉为山斗焉”，被尊为一代文宗。

道光十八年（1838），阮元因老病致仕，返扬州定居。据载，“一日，有以折足铛求售者，（阮元）再三审视……大喜，以为此必秦汉物也，以善价得之”。“铛”，釜类，古时烹饪的器具，有足的锅。有人出售一口断了腿的锅，阮元反复认真检视后，甚合其好，认定此铛必是秦汉时期的古物。经过一番讨价还价，阮元以一个好价钱买下来。

偶然一次，阮元在家宴请客人，用新买的折足铛盛上鸭肴待客，“座客摩挲叹赏，文达意甚得也”。正当阮元特别得意的时候，“俄而铛忽砰然有声，土崩瓦解，沸汁横流”，忽然，砰的一声，折足铛应声崩裂瓦解，滚烫的汤汁横流。当即阮元又怨又恨，怨的是“老眼无花”，也有走眼的时候；恨的是卖铛人竟然欺骗到老夫头上。一气之下，阮元命官府抓捕卖铛的家伙，“键之室”。可是，其家门紧锁，人去室空了。

其实，阮元并非初次上当吃亏了。乾隆五十八年（1793）至六十年（1795），阮元提督山东学政，为了编撰《山左金石志》，其广交山东及寓鲁金石家，遍访山东境内金石文物。清末民初孙静庵《栖霞阁野乘》载一则趣事：据说，当时阮元曾嘱同乡汪中代为物色古物。

汪中（1744—1794），字容甫，江都（今江苏省扬州市）人，清代经学家、史学家、文学家。过了一段时间，“汪袖一石以进，古色斑斓……曰：是即公所购求之某石器，虽残破，其值犹千金也”。汪中寻觅的石头虽然“残破”，却“古色斑斓”。阮元认真检视石头，确认属“古物”，“曰：‘良是。’遂以千金偿汪值”。事后，有一天两人一起外出，汪中问：“吾为公搜获之某器佳否？”阮元应道：“良佳。”汪中笑着说：“吾更为公求之。”于是，带着阮元来到河边，指着眼前的乱石说：“公视此，孰与某石器佳？”所谓“古色斑斓”的石头，“值犹千金”的古物，竟是河滩的乱石，“阮见而大愕曰：君奈何戏我”。阮元实在不明白，为什么这位老老实实做学问的同乡却开了个玩笑，戏弄自己？汪中说了一句：“偶留为金石家一噱耳，何恕为？”

阮元算是领会了汪中的用意，“复致数千金，乞勿泄言此事”。

“烧饼”与殷帝古钱

晚清一代名臣潘祖荫（1830—1890），字伯寅，吴县（今江苏省苏州市）人，大学士潘世恩之孙。咸丰二年（1852）一甲三名进士，授翰林编修，后屡有升擢，官至工部、刑部、礼部、兵部尚书等职。

潘家是苏州望族，簪缨世家。潘祖荫职居枢近，身浮清流之间，为人稳重，行事务实，不轻易介入党争。有人认为，咸丰间，其在南书房行走时，上疏解救左宗棠，属出于清流的本分；同时，在当时环境下据理力争，并无大的风险，且落得个顺水人情，由此足见其游刃之能。在官场上，潘祖荫既是清流，也是循吏。史载，其曾数次上书，“先后纠弹官吏不职状”，“謇是直声震朝端”。

而且，潘祖荫是一位精通金石书画的学者。史称，其嗜学，涉猎百家，“通经史，好收藏，储金石甚富”，驰名都下。由于晚清以来，彝器出土颇多，于是，金石拓片收藏成风。潘祖荫对金石如痴如醉，不仅请皖派朴学家胡澍、碑派书家赵之谦等为之四处访购宋元图书，搜罗金石拓片之类，甚至不惜重金购置收藏，从而成为晚清主要的鉴藏家。当时，其以滂善斋的古籍善本，攀古楼的青铜器收藏冠绝于世。所藏百余件青铜器珍品中，著名的有大盂鼎（西周康王时期）、大克鼎（西周孝王时期）等国宝级的藏品。潘祖荫著有《攀古楼彝器款识》等书。

不知怎的，对于这样一位学者型官员，潘祖荫有一学生对老师颇有腹诽，竟以“烧饼”设法羞辱潘祖荫一番。据清末民初孙静庵《栖霞阁野乘》载，一次，该学生“偶行市中，见饼肆炉上，有所谓马蹄烧饼者，其底缺，形似古钱孔”。于是，其掏钱买下一枚烧饼，沾上墨汁，用纸印下来，寄给老师潘祖荫，并言“原钱价昂，不能即得，今以墨迹呈上，乞为推考”。潘祖荫捧着烧饼的墨迹，反复端详好久，说：“是为殷某帝钱，希世之珍物也。”学生知道后大笑，拿出马蹄烧饼言明实情。这下子，弄得潘祖荫大为羞愧，神情沮丧。

学生以“烧饼”辱师的恶作剧，固然属泄私怨的蓄意之举。而潘祖荫作为金石学家，却寻宝心切，经不住学生的不善寻衅，做出有违“稳重务实”的考证，亦不禁让人发笑。

陶制巨器成“古董”

晚清时期，一度是清流派的健将，后成为洋务派的主要代表人物张之洞（1837—1909），字孝达，又字香涛，晚号抱冰，直隶南皮（今河北省沧州市）人；同治二年（1863）进士探花，授翰林编修；同治十二年（1873）授四川学政，奏设尊经学院，主张“经学”，经世致用；光绪十五年（1889），调任湖广总督；筹办卢汉铁路，开办汉阳铁厂、湖北枪炮厂，设织布、纺纱、缫丝、制麻四局，并兴办新式教育；光绪二十四年（1898），著《劝学篇》，倡“旧学为体，新学为用”，体现其由“通经致用”转变为“中体西用”的主张。

清末易宗夔《新世说》载，张之洞任湖广总督时，进京觐见光绪帝，“偶游海王村，瞥见一古董店……庭陈一巨翁，为陶制者，形既奇诡，色亦斑斓”。这件外形奇诡罕见、色彩斑斓的陶器，竟招惹张之洞驻足细看，只见巨器四周皆为篆籀文字，形如蝌蚪，终不可辨识。张之洞爱不释手，问其价钱，古董店“则谓为某臣宦故物，特借以陈设，非卖品也”。既属“非卖品”，张之洞只好怅然离去。

张之洞回来后，心头总是惦记放不下。“逾数日，张偕幕僚之嗜古者往观之，亦决为古代物”，此次，张约同嗜好古董的幕友，前往古董店研考识辨，也确认巨器为某代古物。于是，张之洞即令店主与古物主人商让，随后，店主与该宦家巨室的管事同来，“索值三千金，张难之，询其家世，不以告”。经双方讨价还价，往返四次之多，终于以二千金价格成交。

张之洞买回巨型陶器后，满心怡然自得，“命工拓印数百张，分赠僚友，置之庭，注水满中，蓄金鱼数尾”。多少有点显摆的样子。

不料，一夜雷雨大作，次晨起来一看，全傻眼了：巨器四周的篆籀斑驳剥落，文字全部杳然消失。“盖向之苍然而古者，纸也。黝然而泽者，蜡也。”原来，所谓“形如蝌蚪”的篆籀，所谓“色彩斑斓”的奇艳，尽是纸糊蜡作，“骨董家伪饰以欺人者也”。

至于古董伪作假饰的手法也就罢了，倒是古董店主伙同宦家巨室的管事设局诈骗，蓄意操控买家的嗜好、心态，渐次诱骗得逞，却令人惊讶。

固然，伪作假冒古物，甚至设局坑蒙哄骗，自古并非鲜见。可是，正当清代“乾嘉学派”考据之风盛行，受骗上当的偏偏是精通经学的大师、高手，而且绝非偶然或孤例，这就不能不让人疑虑其中存在的问题了。其实，当时有人（包括晚清魏源等）指出，清代考据之学虽然盛极一时，却存在支离而破碎，烦琐而偏隘，以及厚古薄今，重所学而轻所行的弊事，并且认为“此盖瑕瑜不能相掩，功罪不能相消”。看来，清代考据的“嘔噱”陆续上演，与其存在的弊事不无关系。

吏政篇

古代官场的“化妆术”

自帝王至官宦，用尽心思粉饰妆容，也是古代官场惯常的政治生态。帝王乔装打扮以欺瞒百姓，祈望稳坐江山；官宦雕琢体肤以掩饰年龄，谋取官职俸禄。如此种种，苏轼讽之为“膏面染须聊自欺”。

古代官场有一种怪现象，因好爵恋职，为着听选谋官，可谓出尽法宝，盛行起化妆术来，连称王称帝的也不例外。惯见的化妆妙法有染黑须发、镊白发、促白须发、减肥、修补门牙等等。

化妆一：染黑须发

西汉末，王莽，字巨君，魏郡元城（今河北省大名县东）人，汉元帝皇后王政君弟曼之子。初始元年（8）十二月，其抢班夺权，去汉号，即帝位，改国号曰“新”，建元“始建国”。

短短十数年间，王莽托古改制，制度多变，法禁严苛，造成农商失业，食货俱废。于内则连年饥馑，民不聊生；于外致使匈奴大举入扰。由是结怨中外，土崩瓦解，义军四起。

史载，地皇四年（23）三月，平林、新市、下江等绿林义军拥立淮阳王刘玄为帝，改年为更始元年，拜置百官。于是，“（王）莽闻之愈恐。欲外视自安，乃染其须发”。当时，王莽已属耆年之人，且形貌欠佳，生就一张大到夸张的嘴巴，一副声音嘶哑的大嗓门，露眼赤睛，所谓“鸱目虎吻豺狼之声者也”，外加一头侵白的须发，直显得非妖即怪的模样。面对颓危局势，王莽心存侥幸，染黑须发，强打精神；同时，公开宣示新形象，谋求稳定民心。

结果，化妆染发丝毫无补于事，仅仅半年多光景，同年十月，绿林军攻入京城长安，王莽被诛，新莽败亡。

唐代，染黑须发的化妆术成为官场时尚。唐顺宗时，翰林学士王叔文联合王伾，以及柳宗元、刘禹锡等八人进行朝政改革。改革失败后，王叔文、王伾等人同被贬为远僻地方的司马，史称“二王八司马”事件。其中，刘禹锡在被贬道中，不无怨恚地吟唱：“近来时世轻先辈，好染髭须事后生。”

直至宋代，仍盛行染黑须发的化妆术。宋神宗赵顼元丰元年（1078），苏轼《次韵王廷老和张十七九日见寄》其一有诗句：“对花把酒未甘老，膏面染须聊自欺。”“膏面染须”指的是王廷老。

王廷老，字伯扬，睢阳（治所今河南省商丘市南）人。宋神宗熙宁间，苏轼在杭州通判任上时，王廷老任两浙提点刑狱转运使。熙宁十年（1077）正月，王廷老罢官归里；四月，苏轼奉调徐州，任睢阳从事。因此，王廷老与苏轼、苏辙、张恕（即张十七）相互多唱酬。

据宋代李焘《续资治通鉴长编》载，宋神宗熙宁八年（1075），御史中丞邓绾举发吕惠卿置田华亭事，吕惠卿被罢去参知政事一职，贬知陈州。而且，还牵扯出王廷老依附吕惠卿的丑事：不惜采用“膏面染须”化妆术，赢得吕惠卿擢用的私密也曝光了。继而，官宦子弟王古弹劾王廷老，担任两浙提点刑狱转运使时，主管所属各州的司法、刑狱和监察时不公失职。结果，皇上下诏罢官，王廷老到头来一场空。这就是“膏面染须聊自欺”之谓。

化妆二：镊白发

西晋文学家左思《白发赋》中有："星星白发，生于鬓垂……将拔将镊，好爵是縻。"此语说得明白，镊拔白发，全系好求爵位、俸禄所致。

唐代诗人李白《秋日炼药院镊白发赠元六兄林宗》中叹道："长吁望青云，镊白坐相看。"炼药院，即炼丹院，与当今的养生保健处所相仿。可见，镊白发属当时养生保健的项目之一。"青云"，喻官高爵显。纵使李白才高八斗，志存高远，却无奈地"镊白坐相看"。在诗末，李白不满地呐喊："何事空摧残。"可以说，染须发与镊白发属异曲同工，须发白而少寡，则镊白；须发白而量大，则必染黑。染黑镊白，同时成为唐代官场的流行时尚。

另一位唐代诗人杜甫五十五岁那年，在夔州（治所今重庆市奉节县东）养病时，获夔州都督柏茂琳资助，生活较宽裕，临江别构草阁。可是，其内心郁结，虽仕犹隐。《西阁二首》其二中有诗句："懒心似江水，日夜向沧洲。不道含香贱，其如镊白休。"从中可见一斑。

唐代宗大历元年（766），虽然平定"安史之乱"已三年时间，可是兵连祸结，财政紊乱，藩镇割据未除，宦官权势日盛，朝政争斗不息，百姓仍然生活于水深火热之中。此时，杜甫既哀时伤世，不如身赴沧洲，同时，又感怀官微力薄，不得志于时，因而托言遁世。

"镊白休"，用齐高帝萧道成故事。南朝宋顺帝昇明二年（478），萧道成时封为齐王，年五十一岁。史载，其玄孙萧昭业仅五岁，玩戏于其膝前。其时，萧道成令左右为其镊白发，随口问玄孙："儿言我谁耶？"答曰："太翁。"萧道成笑曰："岂有为人作曾祖而拔白发者乎？"当即掷镜罢镊。杜甫借此表示无心仕途，也就不必镊白发了。换而言之，如欲出仕，则必镊白发。

化妆三：促白须发

古代官场有咄咄怪事：有人染黑须发，有人促白须发。一黑一白，化妆有术。

宋代庄绰《鸡肋编》引录：“临沂县韩彦文作《二府除拜录》，载本朝自建隆庚申（按，即宋太祖赵匡胤建隆元年）至绍兴癸丑（按，即宋高宗赵构绍兴三年）一百七十四年之间，任二府执政者三百四十余人，宰相八十人……寇莱公准淳化二年为副使，年三十一。”宋代沿置枢密院，主管军事机密、边防等全国军务，与中书省并称“二府”，同为最高国务机关。枢密院副职称枢密副使，或同知枢密副使。宋太宗赵炅淳化二年（991），寇准被拜为枢密副使，可谓年少得志。

宋代王君玉《国老谈苑》称：“寇准年三十余，太宗欲大用，尚难其少。准知之，遽服地黄兼饵芦菔以反之，未几，髭发皓白。”

寇准（961—1023），字平仲，华州下邽（今陕西省渭南市）人，年十九，登进士第。其三十一岁那年，得到宋太宗赏识，拟提拔起用，可又恐其年少难当大任。寇准悉知后，不知从何处寻来秘方，匆忙服用地黄（一种清热凉血，养阴生津的要药），并以芦菔（即萝卜）作药饵。不用多久，神乎其神，其须发全变白了。一经化妆，须白发白，模样还年少吗？于是，寇准也就当上枢密副使的要职。

寇准为人性情刚烈，颇敢直谏。史称，其“虽有直言之风，而少包荒之量”，方正有余，宽容不足，直言固执，好与人争。在其担任枢密副使（后改同知院事）时，与同列张逊相互不协，甚至互发其私。结果，双双被罢职，寇准出知青州。其仕途四起四落，晚年被排挤去位，封莱国公。最后被贬雷州，客死南方。显然，化妆术只能救急一时，而不能致用一世。

化妆四：减肥及其他

西晋时，王绥，字万子，琅邪临沂（今山东省临沂市）人，“有美名，少而大肥”，士族子弟。其父王戎为“竹林七贤”之一。晋惠帝时，累官尚书令、司徒，贪吝好货，积钱无数。其作为生长于大富大贵人家的子弟，可说是前途无忧。

余嘉锡《世说新语笺疏》载：“晋诸公赞曰：王绥字万子，辟太尉掾，不就，年十九卒。”此中大有蹊跷。

魏晋时期是一个非常时期。瞿蜕园《历代官制概述》认为，魏晋王朝都由手握军事力量的权臣逐步建立，历史称这些权臣所独自掌握的政权为霸府，霸府的中心人物就是幕僚与将领。这些人物组成一套机构，完全在正规官制以外，自由行使职权。乃至霸府变为王朝，幕僚组成的机构就变成行政中枢。于是，士族子弟几乎都通过征辟的方法，充任权臣高官的幕僚，成为其出仕的捷径。

太尉掾，太尉府佐属官吏。按理来说，辟太尉掾，属初仕的正常途径。王戎当年初仕也是辟相国掾，由此升官晋爵。可是，王绥偏偏不去就职，内中缘由大可思量。

遍检史籍，未发现王绥另辟蹊径，另攀高枝，并无任何出仕的迹象。即便欲娶士族裴盾之女，亦未有谈婚论娶的实际举动。那么，王绥在家究竟干什么呢？有何大事足以让其不去就职呢？史称，其父王戎令儿子食糠减肥。由于减肥方法不当，粗纤维丝毫没有帮助消化，反而越食越肥，体形十分臃肿。最后，王绥年仅十九便夭折了。

可以推断，王戎不愿儿子以体肥的形象出仕，硬迫其食糠减肥。不料，减肥失败，反赔了王绥的性命。其“不就”的缘由，大抵史书有不便记载详明之处。

明代陆容《菽园杂记》还指出：“吏部前粘壁有染白须发药，修补门牙法。”在古代主管人事组织的衙门，公开张贴化妆术的用药和技法，可知官方对此的认可与推广。

古代官制及官员选用与任职制度，造就了官场流行化妆术的现象。相比之下，当今某些官员省却化妆术的诸多麻烦，索性弄来一纸证明，修改出生年月。其年龄骤减暴增，或是恋职延后退休，或是稚童提前攫取公职，此实属更简便的戏法一类了。

古代“呷醋”的将帅官宦

唐代任迪简宽厚仁恕，在军宴中为军吏“呷醋”至吐血；宋代范质历朝身居高位，慎名器，持廉节，临终“家无余资”；明代邢宽与人交际始终不渝，处心坦白，于物无忤。这等品格，无论在哪个朝代，都应该给予点赞。

俗语：“五味调和醋为鲜。”醋，中国古老的调味品之一，不仅在生活烹饪中，而且在人际关系中，往往不可或缺。封建社会森严的等级制度，必然形成人与人之间紧张的关系，充满大大小小的各种矛盾。尤其在繁复交杂、利害攸关的官场里，“醋”也就成为一种“调味”用品。

“呷醋节帅”任迪简

任迪简，京兆万年县（今陕西省西安市）人，举进士，性重厚。唐德宗时，担任天德军节度使李景略的判官。判官，属一种临时职务，时由节度使选充。史载，一次，军中排筵，军吏进酒，误以醋进。“迪简知误，以景略性严，虑坐主酒者，乃勉饮尽之。”其担忧主帅李景略性情峻急，用法严厉，恐罪及进酒的军吏。于是，明知有误，其仍将杯中的醋勉强饮尽。“而伪容其过，以酒薄白景略，请换之。”而且，他还帮忙掩饰进酒军吏的过失，借口酒薄，请求换酒。结果，任迪简宴后吐血而归。军中众人听说此事后，无不感悦其长者之风。

要知道，“安史之乱”历时近八年之久，兵祸连年，民生凋敝，严重破坏了社会生产。从此唐王朝由盛而衰，出现藩镇割据的局面。朝廷与藩镇之间，藩镇与藩镇之间，军队与百姓之间，民族与民族之间……矛盾重重。甚至，在藩镇统领所属州的甲兵中，一方面，藩镇为了掌控其私人武装，大都采取高压手段，执持峻法治军；另一方面，视人命如草芥的混战岁月，军士兀自有挣扎求生的欲望。如此一来，军中上下之间的矛盾必然日深。谁能料到，醋竟然发挥了调和的功能，舒缓了这种人与人之间关系的激化。军中当然拥戴宅心仁厚的将帅。

李景略死后，军中推举“临时工”任迪简为主帅。据史书描述，其时“监军使闻之，拘迪简于别室。军众连呼而至，发户扃取之”。唐代后期，朝廷派遣宦官于军中为监军，在职权上与统帅分庭抗礼。军中自立主帅，不经朝廷任命，显然属无法无天之举。监军使当即行使职权，把任迪简单独拘禁起来。这下子，军士们不答应了，连忙相呼聚众，冲至拘禁室，砸门毁锁，救出任迪简。事情闹大了，唐德宗派人下来调查后，洞悉内情，只好顺水推舟，顺应军心，封任迪简为丰州（治所今内蒙古自治区包头市西）刺史、天德军节度使。时人呼其为“呷醋节帅”。

宋初名相范质

宋代江少虞《宋朝事实类苑》：“范鲁公嘉谟伟量，时称名相，尝谓人曰：‘人能鼻吸三斗醇醋，即可为宰相矣。’”

范鲁公，即范质（911—964），字文素，大名宗城（今河北省威县）人；九岁能文，十三岁诵五经，博学多闻；五代后唐进士，后周时期至北宋初年担任宰相。

所谓“嘉谟伟量”，嘉谟，犹嘉谋。史载，后周世宗显德四年（957）夏，“（范）质建议以律条繁冗，轻重无据，吏得因缘为奸”，于是，上书朝廷，建议重修法令。世宗柴荣特命详定，编定后周的《显德刑律统类》。后来，宋代第一部法典《宋刑统》直接源于此法令。无疑，从五代时期纷乱的社会，走向统一、安定的宋代，一部较为完善的法典是十分重要的，可以形成依法治国的社会氛围。因此，史载“（范）质每下制敕，未尝破律，命刺史县令，必以户口版籍为急”。

范质为相循规矩，识大体，颇有伟量。《宋朝事实类苑》曾提及：“范质初作相，与冯道同堂。”冯道，字可道，自号长乐老，五代时宰相，历事后唐、后晋、后汉、后周四朝，是官场上的老手。因此，冯道轻侮范质新进，暗地里观察其所为。“（范）质初判事，语堂吏曰：‘堂判之事，并施签表，得以视而书之，虑临文失误，为天下笑。’”从堂判签发公事来看，范质不因位高而专横，不独断独行，反而吩咐下属一起检视签发的文书，防止失误之虞。“（冯）道闻叹曰：‘真识大体，吾不如也。’”

史称，范质“以廉介自持，未尝受四方馈遗，前后所得禄赐多给孤遗”，家里的菜馔，从无奇珍异品。直至其死后，家无多余的钱财。宋太祖赵匡胤论及辅相时，曰：“朕闻范质止有居第，不事生产，真宰相也。”这就是帝王眼中的“名相”。宋太宗赵炅也评说范质，“宰辅中能循规矩、慎名器、持廉节，无出质右者，但欠世宗一死，为可惜尔”。

宋太宗一语，可谓深察范质其人。而且，“欠世宗一死”，直揭范质内心的旧创。

当年，显德六年（959），后周世宗柴荣病危，召魏仁浦、范质和王溥三位辅相入内，临终托孤。次年，年仅七岁的恭帝柴宗训嗣位，新孀周太后十分倚重范质，加开府仪同三司，封萧国公。不料，赵匡胤“陈桥兵变”，黄袍加身后，回府署来找范质。据史载，“时质方就食阁中，太祖入，率王溥、魏仁浦就府谒见。太祖对之呜咽流涕，具言拥逼之状”。当时，范质正在阁中吃饭，赵匡胤领着二位顾命大臣王溥、魏仁浦，进入府内，上演了一出闹剧：赵匡胤一把鼻涕、一把眼泪地哭诉被部将所逼而登帝位的无奈。范质等人还来不及开口，在旁边的军校罗彦环“举刃拟质曰：‘我辈无主，今日须得天子。’太祖叱彦环不退，质不知所措，乃与溥等降阶受命”。

在利刃之下，范质背弃了后周，未尽顾命大臣的职责，当然愧对九泉下的世宗柴荣。大抵这是范质终生无法消除的创痛。倘若当时范质以命相抗，也是一种人生选择。

五代时期，前后五十三年，五个短命王朝，十三个皇帝走马灯似的轮换，中原大地陷入四分五裂。群雄并起，外争内夺，政权更迭，兵燹不绝，“朝廷虽在，天下已亡”。官场的生态环境严重恶化，忠信仁义之念殆丧，抢权攫利之风炽盛，政事不测，人心不宁，到底如何选择个人的仕途呢？其实，不管何种选择，始终无法绕开两大问题：追寻统一，还是执迷分裂？尽忠取义，还是委曲求全？

相信当时范质也曾艰难地选择着，甚至试图避让那些矛盾或问题。于是，其自以为“鼻吸三斗醇醋”，即可当宰相。殊不知有些矛盾或问题，并非“醋”可以调和、化解的。对范质本人来说，也许当宰相及格，而当顾命大臣则不及格，并为人所诟病。事实上，“名相”范质多少也心里明白，所以身居高位，为人却格外低调。史称，范质曾劝诫儿子，为官不求升迁加爵。宋太祖乾德二年（964），范质“将终，戒其子旻勿请谥，勿刻墓碑”。或许，这是其“鼻吸三斗醇醋”的结果吧。

“螫牙酸”与明代状元

“螫牙”，指虫子咬人的毒牙，或毒刺。“螫牙酸”，即咬过人的毒牙发酸，酸软乏力。“螫牙酸”与明代状元邢宽有关。

邢宽，字用夫（一作用大），直隶无为州（今安徽省无为市）人，自幼颖敏，力学不辍。明成祖永乐十八年（1420）其乡试中举，可成绩不如预想。正当其准备赴京会试前，原籍的知府议论应考的举子时，揶揄邢宽像一瓶不酸的醋，意谓其学识水平不高，皇榜上难以题名。一经传开，邢宽受到莫大刺激。作为“素有足疾”的残疾人，邢宽内心承受的社会压力本来就不轻，偏偏又遇上父母官的轻蔑和嘲讽，其打击可想而知。幸而邢宽身残志不残，把沉重的压力深埋心底，暗地奋发自强，益加勤勉苦读。

永乐二十二年（1424），邢宽夺取会试第七名。没想到，廷试时，明成祖朱棣御笔亲书邢宽名于榜首。史载，邢宽“廷对防祭祀兵戎，考究详明，议论醇正，擢第一”。而且，自明朝开科以来，江北学子名列第一者自邢宽始。“江北”，古代指淮河以南，长江以北一带地区。邢宽高中甲辰科状元，官授翰林院修撰。

一下子，邢宽内心仿佛翻涌着酸、甜、苦、辣、咸种种滋味，兴奋之余，感到个人的付出没有白费，未免有点踌躇自得。于是，其写诗一首，差人送给原籍的知府：“邢宽只是旧邢宽，朝占龙头夕拜官。寄语黄堂贤太守，如今却是螯牙酸。”诗中，“占龙头”，喻被点为状元；“黄堂”，指官府大堂；“贤太守”，反讽原籍的知府。诗末句不仅语意自然贴切，而且巧妙地回应当年知府的讥讽。“螯牙”，借以形容知府的牙，“咬”过邢宽，如今感到酸软无力了，说明那瓶醋酸得很，即邢宽的学识水平颇高。

乍看起来，邢宽的气量不“宽”，有点睚眦必报。那么，其为人如何？学识如何呢？

邢宽为官三十年，官至南京翰林院侍讲学士兼署南京国子监事。从五品的官员，官位不显。在任上，其曾预修《仁宗实录》《宣宗实录》。明英宗正统四年（1439），出任会试同考官，正统十三年（1448），主持顺天府乡试。史称，邢宽为人随和无忤，政绩亦无声，可以说，不是一位官场的成功人士。

由于“素有足疾”，邢宽曾一度辞官归里。其有诗《乞假归养新买北山庄居作》：“买得烟霞结四邻，轩窗山色一番新。暂辞玉署疏僚友，偶向青岩狎野人。杖履平明堪远眺，琴樽清昼足怡神。北堂喜遂康宁愿，叨有君羹进膳频。”诗中“轩”，即门，此指屋舍。“玉署”，泛指官署。“狎”，亲近。“杖履”，扶杖漫步。“平明”，天色初亮。“琴樽”，琴和酒杯，指文人雅兴。“北堂”，古代借称母亲。“叨”，同“饕”，贪。全诗表明作者邢宽居家孝友，处心坦白，处事平和，并非一个腌臜小人。

仔细想来，醋淡也罢，“螯牙酸”也罢，论道学识水平的高下，“状元”也不是唯一的标准。但是，应当承认邢宽毕竟是个“学霸”，残疾有志，足以点赞。

古代治水话水官

历朝历代，中央和地方两个系统都出现不少优秀水官。防洪治河、农田水利、航运工程，水利事业向来是中国历代施政的一个重心。故清代学者刘献廷云：“水利兴，而后天下可平，外患可息，而教化可兴矣。”

大禹治水的传说，算是最早见诸册籍的治水成功典范。

为了治水除患，我国历代相继设置水官。《国语·鲁语》载，冥为夏朝水官，为防汛治水而殉职。从秦汉时期开始，先后设置都水使者、河堤谒者、大舟卿等官职，以及都水台、都水监、都水清吏司等官属，明、清二代归并工部的都水司，废将作监。明代设总河都御史，清代设河道总督，专司水政。

《管子·度地篇》：“清除五害之说，以水为始……令习水者为吏。”很早就提出，水官必须通晓水性。

王景王吴，力治黄、汴河患

史载，东汉时有两位精通业务的水官：王

景、王吴。

王景，字仲通，乐浪（今朝鲜北部）人，少学《易》，好天文、术数，尤精水利。东汉明帝时，经引荐，王景面陈理水的道理和办法，得到明帝刘庄的信任，并奉命与将作谒者王吴共修浚仪渠。浚仪渠，即古狼汤渠分黄河水东流至浚仪县（今河南省开封市）的河段的别称。他们采用堨流法，治理渠道，使黄河水不再为害。

自西汉平帝以来，积五十余年，黄河、汴河的水利年久失修。河堤多处溃决，河中水门大多毁坏，汴渠的险情越来越严重，水患越来越肆虐。兖、豫二地的百姓怨声载道，恚怨当地官员“常兴他役，不先民急”。

直至永平十二年（69），东汉明帝诏修汴渠，治理河患。当年四月，派遣王景、王吴负责治水工程，动用几十万士卒，从荥阳（今河南省荥阳市东北）至千乘（今山东省利津县）海口，长达一千多里，修渠筑堤。

王景依据地势高低，破除沙石，截断沟涧，防遏冲要险地，疏决壅塞之处。每隔十里立一水门，使河水更相洄注，无复遗漏之患。苦战一年，次年夏天，治水工程完成。自此，黄河、汴河分流，河不侵汴，便利漕运。

王景由是知名，以功三迁为侍御史，永平十五年（72）封河堤谒者，主管河堤之事。

水治纷争，吴安持治患失败

治水的成败，固然与水官通晓水性、熟悉业务有关，有时也与一些其他原因分不开。

史载，北宋哲宗赵煦时，水治分为两派：左相吕大防、殿中侍御史郭知章等人，力主引黄河水东流；右相范纯仁、尚书右丞苏辙等人，力主引黄河水北流。各执己见，相持不下。元祐初，都水使者吴安持奉命主持引水东流的治理工程。吴安持，建州浦城（今福建省浦城县）人，英宗朝枢密使吴充之子，神宗朝新政领军人物王安石的女婿。

引水东流工程浩大，偏偏遇上水患凶险。元祐八年（1093）五月，黄河水涨。河道壅塞，堤防溃决，洪水泛滥，冲毁德清军（今河南省清丰县）、内黄（今河南省内黄县）等大片土地。宗城（今河北省威县东）决口，复引水魏店（今河北省大名县东南），北流因淤而断，河水四出。

绍圣元年（1094）七月，广武埽（今河南省荥阳市东北）危急，水情有下灌汴京之虞。由于东流堤防未及修缮加固，"濒河多被水患，流民入京师"。朝廷谏官参劾吴安持，前后八年治水无尺寸之效。当时，也有人说了公道话："大河自元丰（按，宋神宗年号）溃决以来，东北两流利害极大，频年纷争，国论不决，水官无所适从。"

元符二年（1099）六月末，黄河泛滥，内黄决口，东流断绝，引水东流的治理宣告失败。于是，朝廷追究罪责，"以明先帝北流之志"。最后，都水使者吴安持、都水监丞郑佑、北都水监丞李伟等人被贬黜至边远之地，成为水治两派纷争的牺牲品。

潘季驯四治河患，功效显著

明代著名的治水专家潘季驯（1521—1595），字时良，号印川，乌程（今属浙江省湖州市）人，著有《两河经略》《河防一览》《留余堂集》等。史载，其一生曾四次奉命总督治河，前后历二十七年，治水功绩显著，仕途却颇多周折。

第一次，明世宗嘉靖四十四年（1565）秋，黄河决沛县（今属江苏省）飞云桥，东注昭阳湖（今山东省微山、鱼台及江苏省沛县界，东南接微山湖），运道淤塞百余里。右佥都御史潘季驯奉命总督河道，与朱衡（工部尚书兼右副都御史）共开新河，漕渠便利。潘季驯晋为右副都御史，不久，因丁忧去职。

第二次，明穆宗隆庆四年（1570），黄河决邳州（今属江苏省徐州市）、睢宁（今属江苏省）。朝廷起用潘季驯，以原官职总督河道。次年，堵塞决口，治水工程竣工。潘季驯沿新开河渠，坐船勘查河道，被参劾罢官。

第三次，明神宗万历五年（1577）冬，黄河决崔镇（今江苏省泗阳县西北），河水北流，淮水南漫，漕运破坏，大片农田被淹没。次年夏，潘季驯以右都御史兼工部左侍郎，奉命总督河漕。从万历六年（1578）至万历八年（1580），终于堵塞崔镇决口，筑遥堤以防溃决，并筑高堰（今江苏省洪泽湖东岸）湖堤，束淮水入清河口（今江苏省淮阴市西南），淮、黄二河水并流。漕运畅通，几十年被淹的土地又变成良田。

万历十二年（1584），潘季驯官至刑部尚书。因为其为前首辅张居正的家属求情，触犯圣怒，被革职为民。

第四次，万历十六年（1588），起用潘季驯为右都御史，总督河道兼理军务。次年，黄河水暴涨，冲入夏镇（今山东省微山县），毁坏田地、房屋，不少居民溺亡。潘季驯筑堤堵塞决口。

治水专家潘季驯注意调查研究，总结经验，提倡“河道紧缩说”，主张“建堤束水，以水攻沙”。在河堤合龙和迫使河水改道的工程中，潘季驯独创以“柳辊”为工具。“柳辊”通常长一百五十尺，圆周二十尺，用泥土、树木、绳索捆成大圆柱体，拖运到选定地点，遇水膨胀，不致被急流冲走，成效显著。

嵇氏父子精业务，勇担当

清代的水官中，还有一对“父子兵”。

嵇曾筠（约1670—约1738），字松友，江南长洲（今江苏省苏州市）人，康熙四十五年（1706）进士。史载，雍正元年（1723），黄河决中牟（今属河南省）刘家庄、十里店诸地。嵇曾筠时任兵部侍郎，奉命督筑堤岸，逾数月完工。次年春，其上疏奏请用“引河杀险法”，治理黄河水患。经准奏，其被授为河南河道副总河，会同河道总督齐苏勒，沿黄河两岸加固堤坝，计十二万三千余丈，并在北岸河身疏浚引河，导水直行。

雍正十一年（1733），“授文华殿大学士，兼吏部尚书，仍总督江南河道”。次年，嵇曾筠主持一系列治水工程：增筑海口辛家荡堤闸，修清江龙王闸，疏浚凤阳厂引河。

乾隆元年（1736），其兼浙江总督，总理浙江海塘工程，筑海宁（治所今浙江省海宁市西南盐官镇）尖山坝，建鱼鳞石塘七千四百余丈；乾隆三年（1738），修乐清（今属浙江省）滨海堤。

史称，嵇曾筠在官期间，视国事如家事，知人善任，恭慎廉明，治河尤著绩。

其第三子嵇璜（1711—1794），字尚佐。史称，其幼读《禹贡》，言："禹治水皆自下而上，盖下游宣通，水自顺流而下。"长辈听了，无不感到惊异。雍正八年（1730）进士。入仕后，嵇璜随其父巡行黄河，实习治水工程，参与具体事务。

史载，乾隆十八年（1753）十月，黄、淮二河水并涨。时任户部侍郎嵇璜建议：疏浚铜山（今江苏省徐州）以下，清河口以上河身；仿制平底方船，用铁耙疏沙，修补高堰石工、归仁堤闸，并奉命偕工部侍郎德尔敏督修治理工程。

乾隆二十二年（1757）春，嵇璜被"授南河副总河"。伏汛将至，黄河附近地方岁频歉收，贫民甚多。其奉命负责疏筑河防诸工程，以工代赈。次年五月，上下江工程全部完成。乾隆三十二年（1767）七月，"授河东河道总督"。

据史书记述，嵇璜每次巡河，"不避艰险，身先属吏"。一次，他夜里听说虞城（今属河南省）出现险情，立即连夜赶去。天刚亮，雨雹交加，水情凶险，下埽岌岌欲崩，随从人员惊慌失色，劝嵇璜暂退。他站立坝上，大声叱道："埽去我与俱去！"雨雹停罢，河堤终于无恙。

看来，一位优秀的水官，不仅要通晓水性，精于业务，还要具有任劳任怨、忠于职守的本色。古往今来，无一例外。

古代耆老会的异同

历史上，耆老会往往由退休官员自发结社，诗酒自娱；亦不乏布衣耆宿参与其中。尤其南宋以降，布衣耆宿与会日众，成为地方声望显著、影响日隆的群体，在地方的文化、教育、政治、乡约、酒礼以及宗族生活等诸多方面发挥着重要影响。

古代耆老会，包括怡老会、九老会、耆英会、真率会等社团，大多以退休官员（古代称“致仕”）自发结成诗会的形式存在，借诗酒唱和，展现其怡老适情的意趣。

古代致仕制度影响耆老会的形成、发展和变化。《礼记·曲礼（上）》：“大夫七十而致事。”致仕始于秦汉，逐步完善于隋唐；宋代的致仕制度“完成了从礼到法的转变”。而且，唐宋时期五品以上官员致仕给半俸禄，宋神宗熙宁间还有“守官致仕”（即带职致仕、冠带致仕）。明代自洪武始，朱元璋奉行尊老、重老政策，施行养老之政，耆老会全面繁盛，成为明代文坛的一大特色。

总观而言，古代耆老会以“诗酒自娱”为旨趣；大多属私人聚会（个别有地方政府扶持）；具有“同道隐逸，存身全志”的文士情结诉求；

借山水之胜以愉悦身心，借山林、寺院、园林之清幽以忘却凡俗；而且，往往绘图纪盛，以肖像画或宴会图传世。虽然耆老会具有彼此共通之处，可是随着历史的发展变化，历朝历代的耆老会亦有些许相异。

唐代白居易“九老会”

唐代大诗人白居易（772—846），字乐天，下邽（今陕西省渭南市）人；德宗贞元十四年（798）登进士第；宪宗元和三年（808），拜左拾遗。后其因牵连以李吉甫、李德裕父子为首与以牛僧孺为首的两大高层官僚集团之间的派系斗争（史称“牛李党争”），武宗会昌二年（842），以刑部尚书致仕，给半俸，退居洛阳龙门香山，号“香山居士”。

白居易在《与元九书》中，曾宣示“故仆志在兼济，行在独善，奉而始终之则为道，言而发明之则为诗”；但是，晚年对仕途心灰意冷，隐山遁水，坐禅谈经。史载，其“暮节惑浮屠道尤甚，至经月不食荤，称香山居士。尝与胡杲、吉皎、郑据、刘真、卢真、张浑、狄兼谟、卢贞燕集，皆高年不事者，人慕之，绘为《九老图》”。

《白氏文集》录有白居易《七老会诗》（连诗题）：“七人五百七十岁，拖紫纡朱垂白须；手里无金莫嗟叹，尊中有酒且欢娱；吟成六韵神还壮，饮到三杯气尚粗；嵬峨狂歌教婢拍，婆娑醉舞遣孙扶；天年高迈二疏传，人数多于四皓图；除却三山五天竺，人间此会更应无。”在诗题中，白居易说明此会于会昌五年（845）三月二十一日举办，在洛阳履道坊白宅同宴，“宴罢赋诗”。与会者有：前怀州司马胡杲（安定人）年八十九，前卫尉卿吉皎（冯翊人）年八十六，前右龙武军长史郑据（荥阳人）年八十四，前磁州刺史刘真（广平人）年八十二，前侍御史内供奉官卢真（范阳人）年八十一，前永州刺史张浑（清河人）年七十四，前刑部尚书白居易七十四。以上七人的年龄合五百七十岁，皆为致仕官员。白居易《七老会诗》首联“拖紫纡朱垂白须”，“拖紫纡朱”，紫朱指高官所系佩印绶的颜色，此喻地位显贵。

诗中引用“二疏”“四皓”的典故。“二疏”，即西汉宣帝时的两位著名学者，太子太傅疏广及其侄太子少傅疏受，在位五年，皆以年老告病辞官，归老后有散金之德，为人所传颂。“四皓”，指秦末汉初，四位德高望重的学者东园公、夏黄公、绮里季、角里先生，为避秦乱，隐居商山。汉高祖刘邦多次请他们出山，不致。时皆八十有余，眉发皓白，人称“商山四皓”。该诗以典故表明诗人此时心里选择隐逸，胜于对“世事几变”的慨叹。末联“除却三山五天竺”二句，“三山”，即三仙山，蓬莱、方丈、瀛洲，仙人居处；“五天竺”，即“五天竺国”。此谓多老寿者。

宋代计有功《唐诗纪事》载，其他与会者各有“七言六韵”诗一章。其中，刘真诗句：“赏景尚知心未足，吟诗犹觉力完全；闲庭饮酒当三月，在席挥毫象七贤。”又，郑据诗句：“联句每言松竹意，停杯多说古今人。更无外事来心肺，空有清虚入思神。”还有张浑诗句，自称“遁迹岂劳登远岫，垂丝何必坐溪磻”；同时，嘘唏“每况襟怀同宴会，共将心事比波澜”。据出土的《唐故永州刺史清河张公（浑）墓志铭并序》［唐宣宗大中元年（847）韦邈撰文］，张浑“罢永居于洛师”，与白居易“为嵩少琴酒之侣，逐绝意于宦途”。因此，“九老会”的诗作，离不开性情相投、欢娱天年的志趣。捎带一说，张浑病卒于会昌六年（846）八月二十三日，年七十六。其参加“九老会”时，应为七十五岁，与《白氏文集》所记有出入。

那么，“九老会”为何仅有七位致仕官员呢？据《唐诗纪事》称，当时秘书监狄兼谟、河南尹卢贞（字子蒙）属在职官员，未及七十岁，“虽与会而不及列”。于是，《九老会诗》仅录七人。后来，“（白）乐天云：其年夏，又有二老，年貌绝伦，同归故乡，亦来斯会”。一位是洛中遗老李元爽，年一百三十六；另一位是禅僧如满，居洛阳佛光寺，年九十五。此二人并非致仕官员，而是布衣耆宿，属于破例。值得关注的是年龄必须七十岁及以上，这是参加“九老会”的硬指标。此外，从地域来看，与会者的籍贯分属陕西、河北、河南等地，皆属北方。

当张浑、白居易于同年（会昌六年）先后去世，“九老会”也就结束，仅持续一年多时间。

宋代“洛阳耆英会”

北宋神宗元丰五年（1082）正月，由文彦博发起的“洛阳耆英会”，在富弼家里举行首次聚会。

文彦博（1006—1097），字宽夫，汾州介休（治所今山西省介休市）人；仁宗天圣中，进士及第；至和二年（1055），与富弼同拜相，之后被封为潞国公；英宗即位，入为枢密使，在枢府九年；神宗元丰三年（1080），拜太尉。其反对王安石变法，以太尉留守西京洛阳。史载，其居洛阳时，“与富弼、司马光等十三人，用白居易‘九老会’故事，置酒赋诗相乐，序齿不序官，为堂，绘像其中，谓之‘洛阳耆英会’，好事者莫不慕之”。

司马光所撰《洛阳耆英会序》记述颇详，当时，文彦博留守西京洛阳，富弼致仕居洛阳家里，而年老致仕，闲逸在洛阳的官员“于时为多”。文彦博对富弼说：“凡所为慕于乐天者，以其志趣高逸也，奚必数与地之袭焉？”其效仿白居易“九老会”的高逸志趣，而人数与场地不一定和“九老会”相同。于是，“悉集士大夫老而贤者于韩公（按，韩国公富弼）之第，置酒相乐，宾主凡十有一人”。序文后开列与会者：开府仪同三司、守司徒、武宁军节度使致仕、韩国公富弼，字彦国，年七十九；河东节度使、开府仪同三司、守太尉、判河南府兼西京留守司事、潞国公文彦博，字宽夫，年七十七；司封郎中致仕席汝言，字君从，年七十七；太常少卿致仕王尚恭，字安之，年七十六；太常少卿致仕赵南，字南正，年七十五；秘书监致仕刘几，字伯寿，年七十五；卫州防御使致仕冯行己，字肃之，年七十五；太中大夫、充天章阁待制、提举崇福宫楚建中，字正叔，年七十三；司农少卿致仕王慎言，字不疑，年七十二。还有，宣徽使王拱辰，字君贶，年七十一。当时，王拱辰留守北京，家在洛阳，写信给文彦博入会。而司马光，字君实，因反对王安石变法，退居洛阳，时年六十四。文彦博沿用白居易“九老会”秘书监狄兼谟、河南尹卢贞故事，力邀未满七十的司马光与会。

据宋代邵伯温《邵氏闻见录》载，除以上十一人外，与会者还有太中大夫张问，字昌言，年七十；龙图阁直学士张焘，字景元，年七十。于是，“洛阳耆英会”共十三人。文彦博“命闽人郑奂绘像其中”。因富弼年长于文彦博，被尊为“耆英会”之首。文彦博“以地主，携妓乐就富公宅，作第一会。至富公会，送羊酒不出，余皆次为会”。首会之后，轮流做东。

该会称“洛中风俗，燕私相聚，尚齿不尚官”，实际上不仅“尚齿”，更重要的是“尚官”。与会者十三人，皆反对或不满王安石变法，清一色的年老致仕，以及退居二线的官员，其中官宦子弟并不鲜见。

从耆英会唱和诗歌来看，文彦博诗句“九老旧贤形绘事，元丰今胜会昌春”，富弼诗句“西洛古帝都，衣冠走集地。岂惟名利场，骤为耆德会”，强调以年老道高为贵，突出洛阳世家文人对伦理道德的重视。而王尚恭诗句“服许便衣更野逸，坐从齿列似天伦”，张问诗句“清闲几席同禅院，山野巾裘似隐沦”，咏吟悟得真淳朴谈旨趣之乐，注重道德修养和对真淳朴谈旨趣的追求。王拱辰诗作长达百句，始以歌咏洛阳人杰地灵，继而描写与文、富二人的情谊，相结为友的追忆，及其所寄托的纳政归洛的渴望。由此可见，聚集洛阳的旧党发起组织的诗会，构成足以与政治中心相抗衡的文化中心，实际上是反对变法的士大夫实践“诗可以群”传统并联结同道的方式。虽然他们的诗作有意疏离政治，旨在怡情求真，但是他们的活动及诗歌主题，浸染了北方故家士大夫最为重视的道德色彩。

“洛阳耆英会”虽属私人宴集，却毫不低调，诚如《邵氏闻见录》所载：“每宴集，都人随观之。”向朝中当政的新党，宣示其旧党的功业地位和社会声望。

次年，即元丰六年（1083），富弼病卒，“洛阳耆英会”随之解散，仅存有一年多时间。

宋代司马光“真率会”

在“洛阳耆英会”解散的那年（元丰六年），司马光、范纯仁在洛阳组织“真率会”。

司马光（1019—1086），字君实，陕州夏县（今属山西省）人；仁宗宝元初，中进士，累迁至同知谏院；英宗朝，进龙图阁直学士；神宗立，擢翰林学士。其对王安石变法持异见，熙宁四年（1071），“请判西京御史台”，自此退居洛阳十五年。史称，其“性不喜华靡”。

范纯仁（1027—1101），字尧夫，范仲淹次子，吴县（今江苏省苏州市）人；仁宗皇祐元年（1049）中进士；神宗时，拜兵部员外郎，兼起居舍人、同知谏院，反对王安石变法，话多激切。史载，宋神宗时，其“提举西京留司御史台。时耆贤多在洛，纯仁及司马光，皆好客而家贫，相约为真率会。脱粟一饭，酒数行，洛中以为胜事”。

宋代吕希哲《侍讲杂记》亦称，司马光居住洛阳时，“与楚正叔通议、王安之朝议耆老六七人，相与会于城中之名园古寺”，命之曰“真率会”。以上所指的耆老有楚建中、王尚恭、席汝言、王慎言、文彦博，皆曾参加过“洛阳耆英会”。此外，还有司马光的哥哥司马旦，字伯康，太中大夫致仕，时年七十七。

该会有两大特别之处：一是领头的司马光时年六十五，范纯仁时年五十七，皆未满七十岁，打破九老会“虽与会而不及列”之例。二是司马光亲自撰有真率会“会约”八条，申明“序齿不序官”的传统，注重“为具务简素”，甚至细微至聚会享用的果蔬、肴馔以及酒水之数，规定召客用简、会日早赴等。《侍讲杂记》指出，其“且为之约，果实不过五物，肴膳不过五品，酒则无算。以俭则易供，简则易继也”，明确规定朴素简便的形式，体现真诚、率性的精神。司马光在《和潞公真率会诗》说得明白：“洛下衣冠爱惜春，相从小饮任天真。随家所有自可乐，为具更微谁笑贫。不待珍馐方下箸，只将佳景便娱宾。庾公此兴知非浅，藜藿终难作主人。”“藜藿”，指粗劣的饭菜。

“真率会”亦是轮流做东，“会约”也是来真的。清代洪莹辑录的《宋名臣言行录》称，有一次，楚建中做东，“违约增饮食之数，罚一会”。

司马光等人的真率会，既仿慕白居易“九老会”，又不受年满七十的限制；并坚持朴素、简便的形式，蔚为一时之盛。其影响颇广，两宋以及后世出现众多仿效者。

据今人考述，两宋之交有赵鼎“洛阳真率会”，折彦质“昌化军（儋州）真率会”，朱翌“韶州真率会”，胡寅“衡山真率会”“新州真率会”，林季仲“温州真率集”，凌景夏“信州真率会”，李光“儋州真率会”，范成大“昆山真率会”，王十朋“温州真率饮”，等等。其中，有中青年的赵鼎、胡寅、范成大、王十朋，也有步入老年的林季仲、凌景夏。而且，与会者不再拘于耆英身份，也不拘于“尚齿”的传统。尤其是随着折彦质、朱翌、胡寅、李光等名臣被贬徙偏远之地，简朴形式的真率会从北方流传到经济文化条件极为落后的岭南地区，成为宋代文坛的一大景观。

这一时期的真率会（或真率集、真率饮），与会者既有年老归里的致仕官员，亦有当地的布衣耆宿；既有沉沦贬徙的官员，亦有未中科第的士子……他们聚会唱和的诗歌，往往表达其隐逸全志和追求自由的率真情怀。特别是主战派李光、胡寅、朱翌等人，遭受以秦桧为首的主和派的迫害，远谪岭南，借真率会诗酒浇其胸中块垒。

明代甬上高年诗会

据资料载，自明太祖洪武间凌云翰“真率会”、詹凤翔“十老会”，至明思宗崇祯间蒋璜“真率会”，耆老会多达八十余例，堪称明代文坛的一大特色。这与洪武开始奉行养老之政不无关系。因此，明代耆老会往往带有敦厚薄俗、扶翊高风的重要内容。

从其分布的地域来看，遍及浙江、江苏、湖南、福建、山东、河北等地。其中，尤以江浙为盛。由于战乱动荡，北方世家大族南迁，江南文化经济迅速发展。值得关注的是，在鄞县、杭州、湖州、无锡等地，形成一种重诗学传统的时尚。当地同里的文人群体组成社团，具有明显地域性，通过诗歌的形式，展现老一辈对后辈的熏染，代代相传，即所谓“以诗学世其家”，并影响明代中后期以地域为中心的文学流派的兴起。

鄞县甬上（今浙江省宁波市鄞州区）是明代耆老会兴盛的地方之

一。当地镜川杨氏、槎湖张氏、鉴桥屠氏，以及城东李氏等皆世代“传其业不衰”。其不仅乡里朋辈结为诗社，而且逐渐涌现亲族世家的诗学传承，可见诗社之兴与诗学之盛密切相关。同时，明中后期布衣阶层崛起，迅速成为诗坛的一股重要力量，打破唐宋时期士大夫文人独据诗坛的局面。清代胡文学辑选的《甬上耆旧诗》载，清代史学家、文学家全祖望（鄞县人）认为：“甬东之上，草野论诗遂为极盛，与士大夫掸划然中分，此实前此所未有也。”

在其《句余土音序》（见《鲒埼亭集·外集》）中，全祖望概括了明代鄞县的耆老会：“明之诗社，一举于洪兵部，再举于屠尚书，三举于张东沙，四举于杨沔阳，五举于先宫詹林泉之集……六举则甲申以后遗老所会。”其中，以洪常等人成立的“甬上高年诗会”、屠滽等人的“甬上耆会”影响较大。

据明诸生李邺嗣《甬上耆旧诗序》述，明成化、弘治之际，鄞县人洪常、卢瑀、严端、金湜、宗佑、周祐等致仕归里官员，与布衣高士章珍、宋恢、张憬、李端、倪光等人相结为“甬上高年诗会”。“每值风日佳时，辄剪蔬供蔌，欢共为集，逍遥散带，里人望之若仙。”其中，洪常，字子经，号石田，正统十三年（1448）进士，官至兵部郎中，其年四十“请疾归里”。卢瑀，字希玉，号益斋，成化五年（1469）进士，为刑部给事中；以直言忤旨，被杖，迁工科都给事中；再以直言获谴，贬长沙通判，终广平知府致仕。严端，字克正，号谦斋，景泰五年（1454）进士，迁至南京兵部车驾员外郎，后解组归里。金湜，字本清，号太瘦生，“自童时辄能诗”，擅书画印篆；正统六年（1441）举人，以善书授中书舍人，迁太仆寺丞；成化间，力请致仕，家居三十年。宗佑，字元吉，少即有文名；弘治三年（1490）进士，官至刑部员外郎，“以守制归”。周祐，字立德，以辟荐授阴阳正术，少有诗名，“小官名重”，人称“栗轩先生”。而高士章珍（字文重）、宋恢（字弘之）、张憬（字景心）、李端（字文正）以“布衣宿望为里中五经师，启后鸣时，不愧真隐”。李端“为人风仪修整”“高淡无所嗜”，被推为“高年诗会”祭酒。还有高士倪光（字应奎），“少有文名”，亦有诗传。李邺嗣称，除以上十一人与会外，“余七人诗失传，亦附姓名于后”：通判邹阊、高士王政、余宾、袁德麟、周颂、周恺、陈渭。

尽管“甬上高年诗会”唱和之作大多散佚，可是，《甬上耆旧诗序》认为，当年“凡属会中唱酬，遍传于远近。合二公（按，指张东沙、李堂）所记十有八人，俱历然可考”；“四方望甬上拟于唐履道里焉”，甬上与唐代洛阳履道坊（“九老会”聚处）相仿。

继“甬上高年诗会”之后，鄞县人魏偁、屠滽、杨守随等结为“甬上耆会”。李邺嗣《甬上耆旧诗序》述：“同会十余人，失记名氏，则阙焉。”与会者唯考有六人。据《甬上耆旧诗》（卷六）载，魏偁，字达卿，别号云松，由郡庠生贡春官，廷试第一，授石城训导，“弘治初，以秩满告归”；被奉为耆会祭酒，“以诗文相和答，前后二十年，同里重之”。屠滽，字朝宗，号丹山，成化二年（1466）进士；弘治时，官至吏部尚书，兼左都御史；后坚请致仕归里。杨守随，字维贞，号贞庵，成化二年（1466）进士，授监察御史，官至工部尚书；正德时，奏劾权宦刘瑾，诏令致仕；刘瑾伏诛，复其原官，不出，“唯与里中诸高年结为耆会”。张昺，字仲明，号棟庄，以进士累官至四川按察副使，后“力请老，定家于鄞之棟庄”。黄隆，字自立，号南谷先生，景泰五年（1454）进士，授南京刑事主事，迁四川按察副使，“遭父丧归里，遂不出”。参政刘洪，字子裕，定海人，“常往来郡中，与诸公唱和”。

“甬上高年诗会”人数颇众，尤以布衣高士居多；“甬上耆会”则前后长达二十年。以上诗会的与会者大多为鄞县人，具有以地域为中心的显著特点。然而，诗会的唱酬之作传世尤鲜。《甬上耆旧诗》三十卷，其中涉结社内容的寥寥数首。大抵当时逸老结社志在自娱，对诗作并不经意；而大多唱和之作内容单调，艺术价值不大。

在历史不断发展变化的进程中，耆老会这种文学群体，尽管其名称有异，却相继涌现不止。尤其唐宋以降，几乎有致仕（今称退休干部）人群的地方，多少总有耆老会。其沿袭以诗会友、怡老适情的旨趣，其结社成员的年龄、身份、地域，结社规模、持续时间、组织方式等亦有所变化。比如，打破“七十及以上”与会年龄的限制，打破士大夫文人独据的局面；从北到南，遍于天下，出现以地域为中心的态势；

从隐逸、遗老及朋辈结社赋诗，逐渐形成家族式的诗学传世；甚至，有的结社去奢靡尊简朴；有的规模宏大，人数颇众；有的前后持续时间颇久；等等。发展到今天，这种具有文学性的诗会，已经带有社会性、群众性，而且诗作内容丰富多彩。可见其影响之深远。

西晋世族争豪斗富的闹剧

西晋是存在时间较短的王朝，奢靡之风却空前盛行。门阀制度给予世族优越的政治、经济和文化地位，他们常以挥霍社会财富及奢侈放荡的生活，来炫耀特权贵族阶层的优越感。

西晋时期盛行豪门政治。在按门第品位的高低分享政治、经济种种特权的门阀制度下，豪门世族追逐名利，鄙薄勤恬，竞相夸尚奢靡，世风沉沦日下。

官宦子弟石崇（249—300），字季伦，小名齐奴，渤海南皮（今河北省南皮县东北）人，司徒石苞的小儿子。曾在荆州刺史任上，劫掠商客致富。史载，其“财产丰积，室宇宏丽”，姬妾百数，皆穿金戴翠，华服绮丽，至于吃的、用的，无不极尽当时所选，珍宝田舍无数。

连石家的厕所里，也常有十数名侍婢，丽服妆饰排列在旁；还配备甲煎粉、沉香水一类香料，专供来客使用。客人如厕后，又给换上新衣才让出来。结果，弄得许多客人不好意思上厕所。

石崇每次邀客宴饮，常叫身边的佳丽给客人敬酒。如客人饮酒未尽，当即杀掉敬酒的佳丽。

丞相王导与镇东大将军王敦曾一起到石家，王导一向不能饮酒，总是勉强饮尽，以致大醉。可王敦坚持不饮敬上的酒，石崇连杀三位佳丽，他还是不饮，并面不改色地说：他杀自家人，关我们什么事。

石崇与王恺斗富

令人瞠目结舌的，当数石崇与贵戚王恺、羊琇等人的争豪斗富。

王恺，字君夫，东海郯县（今山东省郯城县）人，魏兰陵侯王肃之子，晋武帝司马炎的舅父，官至后将军。其屡与石崇斗富：他以饴糖、麦饭洗锅，石崇则以白蜡作柴火；他用紫纱绸作步障四十里，石崇则用锦缎作步障五十里；石崇用调味香料花椒作泥，涂抹屋舍墙壁，他则用陶土赤石脂来涂壁。

南朝宋刘义庆《世说新语》载，一次，晋武帝为了帮舅父争胜，特赐王恺一株珊瑚树，高二尺许，枝柯扶疏，世所罕见。王恺得意地显摆给石崇看，谁知石崇手执铁如意，把珊瑚树击碎。王恺当即傻了眼，痛惜宝物之余，认定石崇“羡慕妒忌恨”，不禁面色大变，厉声开骂。石崇却不以为然地说：用不着记恨，马上赔给你。于是，吩咐手下搬出六七株珊瑚树，高三四尺，条干绝俗，光彩耀日。而像王恺那株大小的，其家藏有不少。末了，王恺惘然自失。

石崇与羊琇争豪

另一位贵戚羊琇（？—278），字稚舒，泰山南城（今属山东省）人，司马师妻子的堂弟，从小与晋武帝司马炎通门，关系亲狎；官至中护军，加散骑常侍，掌管禁军十三年，深受宠遇。史载，其喜好游乐饮宴，以夜继日，表亲宗室男女混杂玩乐，无男女之别，“时人讥之”。而且，“（羊）琇性豪侈，费用无复齐限”，其花钱无度，为讲求阔气排场，刻意把木炭轧碎，再将炭屑和合成兽形，才用来燃烧温酒。这种争豪斗富的举动，竟让京城洛阳一带的豪贵争相仿效。

王济与王恺赌牛

还有一位贵戚王济，字武子，太原晋阳（今山西省太原市）人，司徒王浑之子，娶晋武帝司马炎女儿常山公主；二十岁时任中书郎，累迁至侍中。其喜好养马，有“马癖”之称。史载，其在人多地贵的北邙（今河南省洛阳市北），买地自建骑马射箭场。该马场的围墙全用金钱匝地排列而成，当时人称“金沟”。

他与王恺斗富，用的是打赌方式。王恺有一头牛，叫“八百里驳”，毛色驳杂，日行八百里，被王恺视为心肝宝贝，常常把牛的角蹄收拾得十分光洁。王济找上门，付钱一千万（相当一千两黄金）给王恺，要求打赌对射“八百里驳”。王恺自恃其宝贝奔跑奇快，不待瞄准已绝尘而去，于是，一口应允，并让王济先射。怎料王济弯弓搭箭，一发命中，而且叱令随从速取牛心。转眼间，他割取了牛心扬长离去。

在等级森严的门阀制度下，特权阶层利用权势谋私利，攫取社会资源，挥霍社会资源，出现争豪斗富的闹剧丑剧，也就在所难免。毋庸讳言，奢靡之风加速了西晋的灭亡。

冗官问题，北宋官僚政治的“痈疽”

冗官现象在中国古代屡见不鲜，而冗官、冗兵、冗费是贯穿北宋始终的严重社会问题，尤其是冗官问题，深刻地影响着北宋的政治生态，成为北宋积贫积弱的根源，历来为后世所诟病。

虽然宋代初期设官分职有编制的定数，但是，宋代实行“强干弱枝”的基本国策，防止大臣擅权，中央高度集权，权力集中在君王一人身上，冗官问题，也就不可避免。

（一）

史载，宋真宗时，王禹偁（954—1001），字元之，济州巨野（今属山东省）人，太平兴国八年（983）进士，官知制诰，为北宋政治改革派先驱。其曾上书言事：臣籍济州，未及第时，一州上有一刺史、一司户，未尝阙事，自后增置团练、通判、副使、判官、推官，而监酒榷税又增四人，曹官之外更增置司理一职，“一州既尔，天下可知”。

北宋后期，宋代陆游《老学庵笔记》载，宋

徽宗崇宁间，“而天下州郡又皆添差，归明官一州至百余员，通判、钤辖多者至十余员”。

不仅地方州郡如是，甚至中央政府亦如是。史载，宋真宗咸平四年（1001），左司谏杨亿上疏，指出当今增置正员以外的官员，没有限制数量，多至“斗量车载”。员外郎（北宋初为六品寄禄官）达到三百余人，郎中（北宋初为五品寄禄官）百数人，太常寺卿（北宋初为三品寄禄官）、国子博士（北宋初为五品寄禄官）等又不下数百人。这些官员都是定期入朝，不知道职务的职责，只是通过恩泽按等级次第升迁。

同年，有关部门主张，裁减天下冗吏十九万五千余人。这仅是保守的数字，至于没有裁减的官员，也就可想而知。

（二）

其实，冗官问题的根子，在于北宋统治者。为了加强中央集权，宋太祖采取增置官署、增加官员的一系列方法，分割各级政府机构的职权，限制官员的权力。结果，造成机构臃肿，繁复重叠，官吏人数不断增多。宋太宗以后，又扩大科举规模，通过贡举、推荐、征召，广泛选官入仕。而且，宋代实行恩荫制度，大批高官子弟、亲戚以及门客承恩入国子监读书，并涌入仕途。还有杂职官吏的杂滥，祠禄官员的众多，日增月益，造成官吏队伍的迅速膨胀。

其间，宋神宗赵顼（1048—1085）曾进行官制改革，史称“元丰改制”。元丰三年（1080）至元丰五年（1082），其颁行《寄禄格》以为定法，订定阶官品级以与职事官配合，依官名定职掌，使官与职重新统一起来。史载，“元丰《寄禄格》以阶易官，杂取唐及国朝旧制，自开府仪同三司至将仕郎，定为二十四阶”。所谓“元丰改制”，只是规范官员制度，将官名与职权统一起来，整合一些部门或职位，调整官员的品级俸禄，等等，触及皮毛而已，无法根本解决冗员问题。

尽管如此，“元丰改制”也维持不下去。宋徽宗政和末年，官制来了个“翻烧饼”，自开府仪同三司至迪功郎，增至三十七阶。迪功郎，为选人的新阶官。史称，其后，“复更开封守臣为尹牧，而内侍省悉仿机廷之号，六尚局之修，三降郎之建，及左辅、右弼、太宰、少宰之称。员既滥冗，名益繁杂，由是官有视秩，元丰之制，至此大坏”。

（三）

由于冗员问题尾大不掉，政府机构不断膨胀，官吏队伍不断庞大，官俸支出也就不断攀升，政府的财政不堪重负，终至入不敷出。

史载宋徽宗时，吏部尚书虞策上奏章说，宋仁宗皇祐年间收入三千九百万，而费用支出只是三分之一；宋英宗治平年间收入四千四百万，而费用支出是五分之一；宋神宗熙宁年间收入五千零六十万，则是全部用光。现今地方诸道依据朝廷每月的需求，立即聚敛，忧惶不安，连一天也等不下去。这还是北宋全盛时期。于是，不禁斥问：“举此类推，国力何以支乎？”

北宋王朝的冗官问题，耽久不治，日益严重。为了解决政府的财政危机，朝廷增派了名目繁多的苛捐杂税，加强对百姓的盘剥压榨。光是杂税就有十余种之多，包括：“枯骨税”，对屯田民户的死牛所征的税；“钞旁定帖钱”，对百姓典卖牛畜、田宅、缴纳租税所收取的契约钱；“河渡钱”，即在坊场河渡津关之处向过路行旅所征的钱；“上供钱”，常赋之外的摊派；等等。

当时，诗人张咏《悯农》有诗句：“春秋生成一百倍，天下三分二分贫。”可见当时百姓负担沉重，生活贫苦。实在活不下去了，也就官迫民反，揭竿而起。

冗官问题，成为北宋官僚政治的“痈疽”。一旦疽食侵淫，侵害了官家性命，恐怕连统治者也始料不及。

从谐谑看北宋文士的品格

汉魏有建安风骨，北宋有文士品格。北宋文士以其丰富的知识储备，彰显的文学个性，行事创作的谐谑，展示了北宋一朝文士备受尊重的地位，以及他们诙谐幽默、心怀情趣、轻松自然的人文风格。

宋代奉行“右文轻武”的国策，由武人擅权向文人治政的转变，确立了北宋时期的官僚政治。

北宋的文官政治体系，以“分化事权”和互相牵制为特征，虽然有效防止武人擅权和宰相势炽之弊，而文治靖国、“风闻言事”、台谏合一，却培育文士好议论之风，政治效率低下。国是决策与学术之争，往往混杂一起，演变为政治党争。以“庆历新法”为肇端，至“熙丰变法”“元祐更化”“绍述之局”，党争反复不休。

对于党争造成个人贬窜死徙的个人遭际，北宋文士不乏一种品格：以谐谑应对人生的困顿，甚至厄难。

“王家巢居，司马穴处”

司马光（1019—1086），字君实，陕州夏县（今属山西省）人，少聪慧好学，仁宗宝元初中进士，英宗朝进龙图阁直学士。史载，司马光“患历代史繁，人主不能遍览，遂为《通史》八卷以献。英宗悦之，命置局秘阁，续其书”。

神宗即位，擢司马光为翰林学士。熙宁二年（1069），王安石推行新法，采取一系列改革措施。次年，司马光给王安石写了三封长信《与王介甫书》，力陈新法之害。当王安石坚持新法时，司马光无奈之下，请判西京御史台，退居洛阳，一边读书，一边续撰《通史》。

宋代庞元英《文昌杂录》记述：“司马公居洛，作地室，坠而入，以避暑。”司马光为避暑热，在家里掘地作室，读书写作其间。有趣的是，宋代王得臣《麈史》将同在洛阳的王拱辰与司马光相比照，称：“王拱辰即洛之道德坊营第，甚侈，中堂起屋三层，上曰‘朝元阁’。时司马光亦居洛，于私居穿地丈余，作壤室。”王拱辰，字君贶，开封咸平（治所今河南省通许县）人，年十九，举进士第一；仁宗庆历元年（1041），为翰林学士；神宗熙宁元年（1068）任宣徽北院使，元丰初，转宣徽南院使。其反对王安石变法，一度被判大名府。王拱辰在洛阳营建园宅，华屋高阁。一时间，洛阳人流传：“王家钻天，司马入地。”

这还不算，还有说得更精绝的。北宋邵雍，字尧夫，自号安乐先生，河南府（治所今河南省洛阳市）人；于书无所不读，研习《河图》《洛书》、伏羲八卦，颇有所得；仁宗嘉祐间，举逸士，屡辞不至。其居洛阳时，与司马光等人相善。据《麈史》载，一次，邵雍前往拜访河南籍同乡——曾任宰相的富弼（封郑国公）。富弼问其洛中新事，“尧夫云：近有一巢居，一穴处者”，富弼听后大笑。此语出谐谑，又实话实说。以巢居戏谑王拱辰家居华屋高阁，以穴处形容司马光身宅壤室。

看似轻松谐谑之语，内中蕴藉司马光一段辛劳。自熙宁四年（1071）至元丰七年（1084），在洛阳十五年，司马光完成一部编年体通史。全书294卷，又考异、目录各30卷。宋神宗亲赐书名《资治通鉴》，并加封司马光为资政殿学士。

“三白饭”与“三毛饭”

北宋文豪苏轼（1037—1101），字子瞻，眉州眉山（今属四川省）人，号东坡居士。仁宗嘉祐二年（1057）进士；六年（1061），复举制科。神宗熙宁四年（1071）因忤新政，奉命通判杭州。元丰二年（1079）八月，被诬，下御史台狱（乌台诗案）；十二月出狱，责授黄州团练副使。哲宗时，召还京，累至兵部尚书，迁礼部兼端明殿、翰林侍读二学士。绍圣初，又被贬宁远军节度副使，惠州安置。再贬琼州副驾。徽宗即位，遇赦还，卒于常州。

刘攽（1023—1089），字贡父，临江新喻（今江西省新余市）人，号公非。仁宗庆历进士。神宗熙宁中，因议论新法不便，奉命通判泰州。贬徙外地多年。哲宗时，召拜中书舍人。卒年六十七。所著书百卷，尤邃史学。

其人生际遇与苏轼大多相仿，两人亦是好友。当时，人称“东坡多雅谑”（宋代《独醒杂志》），而视“刘贡父玩侮无度”（宋代《邵氏闻见录》）。苏、刘二人碰在一起，“辨博才敏”，彼此难免“雅谑”“玩侮”一番。

宋代朱弁《曲洧旧闻》载，苏轼曾与刘攽说起，仁宗嘉祐五年（1060）三月，与其弟苏辙在汴京怀远驿读书，准备应试制科，兄弟俩“日享三白饭，食之甚美，不复信人间有八珍也”。何谓“三白饭”？“一撮盐、一碟生萝卜、一碗饭，乃三白也。”当即惹得刘攽大笑。过了一段时日，刘攽“以简招东坡，过其家，吃皛饭”。偏偏苏轼忘却自己说过的事，还对人说，贡父读书多，“皛饭”必有出处。待到刘攽家里，看见桌上摆放着盐、萝卜、饭时，他才猛醒刘攽相戏。不过，苏轼还是把“三白饭”吞进肚里。

饭后，上马告辞时，苏轼回请：“明日可见过，当具毳饭相待。”刘攽虽然担心其戏弄自己，可不知“毳饭”到底有些什么食物，怀着好奇的心态赴约。

在苏东坡家里，二人谈论颇欢。不知不觉过了饭点，刘攽感到饥肠辘辘，于是张口索食。苏轼却说："少待。"而且，反复三次。直到刘攽呼叫："饥不可忍矣！"苏轼才慢吞吞地说："盐也毛，萝卜也毛，饭也毛，非毳而何？"世俗呼"无"为"模"，又讹"模"为"毛"，苏轼以此报复。

刘攽不禁捧腹地说："固知君报东门之役，然虑不及此也。""东门之役"，春秋时期的典故。公元前719年春夏之交，宋公、陈侯、蔡人、卫人诸侯联军伐郑国，"围其东门，五日而还"，称为"东门之役"。次年四月，郑人入侵卫国郊外，以报东门之役。东门之役即报复、复仇之意。刘攽虽然料及苏轼心存报复，却未想到是以"毳饭"这种方式。末了，总不能让好友饿坏了，苏轼还是上了饭食。

其实，苏、刘二人同朝为官，尽管职俸不高，按常理来说，大可不必吃"三白饭""三毛饭"。虽然彼此相戏，却有点类似"忆苦餐"的滋味，不忘旧时清苦日子。苏轼四十四岁时，经"乌台诗案"，出狱后，被贬黄州团练副使，居惠州近五年。其在《与秦太虚书》亲述："初至黄州，廪入既绝，人口不少，私甚忧之。但痛自节俭，日用不过百五十钱。"凭借"节俭"二字，苏轼总算挺了过来。而与"皛饭""毳饭"相比，好歹有"东坡肉"可吃。故此，以不忘"三白饭""三毛饭"为其生活底色，哪怕五十九岁远贬惠州，六十二岁再贬儋州，在节俭清苦的日子里，苏轼仍活出其人生亮点。

"长髭公"与"苦头陀"

北宋哲宗、徽宗朝，邹浩、陈瓘二人屡任言职，直言敢谏，不避权贵，以谏诤知名于世。而二人仕途曲折，甚至除名勒停，流窜南荒多年。

邹浩（1060—1111），字志完，自号道乡，常州晋陵（今江苏省常州市）人，著有《道乡集》四十卷。史载，哲宗元符元年（1098），其任右正言，数次上疏弹劾时相章惇。次年，反对哲宗立刘氏为后，"乃削官，羁管新州"。徽宗即位，复召其为右正言，迁左司谏，一度受到重用。其因直谏遭蔡京忌恨。蔡京掌权后，重提邹浩反对哲宗立刘后一事，并使人伪造邹浩谏疏，惹怒徽宗，“遂再责衡州别驾”。过了半年，邹浩徙居昭州（治所今广西壮族自治区平乐县西），居住五年。

陈瓘（1057—1124），字莹中，号了翁，又号华严居士，南剑州沙县（今属福建省）人。哲宗时，其因反对“绍述”之说，“出通判沧州，知卫州”。徽宗即位，召为右正言，迁左司谏，其极力论奏章惇、安惇、蔡京、蔡卞等人之罪；后以忤宰相曾布，出知泰州。崇宁中，其被除名勒停，贬袁州、廉州（治所今广西壮族自治区合浦县）。

宋代阮阅《诗话总龟》载，邹浩徙昭州，陈瓘贬廉州，二人“间以长短句相谐乐”。

邹浩自谑：“有个胡儿模样别，满颔髭须，生得浑如漆。见说近来头也白，髭须那得长长黑。”当时，邹浩四十来岁，正值壮年，头发却花白了，足见仕途曲折带来的烦恼，有点叹惜满下巴髭须“那得长长黑”。陈瓘接上茬，说：“籋子摘来，须有千堆雪，莫向细君容易说，恐他嫌你将伊摘。”“籋子”，即镊子。“细君”，谓妻子。陈瓘以言相戏：恐怕老婆嫌弃你将花白髭须摘去。“此莹中语，谓志完之长髭也。”其实，陈瓘言下之意指其髭须花白也无妨，毕竟还是长髭公。这恰恰表现一种任由仕途多舛，仍泰然自处的神态。

邹浩也不客气，当即奉还一首：“有个头陀修苦行，头上头发毵毵，身披一副黪裙衫。紧缠双脚，苦苦要游南。闻说度牒朝夕到，并除颔下髭髯。钵中无粥住无庵，摩登伽处，只恐却重参。”“头陀”，此指行脚乞食的僧人。“毵毵”，毛发细长貌。“黪”，浅青黑色，形容陈瓘浑身上下的苦头陀模样。

说起头陀，真的与陈瓘有关。史载，徽宗时，陈瓘因“言外戚向宗良兄弟与侍从希宠之士交通”，涉向太后（神宗皇后），被贬扬州粮料院。其临别汴京时，“缴四章奏之，并明宣仁诬谤事”。宣仁高太后（英宗皇后），哲宗尊立为宣仁太皇太后，被人诬有废立之谋。陈瓘辨明此事属子虚乌有，徽宗当即秘密遣使赐其以黄金，还给了十张度牒为行装，并改知无为军。

“度牒”，指僧尼出家，由官府发给的凭证。唐宋时期，有牒的得免地税、徭役。“髭髯”，指胡子。“摩登伽”，人名。谓释迦牟尼在世时，其弟子阿难正在乞食修行，有妇摩登伽，使其女以幻术蛊惑阿难，后得佛陀解脱。在佛陀十大弟子中，阿难有“多闻”之称，知时明物，多闻不忘。那么，把陈瓘比作“苦头陀”，又以阿难相喻，什么意思呢？“此志完语，谓莹中之多欲也。”

所谓“多欲”，指陈瓘求知欲强，博学多闻。在两宋之际，陈瓘博学以儒家为主，并颇有渊源，深得朔学、洛学等精髓；同时，还喜习佛老，文章常引用老庄、列子言论，史料中多有其谈佛论释的记载，对易学、史学研究尤深。其在学术上自成一家，著有《了斋集》三十卷，史论《约论》十七卷。因此，在某些方面来说，陈瓘“多欲”与阿难“多闻”，两者间大有相似之处。

尽管仕途曲折，屡屡遭受重大打压，在这种厄困的境遇中，邹浩和陈瓘彼此间却在谐谑相戏，趣谈人生，全然未察见二人的哀怨或雌伏，无疑，他们仍守望着心中的愿景。

不论是新党，还是旧党，都是一群文士参与朝政，影响或制定国是决策。由于这个群体内部的政见不同，缘此衍生一些非常的论争。但是，不可否认，他们大多慨然以天下为己任，秉持儒家伦理、道德规范，内心追求格物致知，修身养性。其中，难免混杂少数借此蝇营狗苟、争权逐利之徒。总的来说，北宋的党争改变不了整个文士群体的品格，却可能彰显其儒家伦理道德的核心旨归。

明代士绅横暴乡里

士绅阶层是随着科举制的确立而逐步形成的特殊社会阶层，他们在野但享有政治、经济特权。明代中后期，士绅阶层占据的社会资源优势和拥有的社会特权得到进一步扩张，以致一些士绅胡作非为。

明代中后期，一群退居乡里的官员，包括具有科举功名的士子，以及在朝官员的梓里眷属，逐渐形成社会的特殊群体，亦称为士绅阶层。这个群体享有的社会特权得到进一步的扩张，往往在地方社会或乡里社会充当着社会权威、文化规范的角色。

按照明代制度，进士出身的士大夫，可通过“干请之书”，向地方官说事；举人亦有“请谒有司居间”的特权。况且，士绅与朝廷官员之间存在千丝万缕的社交关系，有的甚至利害攸关。在经济上，士绅具有少缴赋税、豁免徭役（包括全家的差役）的特权。同时，士绅自身的文化知识，决定其在整体上具有维护现存文化秩序的特性。特别是明中叶以后，士绅阶层或多或少参与和影响地方政治。

当士绅所享有的社会特权不断扩张，其私欲

膨胀时，屡屡发生无视法纪、倚势为奸、纵暴横行、侵夺民田、杀人焚掠、鱼肉闾里的劣行。

吉安口号："害民杨稷"

杨稷，大学士杨士奇长子，吉安府泰和（治所今江西省泰和县西）人，自小留在祖籍读书，看守祖坟。

其父杨士奇（1365—1444），名寓，以字行，号东里，谥文贞，人称"西杨"。建文三年（1401），其经荐举入翰林院，先后任《太祖实录》编纂官，《太宗实录》《仁宗实录》《宣宗实录》等总裁官，官至礼部侍郎兼华盖殿大学士，进少傅。英宗朱祁镇即位，其与杨奇、杨溥任内阁宰辅，共佐朝政，史称"三杨辅政"。杨士奇辅弼成祖、仁宗、宣宗、英宗四朝，在内阁任职达四十三年之久。

清代查继佐《罪惟录》称，相传杨士奇溺爱长子杨稷。其中录有一事："同乡曹九鼎以典吏入试礼部，称稷循谨无过。"听说杨稷在老家循规蹈矩，杨士奇心里一乐，竟不惜违规违法，以礼部主事之便，"廷试为预露题意于九鼎，九鼎得为状元"。此事足见其惑溺其子。结果，助长杨稷横暴乡里的恶迹，为害一方。难怪查继佐问责地议论："而西杨养不率子，致吉安口号有'害民杨稷'云云。"

所谓杨稷"循谨无过"，纯系曹九鼎哄蒙的媚言。据《明英宗实录》（正统九年九月）载，"（杨）稷挟父势，掘他人墓葬己祖，多养无赖子为奴，强夺婚姻家田子女，擅抽分商货，屡杀同乡无罪人"。种种暴行无不令人发指，恶状已盈。人们不禁要问：为何其胆大妄为，无法无天？为何任其坐大，养痈成患？究其根由，除却其个人主要成因之外，值得关注之处有二：一则杨士奇溺子庇护，以致曹九鼎誉其子则夺魁，王直（时任吏部尚书）转述其子恶迹而出阁；二则当地官员除恶止暴乏力，或畏怯自保，或沆瀣一气。结果，纵容不法，恶暴横行。

开始，朝廷官员知杨稷劣迹而不敢言。明代陆深《玉堂漫笔》载，正统四年（1439）杨士奇回乡省墓之前，朝廷官员怂恿王直言其子事。王直与杨是老乡，且联姻；又同朝为官，为人正直诚实，便转述杨稷在乡不法事。不料，杨士奇省墓还朝后，竟不信王直所言，“并以疑其妨己”，过后，甚至曾将王直挤出吏部。毕竟民愤难抑，事态益发不可收拾。史载，杨稷傲横狠戾，“尝侵暴杀人，言官交章劾稷”，闹到在朝言官上疏弹劾的地步了，等来的却是“朝议不即加法，封其状示士奇”。当时，杨士奇因年老有病，正在休假。英宗朱祁镇顾及其脸面，不定性、不定罪、不处罚，将劾章收拢打包，封示杨士奇。玩了一招：拖而不决，并泄露给被告的亲爹。

正统七年（1442）十一月，泰和乡民李宄赴京上告杨稷，“豪横不法百余事”，讼词所连者几千人。实在无法拖延了，过了一年多，英宗只好下令将杨稷并连重者三百余人捉拿解京，下狱问罪。正统九年（1444）一月，“天子恐伤士奇意，降诏慰勉”。同年三月，杨士奇积忧病卒，赠太师，谥文贞。直到杨死后半年，“有司乃论杀稷”。正统九年九月，杨稷死于狱中。

正统四年，王直转述杨稷不法之事始，经言官弹劾，“不即加法”；正统七年，乡民赴京上告；正统九年一月，下诏捉拿入狱；同年九月，“有司论杀”。朝廷涉事前后长达五六年时间，以英宗为首的中央政权处事的态度和方式，亦可表明当地基层官员不作为的缘由。

梁储曲法，纵子杀人

梁储，字叔厚，谥文康，广东顺德人。宪宗成化十四年（1478）进士。武宗正德初，擢吏部尚书，后兼文渊阁大学士，入阁参机务。屡加少傅、太子少傅，进建极殿大学士。

其子次摅花钱买得锦衣卫冠带舍人职衔，继而假冒湖广军功，升为锦衣卫百户。史载，“储子次摅为锦衣百户。居家与富人杨端争民田，端杀田主，次摅遂灭端家二百余人”。明代沈德符《万历野获编》称，事发于正德八年（1513），梁储子次摅“居乡，以夺田杀三百余人，屠灭三十余家”。不管是二百余人，还是三百余人，皆属血腥惨案，视人命如草芥，滥杀无辜，“法当极典”。沈德符正言直指，“文康曲法庇之，举朝无敢言者”。

这桩惨案的始末，明代王世贞《弇州史料后集》记述颇详。“正德中，南海县民谭观海者，坐法诛。家有田百余顷，为富人杨端等侵占。”其子谭振抑郁不平，无奈之下，将田产“遂以献大学士梁储子锦衣百户次摅”。借此机会，故罢职尚书（成化间曾任工部尚书）戴缙子仲明，伙同豪民欧阳元、李闰成一起，“遂并献杨端等祖遗产”。当时，赋税徭役日益繁重，尤其是田赋加派，乡民势弱，不堪重负，为了逃避赋税，往往投献田地给皇亲官宦、豪强士绅。明代中叶以后，出现大量“献田”的现象，造成土地大量兼并。梁次摅与戴仲明等人更是招募服徭役的乡民，将受献的田地佃租给他们耕种。

杨端心中不忿，与谭家争闹起来，并杀了谭家四人。自此，杨、谭两家成仇，互殴缠斗不休。“次摅时已躐迁本省都司”，见杨家竟敢惹是生非，便心生歹念，与戴仲明等人谋杀杨氏，以绝后患。趁着一天夜深，梁次摅等率领一众佃户，“纵火攻杨氏，悉杀之，并杀其邻居异姓男女二百余人。焚其室庐，掳其财蓄”。杨家仅有一妇人躲在水塘，以菱芡自蔽幸存。事后其告状，诉至巡抚巡按官府，并经监司勘问。于是，惨案传扬开来，各地的监察科道官员上疏弹劾梁储纵子杀人。

朝廷命给事中刘禔、刑部郎中张文麟，前往当地会同巡抚巡按复勘。经复审勘实，“（欧阳）元与闰成但称谋出次摅，仲明、次摅等，亦已输服”。可是，刘禔故意将奏疏的文字弄得交错综合，以为日后留有余地。上疏之后，三法司部门拟罪欧阳元、李闰成等凌迟，而将梁次摅、戴仲明等奏请皇上裁决。结果，武宗朱厚照下旨：“仲明发南乐府编管，次摅发边卫立功，五年完日，带俸差操，余如拟。”夺取二百多条人命的梁次摅，仅仅发配边卫戴罪立功，五年期满，仍还职原俸。而对梁储，皇帝不仅没有问责，还在正德十年（1515）擢其为内阁首辅，加太子太师，进华盖殿大学士，正一品大员。王世贞不禁愤懑地写道：“天下闻而骇之恨之。”

罢相居家，子弟虐民

从明世宗嘉靖四十一年（1562）五月，至穆宗隆庆二年（1568）七月，徐阶任世宗、穆宗二朝内阁首辅。

徐阶，字子升，号少湖、存斋，华亭（今上海市松江区）人。史称，其“性颖敏，有权略”，嘉靖二年（1523）进士，官至礼部尚书、吏部尚书、少师。其从政以来，尤其是嘉靖三十一年（1552），进文渊阁大学士，入阁预机务，力主守边抗倭，并隐忍负重，以权略扳倒权奸严嵩；后又草拟世宗遗诏，假托圣上反省自责，去除一些弊政，令朝政一新。因此，有人称其“老成谋国”。隆庆二年（1568）七月致仕，同年九月归故里，结束其十七年阁臣，包括六年二个月的首辅生涯。神宗万历十一年（1583）卒，赠太师，谥文贞。

同时，徐阶还有另一副面孔。据明代伍袁萃《漫录评正》述，“华亭（徐阶）在政府久，富于分宜，有田二十四万。子弟家奴暴横闾里，一方病之，如坐水火”。“分宜”，即严嵩，江西袁州分宜人。此谓徐阶拥有的田产，富于其前任内阁首辅严嵩。

明代范守己《曲洧新闻》亦载：“华亭徐少师三子曰璠、曰琨、曰瑛，俱以荫为列卿。长太常，次俱符台。”其长子徐璠，嘉靖三十五年（1556）被录为中书舍人；嘉靖四十年（1561）兼工部主事，督建万寿宫。不足百日，宫成，其被提为太常寺少卿。仅五年时间，徐璠便由从七品官员变成正四品官员。次子徐琨、徐瑛亦先后荫官尚宝司。徐阶三个儿子借势荫官，称霸一方，巧取豪夺，鱼肉乡民。其家乡松江华亭，属江南富庶的大镇之一，明嘉靖中叶后，工商业发达，以纺织业尤盛。徐阶不仅在苏松占地二十四万亩，而且雇佣众多织妇，盘剥牟利，侵霸产品市场。“计其田赋在华亭者，岁运米万有三千石，岁租银九千八百余两。上海、青浦、平湖、长兴者，不计也。佃户不下万人。”其置产之多，岁收之巨，佃民之众，莫不令人骇异。结果，引起当地民愤，乡民纷纷告状。

史载，穆宗隆庆元年（1567），早与徐阶结怨的阁臣高拱，私下叫御史齐康上疏弹劾徐阶，“言其二子多干请及家人横里中状”。本来奏劾徐阶两个儿子以有求请托，多次干预和影响当地官员施政行事，以及徐家横暴乡里，皆属实情，无奈此次涂抹着内阁争斗的浓厚色彩，而徐阶时任内阁首辅，在朝权势大于高拱。徐阶一边上疏申辩，一边表示乞休。于是，“九卿以下交章劾拱誉阶”，众多官员反而弹劾高拱，称誉并挽留徐阶。在强大的声势下，高拱只好引疾归田，齐康被斥。这次徐阶虽然涉险获胜，可毕竟遭受打击。次年初，其一度称病请假。

隆庆三年（1569）夏，海瑞以右佥都御史巡抚应天十府。史载，海瑞“锐意兴革”，其“素疾大户兼并，力摧豪强，抚穷弱。贫民田入于富室，率夺还主。徐阶罢相里居，按问其家无少贷”。徐家为当地田产最多的首豪，这下遇上刚正不阿的“海旋风”。海瑞“下令飙发凌厉，所司惴惴奉行，豪有力者至窜他郡以避”。徐阶一边虚意应从，暗地却设法抵制；一边重金贿赂吏部给事中戴凤翔，唆使其参劾海瑞，极力泼污抹黑海瑞的所作所为。在朝廷官员与富室士绅的合力攻击下，海瑞抚吴才半年，便被罢官。

直到隆庆三年冬，穆宗朱载垕召回高拱，以大学士兼掌吏部。史称，高拱仍衔恨徐阶，其以蔡国熙为苏松兵备副使，追查究办徐家子弟。隆庆五年（1571），蔡国熙“簿录其诸子，皆编戍”。说是徐家诸子的劣行记录在案，皆发配戍边，并籍其田数万亩，也算是惩恶治罪了。然而，次年六月，高拱去位，徐阶的门生张居正当内阁首辅，嗾使给事陈三谟奏劾并罢免蔡国熙。于是，来了一番“翻烧饼”，徐阶及其子的罪责随之免除。伍袁萃在文中无比愤怒地斥责：“此一事也见方正之难容焉，见法纪之澌灭焉，见家居之罢相能逐朝廷之风宪焉，见琐闼之言官甘为私门之鹰犬焉。”

类如杨士奇、梁储、徐阶等人纵子肆虐乡里的暴行，在明史记载中屡见不鲜了，清代史学家赵翼称为“前明一代风气”。尤其明中后期，上至朝廷纲纪败坏，官员贪渎枉法，争奢斗靡；下至乡里社会的秩序异动，赋役负担不均，土地大量兼并，造成贫富差距日益严重，社会矛盾日益激化，民不堪命，积愤日久，只剩下造反一条路。有如：正统间邓茂七起义，天启间白莲教起义，崇祯时宜兴乡民怒掘周延儒祖墓、焚陈于泰庐室之乱，以及明末李自成、张献忠农民起义。结果，靠农民起义发家的明王朝，最终还是灭亡于农民的手里，清兵入关只不过拣了个便宜罢了。

明清时期京城的拆建风波

“违建”并非现代城市的“顽症”，私搭乱建古已有之，明清两代尤甚，但凡在街道、河道旁建房，有碍交通、疏浚或逾制的建筑，无论规模大小，均被视为“违建”，并按律进行严厉的整治。

大凡拆除“违建”，往往属各自利益的相互冲突，或公，或私，或公私之间。自有城镇以来，拆违也就没有消停过。

京城改造大刀阔斧

永乐十九年（1421），明成祖将都城由南京迁往北京。虽然城大不如南京，可与宋代的汴京相比，则似稍胜。冬天冰凝，北京城内，人还能路上行走。一到深春时节，“晴暖埃浮，沟渠滓垢，不免挑浚”。年年如是。

明代沈德符《万历野获编》载，神宗万历四十年（1612）初夏，有位工部曹郎中，从五品官员，管街道厅。管理街道厅，属工部下辖职能机构，管理京城外城街道之事，负责平整道途，清理沟渠，及时疏浚，以利车马通行。

这位工曹郎由于职责所在，也就认真起来，毅然担当起京城街道的改造工程。他持疏请旨，经皇上恩准后，“大书圣谕，揭之牌上，导以前行。凡房舍稍侵街巷者，悉行拆毁”。这下子如同捅了马蜂窝，招惹怨声满耳。

碰巧，有位给事骑马经过拆违工地，拆房的施工人员抛掷砖瓦时，不慎误中其头颅。其不胜忿恚，拿捏此事上奏朝廷，诋毁抨击工部。工部亦不示弱，毫不客气地上疏，甚至直陈：“公道世间惟瓦砾，黄门头上不曾饶。此给事故能作异同者。”予以揶揄一番。于是，有人赞叹工郎以为风力，扫除一切拆违清街的阻力。工郎益发欣喜自奋，更加卖力干活。

地方效仿行事艰难

其时，留都南京一位礼部侍郎，本金陵人，因久未被皇上召见，难免有点寂寞。“方引领大拜，偶署工部”。当听到京城北京工部干了一票拆违清街的活，其心生慕艳。于是，这位官员也来仿效此事，出榜告示清理街道：“凡系开国以后，兴造大小房屋，俱命撤之。”如此一来，拆违工程不可谓不浩大；而且，即使其亲戚朋友、先辈贤达亦不例外，一律不得徇私弄假。一时间，风风火火，“远近公私，骇怖失措”。可是，施行没多久，却其事艰维，无法坚持下去了。可谓虎头蛇尾。

从清街拆违而言，北南两京皆为工部的公务行为，然而终结迥异。作者沈德符感慨地说：“一以无心举事，横博时誉，遂弄假成真。一以有意取名，为识者所窥，不免举故事失之。时局移人，即公务亦在楸枰中生活。”尽管各自的客观条件并不相同，可是，上述的感慨亦不无道理。

高遐昌革除陋规遭报复

令人震惊的是，清代康熙间的一大冤案，竟然缘自京城的“拆违”。

史载，高遐昌（？—1711），字振声，河南淇县人，康熙十五年（1676）进士，四十六年（1707）授户科给事中。当时，高遐昌上疏，弹劾九门提督讬合齐恃权不法，针对其“三弊”提出整改措施：其一，自京城的巡捕三营改归提督管辖，悍将骄兵，毫无忌惮，“请仍归兵部择司官督率，考勤惰，禁勒索，营务防汛，昼夜巡逻，即有奸匪，不得妄牵无辜，私刑酷讯”。其二，提督干预司法诉讼，奸民勾结弁兵，择人而噬，民不聊生。“请仍归大（兴）、宛（平）二县，五城司坊、巡城御史以及府尹、治中。逃盗命案，归于刑部，一秉国法”。其三，提督管理街道，纵容兵丁肆行贪噬，凌势欺压官民。“请五城分治，仍归司坊。每年工部保题司官督理，庶法官守制，无复轶越”。

康熙帝认为巡捕三营归并九门提督管辖，非自讬合齐始；而且，五城司坊管理街道，由于畏惧显要，姑息纵容，只知勒索商家铺户，也就归入九门提督辖下。现今高遐昌提出诸多弊端，商民既然受累其害，康熙帝即命高遐昌兼管京城的地方之事，期限一年，责以肃清。

高遐昌奉旨任事，革除陋规，外城的街道、沟渠均安排平整治理，兵民相安无事。由于管理业绩彰显，两届报满，皇上仍命高遐昌接管。

康熙五十年（1711），一日，皇上从畅春园回宫，见内城街道被违法侵占，十分狭窄挤逼，当即召见九门提督讬合齐，诘责此事。讬合齐阴图报复，伺机上奏外城街道尤其逼仄，以中伤高遐昌。康熙帝指派尚书赫硕色等人前往勘察，讬合齐故意引导他们视察僻巷，计有民居三百余间，侵占官街，指认都是高遐昌任内所非法僭建。于是，高遐昌被拘捕，关进刑部大牢里。

洗冤情百姓相送

刑部尚书齐世武，与讬合齐是死党，执意刑讯高遐昌。而主事蒋晟认为证据不足，不能逼供。于是讬合齐纠合同党，四出活动，反复放言高遐昌贪贿枉法，硬是对高遐昌家属进行严刑拷讯，并编造口供，称实据堂供虽未证实高遐昌受贿，“但风闻街道旧规，铺户修房，每间与胥役钱二三百，以此例之，房三百余间，计钱七百五十千，当枉法赃律处绞”。

霜降后，刑部将高遐昌案送九卿各官朝审，高遐昌具陈冤状。尚书王掞、李天馥认为，高遐昌为官廉正，其工作能力、治理业绩为皇上所悉，宜从宽发落。户部尚书富宁安表示赞同。由于意见不尽一致，只好缓决，暂时搁置下来。

其时，碰上讬合齐以病乞假，皇上以隆科多摄领九门提督一职。隆科多（？—1728），清满洲镶黄旗人，佟佳氏，康熙帝的孝懿仁皇后之弟。其上任后揭发讬合齐“罔上行私，横恣贪婪”，以及诬陷高遐昌的情状，康熙帝下令释放高遐昌。

高遐昌获平反的消息一经传开，京城的百姓纷纷来到刑部大牢门前，迎候高遐昌出狱，又一起拥赴宫阙谢恩。等到高遐昌离京出城时，人们成群结队，相送惜别。

可见，“拆违”一事，无论何时何地，关键在于执法者秉公办事。不沽名钓誉，不恃权不法，不怯愚渎职，切实做到有章可循，有法可依；抚之以情，晓之以理，又何畏惧风波？

清代官场读书的怪现象

有清一代，统治者积极推行文治儒学化，传承中华文化，接受“勤学问以迪君心”主张，倡导学习儒家经典著作，并用以指导政权建设。而官场上，读书“跑偏”的怪事也不少。

清兵入关后，为了适应新的社会环境并实施政治统治，清朝统治者采纳了汉族士大夫“勤学问以迪君心”的主张，以及“君心正则天下治”的理念。自上而下，清代官场掀起了积极学习儒家经典著作的风气。

康熙帝玄烨自幼有志于学习儒家经典，即位亲政后，不仅用儒学修养身心，而且将儒学积极运用到政治实践中。康熙十六年（1677）十月，上谕“朕不时观书写字，近侍内并无博学善书者，以致讲论不能应对。今欲于翰林内选择二员，常侍左右，讲究文义”；十一月，即在乾清宫西南康熙帝读书处，设南书房，命翰林院、詹事府、国子监官员轮流入值。

高士奇读书取巧邀宠

当时，钦点入值南书房的高士奇，加内阁中书衔（从七品），食正六品俸。高士奇（1645—1703），字澹人，谥文恪，浙江钱塘（今杭州市）人；幼好学能文，家贫，鬻字为活；以太傅纳兰照珠荐，入内廷供奉，累迁詹事府少詹事。康熙帝喜其才便捷，能文善书。

清代陈康祺《燕下乡脞录》称，高士奇值南书房时，“尝携金豆满荷囊，如上阅某书，近侍以告，则酬以一金豆”。用金豆换取康熙帝的读书信息后，他当即抽取该书浏览涉猎。偶尔皇上垂问时，高士奇无不能应对其大意，由是益发得到康熙帝的嘉赏，“以廷臣中博雅，可与道古，莫士奇若也”。

这种读书方法，无非是取巧邀宠。当时有人讥讽高士奇结交内侍，纳贿疆臣，而且传到康熙帝的耳边。于是，皇上诘问高士奇，其居然不惭地承认：“督抚诸臣，以臣蒙主眷，多有馈遗。”甚至，还狡言开脱自己的贪贿罪行，末了，哄得康熙帝莞尔一笑，不再追究下去。依恃皇恩庇护，高士奇成为当朝一大贪官。

潘世恩被冤读“淫书”

清代李伯元《南亭笔记》载，一日，道光帝旻宁在便殿召见最亲幸的某旗员。由于白昼日长，人生慵倦，皇上恹然地问：“有何消遣之良法？”某旗员回答：“臣认为读书最佳。”接着，皇上了无兴趣地说：“读书固佳，但是书贵新奇，耐人寻味。宫内藏书，朕已翻了个遍。不知外间有何妙书，足以供养眼的呢？”某旗员当即率直地答：“妙书甚多，即如奴才所见之《金瓶梅》《红楼梦》《肉蒲团》《品花宝鉴》等，均可读之以消遣。”道光帝听罢，茫茫然，只是心中默记书名，颔首称善。

次日，道光帝在军机处碰见大学士潘世恩，于是笑问：听说卿家藏书十分丰富，诸如《金瓶梅》《红楼梦》《肉蒲团》《品花宝鉴》等书，想必购置收藏？

潘世恩（1769—1854），字槐庭（堂），号芝轩，吴县（今江苏省苏州市）人。乾隆五十八年（1793）状元；道光十三年（1833）拜体仁阁大学士，二十八年（1848）晋太傅。著有《读史镜古编》《思补斋笔记》等。

其时，忽然听到圣上查问，潘世恩不觉大惊失色，伏地叩头不起。道光帝不无讶异地说："刚才想问卿借书，何必弄到如此模样？"潘世恩一听，这才放下心来，婉言上奏："此皆淫书，非臣家所敢蓄，不识至聪何以闻之？"道光帝暗自明白，随即降手谕，严行申斥某旗员。

由此可见，一方面清政府崇儒兴学，倡导读儒家的经典著作，而非"淫书"一类的妙书；另一方面，清朝大兴文字狱，逻察侦词四出，私折密告盛行，读书藏书的举止亦不例外。因此，士大夫无不心怀畏惧。

冯桂芬"三读《汉书》"

《南亭笔记》还有一则"三读《汉书》"的记录。

冯桂芬（1809—1874），字林一，号景亭，吴县（今江苏省苏州市）人。道光二十年（1840）进士，授编修。清咸丰初，以编修入值南书房。

一日，咸丰帝奕詝偶然问及冯桂芬：下班后，平时有何消遣？冯答道：臣闲时则读书消遣。咸丰帝颔首称善，又问：近来读何书？冯答道：读《汉书》。适遇咸丰帝正在读《汉书·匡衡传》，听到冯桂芬的回答，不禁满心喜悦，于是问起"说诗解颐"事。

匡衡，字稚圭，东海承县（今山东省枣庄市南）人；农家子弟，少好学，善说《诗》；汉元帝建昭三年（前36）为丞相。《汉书·匡衡传》载，当时，"诸儒为之语曰：'无说《诗》，匡鼎来；匡语《诗》，解人颐。'"谓匡衡对《诗》诸大义阐发深美，让人听来喜乐不止。

谁料冯桂芬当时并未读《汉书》，一下子惶恐不能应对。咸丰帝大怒，认定其欺君，立即下令冯桂芬回籍读《汉书》，三年后再来供职。

冯桂芬返归故里，并未当一回事，优游乡间，潇洒度日。三年期满，入京城复职。其心想皇上国事繁忙，时日一久，读书一事也就忘怀了。

没多久，冯桂芬被召见。咸丰帝还念叨着旧事，开口便问："尔非奉旨读《汉书》者乎？"冯桂芬顿时惶恐不安，硬着头皮应是。皇上问道："然则党锢之狱，能备举其人欤？"

《后汉书·党锢列传》载，东汉桓帝时，宦官势盛，士大夫李膺等人对此深恶痛绝，捕杀其党。宦官反诬李膺等人与太学游士为朋党，诬谤朝廷，辞连二百余人，禁锢终身。灵帝时，李膺等人复起，与大将军窦武谋诛宦官，事败，李膺等百余人皆被杀，死徒废禁者六七百人。

由于冯桂芬尚未认真读《汉书》，也就无从应对，只好勉强地说："臣所读者《前汉书》，此似在《后汉书》，固未暇读也。"这样一来益发逆忤帝意，皇上下令冯桂芬依前限三年，回籍读《汉书》。

这一次，冯桂芬可不敢轻谩妄为，"遂下帷发愤，尽读《两汉书》，兼讲求经济之学"。读书期满后，再入京城时，咸丰帝奕詝已去世了，冯桂芬"郁郁无以自见，每为同列所轻"。

后来，冯桂芬辞官乞归，先后主讲金陵、上海、苏州诸学院，以诱掖后进为己任，并著有《校邠庐抗议》《显志堂诗文集》《说文解字段注考证》《弧矢算术细草图解》《西算新法直解》等书。这已属后话了。

至于另一种人，诸如清代昭梿《啸亭杂录》所载的闵鹗元，字少仪，浙江归安（今浙江省湖州市吴兴区）人，清乾隆十年（1745）进士，累迁安徽巡抚，布衣蔬食，廉洁自诩，"接见僚属必谈性理，《近思录》诸书背诵如泻水状，人皆詟服"。后任江苏巡抚时，却贪贿成性，动辄逾千万，前后判若两人。其实，这种人根本不入读书之列，仅属把读书玩成骗术而已。

子曰："学而时习之，不亦说乎？"从知新温故来说，读书以时，学无废业，无疑是学习的重要途径，亦能创造悦怿的人生。清代官场如此这般的读书怪现象，未知其悦怿否？

兵家篇

并未尘封的大阅兵

中国古代波澜壮阔的大阅兵，史籍记载始于公元前1048年。周武王姬发、魏武帝曹操、魏文帝曹丕及明成祖朱棣等谋划策动的大阅兵，至今看来，仍令人惊心动魄，叹为观止！

从历史来看，大阅兵不仅指规模宏大、阵式新变、装备先进的军事演示，而且，往往是一次成功的政治仪式，影响广远，哪怕其规模稍逊。《左传》称“国之大事，在祀与戎”。阅兵仪式既是“祀”，一种特殊人群的公祭仪式；也是“戎”，一种具有训练、演习和检阅性质的军事行动，当属国家大事。

四千多年前，我国北方的华夏部落首领夏禹与南方各部落首领，曾在涂山会盟，被认为是我国最早的阅兵仪式。尔后，历朝历代先后举行了大大小小的阅兵仪式，其中，不乏一些蕴藉浓重政治内涵的大阅兵。

灭商前夜的“孟津观兵”

经当今科学考证，公元前1046年，周武王伐纣灭商。

周武王，姬姓，名发，西伯侯昌次子，以贤而立为太子。其父（谥为文王）死后，太子发继位，以太公望（即吕尚）为师，周公旦为辅，重用召公、毕公等贤臣，修文王之业。

公元前1048年，史载，“武王上祭于毕，东观兵，至于盟津（按，或作孟津，今河南省洛阳市孟津区）”。“毕”，天星之名。古人认为毕星主兵，周武王师出东伐而祭祀毕星。而且，其以车载着文王的木雕身像，居于中军。“武王自称太子发，言奉文王以伐，不敢自专。”要知道，文王在位五十年，修德明道，推行反纣灭商的大业。终其一世，天下三分，周有其二，当时诸侯多叛纣王，而归心西伯。于是，周武王借此高张文王旗帜，以完成其父的遗命，推翻商纣的统治。

武王兴兵出师时，公开宣称：“予无知，以先祖有德臣，小子受先功，毕立赏罚，以定其功。”此处“先祖有德臣”，主要指太公望。其姜姓，名尚，祖上曾封于吕（今河南省南阳市西），又称吕尚。吕尚家境败落，穷困潦倒，年老时借渔钓的机会，待西伯侯姬昌召用。西伯侯姬昌出猎，在渭水北岸遇见吕尚，与语大悦，以为吕尚正是其祖太公所望兴周的圣人，故号之“太公望”，并拜以为师。吕尚多兵权谋与奇计，成为周文王父子反纣灭商的重要助手。

“师尚父（按，即太公望）号曰：‘总尔众庶，与尔舟楫，后至者斩。’”当武王观兵于孟津时，吕尚下达了一道严厉的军令：率领你（们）众多的部属和你（们）的船只，迟到者斩。号令严明，以壮军威。另外，渡黄河时，有白鱼、赤乌之瑞。所谓中流“白鱼”跃入武王舟中，“白”，殷商王朝正色；“鱼”，介鳞之物，兵象，言殷商兵众与周之兵象。“赤乌”，“赤”，周王朝正色；“乌”，有孝名，言周武王能终父业。武王借此鼓舞士气。

“是时，诸侯不期而会盟津者八百诸侯。诸侯皆曰：‘纣可伐矣。’武王曰：‘女未知天命，未可也。’乃还师归。”当时，诸侯们都认为可以与纣王决战，武王清醒地说：你们未知天命，时机尚未成熟。“天命”者，审时度势也。在敌强我弱、胜算无着的情势下，武王绝不鲁莽从事，采取退兵还师。这次“观兵孟津”的军事行动，看似白跑一趟，其实不然。武王已经达到政治预期：一是公开宣示其继承父业、反纣灭商的决心和信心；二是严肃军纪，令行禁止，并检阅了会盟八百诸侯的实力。在灭商前夜，这是极其重要的。

两年后，牧野一战，周武王击败商纣，结束了殷商六百余年的统治。

两代魏王，两次阅兵

政治家、军事家、文学家曹操（155—220），字孟德，小字阿瞒，沛国谯（今安徽省亳州市）人。

东汉末年，群雄并起，战乱频仍，曹操在家乡兴举义兵。汉献帝建安元年（196）秋，献帝刘协入驻洛阳，随后，曹操率军护卫京城，奉汉正朔，取得献帝的信任，获赐节钺，录尚书事。建安十三年（208），其任丞相；建安二十一年（216）五月，册封为魏王，加九锡。由于曹操实际掌控中央朝政，形成“奉天子以令不臣”的政治局面。

南朝宋史学家裴松之《三国志注》引《魏书》载，建安二十一年春，曹操属下官员上奏朝廷，称“今金革未偃，士民素习”，战事未平息，兵民习于军事，“可无四时讲武，但以立秋择吉日，大朝车骑，号曰‘治兵’。上合礼名，下承汉制”。古代四时讲武，都在农闲时节；汉承秦制，春、夏、秋季不举行“讲武”。但在立秋时节择吉日，皇上亲自参加“大朝车骑”的阅兵，符合古礼传统，也承继汉朝制度。于是，献帝钦准了这一建议。

据史载，建安二十一年“冬治兵”，冬季举行了大规模阅兵仪式，献帝刘协亲率众官参加。在阅兵仪式上，甲士如云，戈戟如林，演变阵法，军威雄壮，魏王曹操“亲执金鼓，以令进退”。显然，这次阅兵并不寻常，曹操亲执金鼓的用意亦不一般，象征着其执掌军队的指挥权。

说起兵权，还有一段风波。八年前，建安十三年冬，“赤壁之战”一役，丞相曹操亲率八十余万大军，被孙权、刘备联军大败。军事上的失利，使曹操的形象大损，引发民怨四起，政敌群起问责，甚至朝廷上下涌动着“让曹操交兵权”的暗潮。面对巨大的政治压力，建安十五年（210）冬，曹操写下《让县自明本志令》，“然欲孤使尔委捐所典兵众，以还执事，归就武平侯国”，交出手中兵权，封国复归臣位。对于身处乱世，靠兴兵崛起的曹操而言，深谙兵权至重。“实不可也。何者？诚恐已离兵为人所祸也。”交兵权，莫说篡汉的野心幻灭，恐怕连自家的性命也难保。因此，曹操断然作出拒不交兵权的回应。而且，曹操以手中的兵权，接连亮出军事胜绩：次年，击败马超、韩遂等十部的关中联军；建安二十年（215），攻取汉中属地，收降张鲁……平定关陇，重塑其强者形象。

缘此说明，曹操在阅兵中“亲执金鼓，以令进退”，足以证实兵权为其牢牢掌控，彰显其权力和地位不可动摇。

其子曹丕（187—226），字子桓，文武双全，建安二十二年（217）立为魏王太子。

建安二十五年（220）春正月，曹操突然在洛阳病逝。远在曹魏邺城（今河北省临漳县境内）的曹丕获悉消息，当即以魏王太后卞夫人名义发布诏令，宣布在邺城继位魏王。随后，献帝的使者才匆忙赶来，册封曹丕为汉丞相、魏王。

当时，政局不稳，自建安二十四年（219），汉中一役、襄樊一役，曹操连遭败绩，军事上一再受挫。而次年曹操一死，政治上难免留露空白之处，随时可能发生意外。何况，曹丕兄弟之间还蛰伏阋墙之患：曹彰率兵前往洛阳城过问魏王印绶，而丁仪兄弟拥立曹植之心不死。面对颇为复杂的局势，曹丕首先以迅雷不及掩耳之势承袭王位，填补政治上的空白，接着狠抓兵权，以稳固其政治权力和地位。

建安二十五年春，曹丕继位魏王；同年六月，在京城洛阳东郊举行阅兵。史载，“六月辛亥，治兵于东郊。庚午，遂南征”。南朝宋史家裴松之注引《魏书》，称阅兵时，“公卿相仪，王御华盖，视金鼓之节”。这与其父曹操三年多前的阅兵何等相似，还是“金鼓之节”，至于魏王曹丕是否“亲执金鼓”，如今已不得其详。可阅兵的目的只有一个：宣示其牢牢执掌军队的指挥权。看来，曹丕深得其父心传。一旦达到预期，确认掌控兵权，阅兵后的第十九天，曹丕亲率大军南征孙权。

同年十月，在曹丕威逼下，献帝刘协禅让帝位。曹丕即位，建国“魏”，年号“黄初”。

爱“亮肌肉”的明成祖

明成祖（太宗）朱棣（1360—1424），朱元璋第四子。其一生几乎离不开戎事，青年时率师北伐，成就强藩地位；四十二岁以军事手段夺取帝位，次年改元“永乐”。因此，朱棣极其重视武备，主张“讲武防患”。

《明太宗实录》（永乐七年五月）载，朱棣对少数民族“怀（之）以德，厚之以仁，而持之信”，但是，“不以其归顺也而驰边防，不以其衰微也而忘讲武”。对付屡次大规模兴兵扰边的蒙古各部贵族，朱棣一改其父“来则御之，去则不追”的方针，而是采取政治上分化瓦解、军事上各个击破的方针，主张兴师出击，以“荡除有罪，扫清沙漠”，安定边地。其在位二十二年间，曾五次率大军亲征漠北。

史载，明成祖朱棣“五驾北征，六师尝自较阅”。永乐八年（1410）至永乐二十二年（1424）间，其五次亲征漠北。而且，往往在出征前后举行大规模阅兵，进行北伐远征的军事集结或操练，以鼓舞士气。

永乐八年，朱棣即位不满八年。据《明太宗实录》载，当年二月，其“以亲征胡虏诏告天下”，声讨蒙古鞑靼部落首领本雅失里杀使、犯边之罪；壬戌，亲率北征大军过德胜关，驻跸兴和（治所今河北省张北县）；仅过一天，在张北县附近，“甲子，上阅武营外，指麾将士坐作进退折旋，无不如旨”。朱棣对随行的兵部尚书方宾、翰林学士胡广、侍讲杨荣、金幼孜等人说，“节制之师，庶几可用，然教练不易”，并认为“朕每御师，未尝恃其已习而辍操练，故往往得用”，明确指出军队的训练不易，贵在坚持不懈，才能形成其战斗力。史载，“乙丑，大阅”。“甲子”“乙丑”连续两天，朱棣对北征大军进行营阵操练和整军阅兵。

《明太宗实录》（永乐八年三月甲戌）载，朱棣率北征大军驻跸鸣銮戍（一作“鸣銮镇”，在今内蒙古正蓝旗附近）。恰巧，蒙古瓦剌部顺宁王马哈木遣使者不花答哈帖木儿等前来贡马。次日，“乙亥，上大阅誓师。时军阵东西绵亘数十里，师徒甚盛”，展现了阅兵规模盛大，军威雄壮。“戈甲旗旄辉耀蔽日，铁骑腾跃”，军中钲鼓声相杂，震荡天地。在场的瓦剌使者“望之骇愕，曰：天兵如此，孰敢撄其锋者？”

结果，在强大的明朝大军攻击下，并无过多曲折便赢得第一次漠北之战的胜利。

为了进击侵扰边境的蒙古瓦剌部，朱棣第二次御驾北征。史载，永乐十二年（1414），“二月己酉，大阅”。朱棣举行军事集结，战前阅兵。次日（庚戌），“亲征瓦剌”。“夏四月甲辰朔，次兴和，大阅。”当北征大军来到兴和，朱棣再次举行阅兵活动。值得关注的是，阅兵后的第五天，“己酉，颁军中赏罚号令”；接着，“庚戌，设传令纪功官”。在明军“漠北之战”过程中，朱棣不仅利用战前和战事间隙组织阅兵，而且及时颁布号令，整肃军纪，赏罚分明，无疑是激励士气的一大举措。

经过第二次北征之后，鞑靼阿鲁台部乘瓦剌部新败不振之际，将其击败，并控制了兀良哈部所据的游牧之地。阿鲁台部逐渐复盛，而且南下袭扰明朝边塞重镇。史载，永乐二十年（1422）三月，朱棣以亲征诏告天下，第三次率军北征。

《明太宗实录》（永乐二十年四月）载，“乙卯，驻跸云州阅兵”，在今河北省赤城县北云川附近举行阅兵。当时，朱棣“顾谓侍臣曰：今从征之士皆各处简择来者，若不阅习何以御敌？”认为从征的将士来自四面八方，必须进行阅兵和操练，才能对敌作战。同年五月，从“丁卯”至“壬申”，短短六天时间，其先后在偏岭、西凉亭附近两次阅兵。《明太宗实录》（永乐二十年夏五月丁卯）载，在阅兵活动中，朱棣“谕诸将曰：兵形犹水，水因地而顺流，兵因敌而作势。水无常形，兵无常势，能因敌变法取胜者，谓之神”，并指出现今先使军队“习熟行阵”，一旦与敌相遇，则因敌而变，用兵如神，“无往不中节矣”。

第三次“漠北之战”，在明军的追击下，阿鲁台部弃辎重北遁，其羽翼兀良哈部大败而降。然而，当北征大军班师之后，阿鲁台部又多次南下，攻掠明朝边地。

史载，永乐二十一年（1423）、永乐二十二年，朱棣先后两次率军亲征。

永乐二十一年，朱棣第四次亲征，“八月己酉，大阅”。《明太宗实录》载，“因大阅时，积阴初霁，诸军部伍整肃，旗旄戈甲精彩艳丽”，朱棣当即高兴地对侍臣说：队列严正，军容威壮，雨雪阴晴无阻，常备不懈，“又将有谋，士有勇，小大协心，乃克成功”。阅兵后，朱棣设宴犒劳大营五军诸将。

永乐二十二年，“三月戊寅，大阅，谕诸将亲征”。第五次亲征的战前阅兵，不仅是军事集结，而是创新和操练阵法。《明太宗实录》（永乐二十二年三月）载，“丙寅，上命诸将于各营外布阵，神机铳居前，马队居后，令军士暇间操习”。以神机营拥有的火铳在前，马队居后，形成多兵种作战，发挥热兵器的威力。这就是专门对付骑兵的“永乐枪阵”。

应当说，明成祖朱棣异常重视火器。从其创建独立的火器部队“神机营”，并由工部军器局和内府兵仗局按统一计划制造火器，到作战装备的改进，创新营阵和战法的操练，必然对明朝军队的战斗力产生重大的影响。朱棣正是通过阅兵活动，检验其营阵和战法的训练。

可见，朱棣的“亮肌肉”，绝非花架子，其阅兵为的是实战，取得军事上的胜利，才能坚持朱棣“讲武防患”、抚绥百姓、安定边地的政治意图。

一次成功的大阅兵，其影响不仅在军事上，而且在政治上，甚至影响之大、之广，超乎人们常态的预测。

活跃在战场的古代后妃

电视节目《国家宝藏》采取“活化”的方式介绍历史文物，其中妇好鸮尊展现了华夏女战神的英姿。纵观历史长河，活跃在战场的后妃远不止妇好一人。她们虽然贵为后妃，却往往在重要的时间节点挺身而出，骁勇善战、胸怀韬略，演绎了一桩桩沙场血战的动人故事。

古代帝王的后妃，往往被圈养在深宫后院里，大抵撒娇取宠，争风呷醋；或者信天由命，幽怨由人；甚至，卷入权力争斗以及祸患横生的旋涡。然而，也有一些冲出宫闱，以女子之身涉险赴难，出入于战场的刀光剑影之中，在所谓男性称雄的“游戏”里大显身手。

守土开疆的女将军妇好

三千多年前，商王朝陷于内乱迭生、灾害肆虐的困境，国势衰败，四境苦受战乱骚扰。商高宗武丁即位后，进入重整商王朝时期。其在位五十九年，南征北伐，巩固了殷商王朝的统治。其中，离不开战功显赫的女将军妇好。

1976年，河南安阳发掘的殷墟妇好墓，出土甲骨一万余片，内中提及“妇好”达二百多次。据考证，妇好是商王武丁的王妃。其名“好”，“妇”为亲属称谓。因其庙号称“辛”，故在墓葬铜器的铭文中称“后母辛”。

甲骨卜辞记载，“辛巳卜，贞，登妇好三千，登旅万，呼伐羌”。英勇善战的妇好，统率一万三千人的大军，征伐西方的羌。经过激烈的殊死血战，妇好一举取得这场争夺战的胜利，结束了西北边境多年战乱骚扰的局面，奠定了殷商二百年的文明。有学者认为：“这些最为可靠的原始资料，透露了中华民族在形成时代艰苦奋斗的真相。尤其是在内蒙古、河套一带发生的争夺战，实为奠定中国文明的一连串决战的序幕，其重要性不亚于传说中史学家歌颂的黄帝的阪泉、涿鹿之战。”

另，据征伐巴方的卜辞记载，商王武丁亲自出征，攻伐巴方，并下令妇好率兵预先设伏。武丁从东面发动猛烈进攻，驱使敌人陷入妇好埋伏的位置，从而聚歼敌人。这是文字记载的首次“伏击战”。

同时，妇好墓出土的一批青铜箭镞，以及弓形器、玉扳指等，均属实战使用的器具。不管妇好生前曾否使用，都应是其喜好之物。值得注意是，还有两件铜钺，其中一件长39.5厘米，刃宽37.5厘米，重9公斤，钺面饰以双虎噬人纹，铭“妇好”二字。据考证，这两件铜钺非实战使用的兵器，而是军权与王权象征的仪仗用器，进一步证实妇好的尊贵身份。

目前，我国唯一能与甲骨文相印证，确定年代与身份的商王妃妇好，是我国第一位女将军。

力战不屈的毛皇后

东晋年间，有一位浴血沙场、宁死不屈的皇后毛氏，是北方前秦苻登的妻子。

晋孝武帝太元八年（383），“淝水之战”一役，秦王苻坚率八十七万大军南侵，被东晋大败而还。北方少数民族的上层借机分崩离析，战乱不止。羌族首领姚苌反叛自立，攻破长安城，并执杀苻坚，太元十一年（386）称帝，国号大秦（史称“后秦”）。同年，苻坚的族孙苻登于陇东（今陕西省陇县南）继位称帝。

史载，太元十二年（387），“登率众下陇入朝那，姚苌据武都相持，累战互有胜负”。朝那，治所在今甘肃省灵台县西北朝那镇。武都，疑在今甘肃省泾川县一带。氐族首领苻登起兵征讨羌族姚苌，两军多次交锋，互有胜负，相持不下。于是，姚苌退还安定（今甘肃省泾川县北），苻登屯军于胡空堡（今陕西省彬州市西南）。

史称，“苻登妻毛氏，不知何许人，壮勇善骑射”。一说毛氏出身武将世家。其武艺超群，勇健善战。自苻登称帝后，在征讨羌族姚苌的战斗中，毛皇后相随苻登左右，成为其得力帮手。

当时，氐、羌二族的战事，苻登曾一度稍占上风：大败羌族大将姚崇于安丘，俘斩二万五千人；攻克姚苌军，夺占平凉……太元十四年（389），苻登大军进据苟头原（今甘肃省泾川县东），直逼姚苌扎营的安定。其辎重尽留在大界（确地待考，当在今甘肃省泾川县与陕西省彬州市之间），让毛皇后仅率不足万人守备。结果，姚苌亲率骑兵三万，绕过正面之敌，乘虚夜袭大界营，切断苻登大军的粮草。

据史书所述，在兵力悬殊、猝不及防的情况下，“营垒既陷，毛氏犹弯弓跨马，率壮士数百人，与苌交战，杀伤甚众。众寡不敌，为苌所执”。姚苌贪恋毛皇后美色，欲纳其入内。毛皇后却厉声痛骂：“吾天子后，岂为贼羌所辱，何不速杀我？”并仰天大哭：“姚苌无道，前害天子，今辱皇后，皇天后土，宁不鉴照？”恼羞成怒的姚苌顿生杀心，将毛皇后推出帐外，施以裸刑，然后枭首处死。同时遇害的还有其子弁、尚二人。

颇习兵机的刘太妃

刘太妃，后唐武皇帝李克用正室，代北（约今山西省北部、河北省西北部及内蒙古中部一带）人，封秦国夫人。后唐庄宗李存勖即位，册封其为皇太妃。自李克用起兵代北，刘氏常随军征伐。史称，刘氏“明敏多智略，颇习兵机”，并常教习侍妾骑射，以佐李克用。

唐代末年，沙陀部人李克用，别号“李鸦儿”，从军征战，摧锋陷阵，被称为“飞虎子”。僖宗中和元年（881），其受诏率沙陀兵镇压黄巢起义军；中和三年（883），任河东节度使；昭宗乾宁二年（895），封晋王。其子存勖建立后唐，追尊其为太祖武皇帝。

史载，中和四年（884），李克用率部东追黄巢起义军，还军途经梁（今河南省开封市），驻在封禅寺（今河南省开封市旧城南）。当时，宣武节度使朱全忠邀其入城（开封），在上源驿置酒设宴，款待李克用。不料，夜半时分，朱全忠发兵围攻偷袭。李克用的亲随有侥幸逃脱的，跑回来向夫人刘氏报信。刘氏不动神色，立即杀掉报信者，暗地召集大将，商量保存大军，撤离险地。待天色大亮，李克用脱身回来，与刘氏相对恸哭。李想举兵反击报复，刘氏劝道：“你本来与他为国联合讨贼，如今他的事还未暴露，你反而急忙出兵攻击，天下知道后，分不清曲直，不如收兵回太原，自诉于朝廷。”李克用听从其劝说。此次事件史称为“上源驿之难”。

其后，李克用与朱全忠双方长期混战。唐昭宗天复元年（901）、二年（902），连续两年，朱全忠派遣大将氏叔琮率大军，攻下泽州（治所今山西省晋城市）、潞州（治所今山西省长治市），并乘胜直逼太原。李克用屡遭兵败，军心不稳，士气低迷，其心中忧窘，束手无策。手下大将李存信等建议放弃太原，收拢兵马入北边，以图再举。李克用不觉心动，入内告知夫人刘氏。刘氏一听，追问是谁提出的主张。当知道是李存信，刘氏骂道：“存信，代北牧羊儿耳，安足与计成败邪！”接着，其举邠宁节度使王行瑜的例子：兵败弃邠州（治所今陕西省彬州市）北逃，后被部下所擒。今天难道还要走这条路吗？她提及当年李克用逃亡鞑靼，几乎无法脱身，有赖天下多变故，才得以南归；继而指出：“今屡败之兵，散亡无几，一失其守，谁肯从公？北边其可至乎！”刘氏一番话，使李克用顿时大悟。未多久，散失的人员逐渐复集。

可以说，遇着军事的紧要关头，刘氏及时为李克用排难解忧，并且果断决策。虽然无法知晓个人的武艺高下，却足见其对用兵之道的熟谙与远谋。

名震宋、辽的萧太后

十世纪中叶，北方的契丹族割据政权改国号辽，沿雁门山、大茂山、白沟一线，与北宋政权相互对峙，时战时和。

969年（辽景宗保宁元年，宋太祖开宝二年），萧绰（字燕燕）被册封为皇后。由于景宗自幼得疾，沉疴连年，史称，时凡“刑赏政事，用兵追讨，皆皇后决之”。

979年（宋太宗太平兴国四年，辽景宗保宁十一年），北宋灭亡北汉后，宋太宗乘胜率师北伐辽国，意欲收复燕云诸州。宋军小试锋芒，易州、涿州、蓟州、顺州相继开门投降，大军直逼辽国南京（今北京市）。辽兵守城人数不多，留守韩德让率军民坚守顽抗。正当垂危之际，萧绰命大将耶律休哥和南院大王耶律斜轸，分别率五院、六院援军，左右夹击，大败宋兵于高梁河（今北京市西直门外）。宋军发生哗变，太宗仓促撤军，乘驴车狼狈逃归。此役史称“高梁河大战”，亦称“围城之役”。

景宗死后，其长子耶律隆绪（圣宗）即位，尊萧绰为皇太后，摄国政。萧绰摄政二十七年间，从严治军，整饬军纪，简汰禁军；劝军桑，修武备。史载，萧绰在军事上，“被甲督战”“亲御戎车，指麾三军”。

986年（宋太宗雍熙三年，辽圣宗统和四年），宋太宗再次大举北伐，夺取燕蓟故地。宋军兵分三路：东路攻幽州（今北京市西南），中路攻蔚州（今河北省蔚县），西路攻云州（今山西省大同市东）、朔州（今山西省朔州市）。辽军初无防备，一度失地折将。

萧太后下诏亲征，命南京留守耶律休哥率兵，抵御宋将曹彬的东路军；命耶律斜轸率兵抵御宋将潘美、杨业的西路军；并亲自带韩德让和年仅十六岁的儿子辽圣宗，麾军十万赶至南京（今北京市）前线。其身披戎装上阵，与宋将曹彬正面交锋。同时，她派耶律休哥所部避宋军兵锋，乘夜以轻骑出两军间，包抄宋军后部，断绝水源粮道。宋东路军被迫后撤，辽军乘势掩杀，追至岐沟关（今河北省涿州市西南，拒马河北），曹彬所部不支，大败。史载，宋兵溺亡于拒马河者不可胜计，弃兵甲若丘陵。

接着，萧太后挥兵转而扑向西路宋军。宋太宗见势不妙，连忙下令西路军全线撤退。辽兵紧追不舍，宋军一路败退。在陈家谷（今山西省朔州市南），孤立无援的杨业所部被围歼，宋将杨业负伤被擒。杨业悲愤之下，绝食殉国。辽军夺回前失疆土。此役史称“雁云大捷”，对宋辽之间具有转折意义。从此，北宋以武力收复燕云诸州的北伐方针，遭受严重挫败，而辽国则取得了战争的主动权。

1004年（辽圣宗统和二十二年，宋真宗景德元年）深秋，萧太后以索要关南故地（即瓦桥、益津、淤口三关以南地区）为名，举兵二十万，亲自带着辽圣宗、韩德让，南侵北宋。辽军来势汹汹，仅两个月，下保州（今河北省保定市），取瀛州（今河北省河间市），掠冀州（今河北省衡水市冀州区），直抵澶州（今河南省濮阳市）城北，距北宋京城汴京（今河南省开封市）仅一河之隔。

在北宋宰相寇准的坚请下，宋真宗御驾亲征，渡黄河，登澶州城，激励士气，并下诏集结数十万援军与辽兵对抗。此时，辽军先锋——大将萧挞凛在前线察看地形时，被宋军用弩射中头部，当晚身亡。辽军士气受挫，且孤军深入，人马疲惫。于是，在韩德让的劝告下，萧太后审时度势，利用宋真宗急于求和的心态，与宋阵前议和，达成“澶渊之盟”。宋每年向辽贡绢二十万匹，白银十万两。双方结束多年不息的争战，进入长达百余年的相对和平。

1009年（宋真宗大中祥符二年，辽圣宗统和二十七年），一代巾帼英雄萧绰卒于行宫，享年五十七岁，景宗、圣宗二朝其预政四十年，东降女真，西取党项，北收回鹘，南攻宋朝，战绩辉煌，威名远播。

披坚执锐的吴皇后

南宋时，高宗皇后吴氏（1115—1197），开封（今河南省开封市）人，年十四，被选入宫；早年伴随高宗赵构海上逃亡，披坚执锐，建有奇功。近年，有人著书认为吴氏名芍芬，史籍无载其名。

当时，金兵攻占汴京，掳持徽、钦二帝北上，北宋灭亡。高宗赵构在南京（今河南省商丘市）称帝，南宋朝廷初立，外有金兵恣肆追击，内有兵变不时发生，凶险四伏。吴氏毫无惧色，身披铠甲铁盔，腰挎利刃，终日随侍高宗左右。史载，吴氏随从高宗到四明（治所今浙江省宁波市）时，卫士忽然哗变，持械闯入宫中，四处盘查高宗所在，“后绐之以免”。吴氏虽然年少，且是女流之辈，却颇有胆略，将他们哄骗过去，避免了一场劫难。

由于金兵连年南侵，高宗被迫乘船，入海逃亡。建炎四年（1130），时年十五岁的吴氏，跟随高宗航海，从定海（今浙江省宁波市镇海区），转赴昌国（今浙江省舟山市普陀区）。宋代叶绍翁《四朝闻见录》，记有逃亡途中的惊险一幕：突然，金兵数十骑沿岸边奔袭而来，欲强夺御舟，“后徐发一矢，其一应弦而倒，余悉引去”。正当危急关头，吴氏不紧不慢挽弓，射出一箭，其中一骑敌兵应声落马，余敌尽数离去。

史称，吴氏“殊妍丽可爱……后颇知书……益博习书史，又善翰墨”，深得高宗宠遇。航海途中，其被封为和义郡夫人；回到越州（治所今浙江省绍兴市），进封才人；不久，被封为贵妃；绍兴十三年（1143），册立皇后。吴氏在后位（包括皇后、皇太后、太皇太后）长达五十五年，是中国历史上唯一一位走完金婚的皇后。

此外，还有一位战国时齐宣王后钟离春（一说字无盐）。西汉刘向《列女传》：“钟离春者，齐无盐邑之女，宣王之正后也。其为人极丑无双。”年届四十，未能出嫁，自请见宣王，陈述齐国危难四点，见解精辟，有治国大略，为宣王所采纳，并立为王后。至于有人认为钟离春被封为“无盐将军”，能征善战，亲率齐兵大败赵军，收复鄄邑（今山东省鄄城北旧城）等等，现存史籍缺乏相关的坚实资料，也就不赘述。然而，信而有征的是，中国历史上不断涌现了巾帼英豪，无论在军事，还是政治、经济、文化诸领域。

古代战事与音乐

“国之大事，在祀与戎”，歌乐在“祀”与“戎”中不可或缺。当用在战事上，音乐不仅可以壮军威，鼓士气，而且，其天籁之音背后，则隐藏着玄妙杀机。音乐与战争相随，以至于现代军事将之视为战略信息载体。

在中国历史上，存在着敌我双方对垒，不用干戈相向，不用冲锋陷阵，仅凭借歌声传唱，或器乐奏鸣，而克敌制胜的战事。这类战争既充满惊险，亦平添几分传奇。

史载，汉高帝五年（前202）十二月，西楚霸王项羽的军队被围困于垓下（今安徽省灵璧县南沱河北岸），兵少粮尽。汉军与诸侯兵包围了数重。天黑之后，汉军在四周唱起了楚歌，项羽听见，不觉大惊：“汉军全都占据了楚地吗？为何楚人这么多！”

结果，项羽军无心恋战，不战而溃，最后上演了霸王别姬、自刎乌江的悲剧。

这就是传诵后世的“四面楚歌”典故。

晋代，刘琨（270—318），字越石，中山魏昌（今河北省无极县东北）人。晋怀帝司马炽永嘉元年（307），被封为并州刺史，加振威将军，领匈奴中郎将；后至大将军，都督并州、冀州、幽州诸军事。

并州，治所在晋阳（今山西省太原市西南）。当时，刘琨招募千余人，进驻晋阳。史载，“初，（刘）琨之去晋阳也，虑及危亡而大耻不雪，亦知夷狄难以义伏，冀输写至诚，侥倖万一。每见将佐，发言慷慨，悲其道穷，欲率部曲列于贼垒。”西晋末，元帝过江南渡后，刘琨仍坚守并州一带，与羯族石勒（后赵明帝）、匈奴刘曜（前赵昭文帝）对抗，志复中原。

史载，刘琨在晋阳曾被胡骑重重围困，城内兵弱粮缺，孤军无援，情势险恶。无奈之下，刘琨乘着月色，登上城楼，仰天清啸。胡人听了，纷纷悽怆长叹。夜半时分，刘琨吹奏胡笳。胡笳，古管乐器，流行于西域一带少数民族，以竹制成。汉代蔡琰《悲愤诗》（二）有“胡笳动兮边马鸣，孤雁归兮声嘤嘤”句，言尽其乐韵声调。胡人听了，无不流涕唏嘘，心怀故土之情。次日夜晚，刘琨又再次吹奏胡笳，不料，胡骑悉数弃围离去。

北魏杨衒之《洛阳伽蓝记》录，河间王元琛（？—526），字昙宝，曾为秦州刺史（今甘肃省天水市）。当时，羌人起兵反抗，元琛屡次进讨无功。

元琛有婢女朝云，善于吹篪。篪，一种古管乐器，上有八孔，横吹，用竹制作，分大小两种，大的长一尺四寸，粗三寸；小的一尺二寸。当时，元琛命令朝云假扮贫家老妪，在路旁吹篪求乞，有意让羌人听见。羌人伤感落泪，相互怨叹：“为何离弃家园故土，跑来这山谷坡地争斗？”结果，羌人表示投降归顺。秦州一带的百姓还流传一句话：“快马健儿，不如老妪吹篪。”

《三国演义》作者罗贯中，书中描述诸葛孔明初出祁山，骤遇魏将司马懿，于是，大摆“空城计”，在城头抚琴退敌。其实，晋代陈寿《三国志》并无此记载。南北朝的裴松之在校注中也否定了诸葛亮摆“空城计”的真实性。

可是，这类“空城计”在中国古代战事中屡见不鲜。

唐玄宗时，张守珪（？—739），陕州河北（今山西省平陆县）人，开元十五年（727），任瓜州（今属甘肃省酒泉市）刺史。史载，当时，瓜州城遭受吐蕃大军的劫掠破坏，张守珪带领众人抢修城墙。突然，吐蕃又兵临城下，守军惊惶失色。

张守珪登高巡视后，对将士说：敌众我寡。何况战火的创伤还在恢复，怎可以硬碰硬？必须以权宜之计取胜。当即，张守珪在城头置办酒席，与诸将官一边喝酒，一边欢呼作乐。吐蕃兵怀疑守军已有准备，不敢贸然进攻，最后引兵离去。张守珪派兵出城，击败敌军。

明朝，一代良将张臣（1528—1614），字怀忠，号东山，榆林卫（今陕西省榆林市）人，行伍出身。史称，其矫健精悍，“搏战好陷坚”。在黄甫川战斗中，他单骑杀入敌军包围圈，射中寇魁，救回千总刘朋，由此扬名。而且，其屡战跨马梁、李家沟、高家堡、田家梁、西红山诸役有功，为敌寇视为眼中钉，又恨又怕。

史载，张臣积战功迁升宣府膳房堡（今河北省张家口市万全区北）守备时，“寇尝大入，环攻堡，欲生得（张）臣”。张臣临危不惧，在城堡上与部将酌水为酒，欢歌畅饮。一时间，来敌摸不清守军的举动意图，不敢攻城。待夜深人静，张臣率军出城突围，择路安全返回。

老子说：“善为士者不武，善战者不怒，善胜敌者不与。”与，犹对斗。在阵前兵刃不接，唱唱歌，奏奏乐，克敌制胜，转危为安，大抵熟谙老子的军事思想吧？

蒙古水军与南宋灭亡

绍兴年间，南宋水兵三千，于陈家岛海域出奇制胜，以弱胜强，尽歼金兵水师，在海战史留下辉煌一页。但此后，坐拥一万八千舰船的南宋水师，在与“马背上的民族”对阵中，却节节败退，直至灭国！

北方以游牧生活为主的蒙古人，被称为“马背上的民族”，擅骑射，在陆战中往往占有先机。而南宋军队具有善水战的优势。当时，宋代拥有先进的造船技术和航海技能，拥有一支强大的水军：内河有车轮战船（用人力踏车行驶），海上有多帆多樯的远洋战舰。宋高宗时，设立沿海制置司（海军中央领导机构），完善海军的统一指挥系统。有人统计过，绍兴三十二年（1162），南宋水军拥有一万八千艘舰船。显然，南宋与蒙古军队之间的水战，前者应胜券在握。

恰恰相反，自襄樊一役以来，蒙古水军逐渐占上风，其弱项得到彻底改变。1273年（元至元十年，南宋咸淳九年），樊城、襄阳相继失陷后，南宋水师更是屡战屡败。短短五年时间，南宋王朝迅速崩溃，蒙古人建立的元朝统一了中国。不容置疑，军事上的水战失利成为南宋灭亡的原因之一。

那么，元军为何能逆转弱势，赢取水战的胜利呢？

转折点：襄樊之战

史载，1267年（元至元四年，南宋咸淳三年）十一月，南宋降元将领刘整，入朝进言攻宋方略：宜先攻破襄阳，“若复襄阳，浮汉入江，则宋可平也”。襄阳（今属湖北省），位于汉水南岸，地处要冲，经汉水入长江的咽喉，历来兵家必争之地，当时南宋的军事重镇。首先夺取襄阳，沿汉水入长江，一举攻灭南宋，的确不失为上策。

元世祖忽必烈采纳了“攻宋方略”，立即征调兵马，下令元将阿术进兵襄阳。可是，蒙古军初战不大顺利，双方互有胜负，形成相持的局势。1268年（元至元五年，南宋咸淳四年）六月，阿术见势头不对，奏请以汉军协助攻打襄阳，认为“所领者蒙古军，若遇山水、寨栅，非汉军不可”，言明水战、山地战非蒙古军队所长。于是，忽必烈任命刘整为汉军都元帅，与阿术一起督诸军。

刘整与阿术研究决定：改变战术，采用围困襄阳、樊城的作战方法，分别在襄、樊附近的白河口、鹿门山筑城立寨；又在汉水中筑台，与夹江的鹿门堡相呼应，封锁襄、樊，断绝南宋守军与外援的联系。

忽必烈还是放心不下，1269年（元至元六年，南宋咸淳五年）春，命驸马忽剌出、枢密副使史天泽前往襄阳，参与筹划围攻之计。史天泽指出：“至则相要害，立城堡，以绝其声援，为必取之计。”并增派兵力，筑一字城，完成对襄、樊的包围圈。

正如所料，南宋援军与蒙古军队展开多次激烈的战斗。史载，规模较大的有——

1269年2月，宋将张世杰率马步舟师援樊城，赤滩圃（今湖北省襄阳市东南）一役兵败。7月，宋将夏贵率舟师三千袭蒙古军，鹿门山（今湖北省襄阳市东南）一役溃败；宋将范文虎率舟师往援，灌子滩（今湖北省宜城市北）溃败。

1272年（元至元九年，南宋咸淳八年），宋将张顺、张贵率三千人援襄阳，以车轮船突破封锁，转战一百二十里，张顺战死。张贵入襄阳城后，又率兵突围，顺流而下，迎接援军，至龙尾洲（今湖北省襄阳市襄州区东南）力战元军，被俘身亡。

蒙古水军在还未足够强大的情况下，采用立城寨、绝援兵的围困战法，无疑是十分奏效的。尽管如此，襄樊之战还是持续了五年有余。

以教水军、造战舰为先务

蒙古军队深知水战属其弱项。为了战胜南宋，必须拥有一支训练有素、装备先进的强大水军。

史载，早在1265年（元至元二年，南宋咸淳元年），忽必烈稳固其大汗位后，曾敕迁徙诸色匠户（包括炮手人匠），集中在中都（今北京市）造船运粮，又下令“边军习水战”。

当蒙古军进兵襄阳后，1268年春，忽必烈急令陕西五路、四川行省造战舰五百艘，交刘整统领使用。七月，下令高丽国备兵一万，造船一千艘，以伺调用。

从围攻襄、樊的实战中，蒙古军队越发感到水军的不可缺失。1270年（元至元七年，南宋咸淳六年）3月，阿术与刘整联名进言：“围守襄阳，必当以教水军、造战舰为先务。”二人清醒地认识到，建设一支强大的水军是当务之急。忽必烈诏示批准扩建水军，下令刘整负责训练水军七万余人，造战舰五千艘。大规模增加战船的数量、装备，以及加强人员训练，提高水军的战斗力，从而保证了蒙古水军在襄樊之战中发挥重大作用。

1271年（元至元八年，南宋咸淳七年），元世祖忽必烈定国号为元，从政治上，适应其军事行动的需要。

而且，襄樊一役结束仅一个月，刘整奏请“教练水军五六万，及于兴元、金、洋州、汴梁等处造船二千艘”。元朝统治者明白一个事实：没有水军强大的战斗力，也就不可能赢得战争。忽必烈批准继续扩充水军，在汉水岸边的兴元、金州、洋州以及汴梁等处造船二千艘；同年六月，又下令在襄阳造战船一千艘；次年二月，下令在汴梁造战船八百艘。可见，元军没有停止造船，而且加快其水军建设，以图大举攻宋。

甚至，在元军沿长江东下，进占两浙后，1277年（元至元十四年，南宋景炎二年），忽必烈还下令元将哈剌䚟督造海舰一千艘。

南宋水军战斗损耗颇大，而孝宗、宁宗两朝对水军重视不足，补充不及时。南宋后期，甚至征用民船替代新造战舰，水军由兴盛走向衰败。特别是襄樊一役后，南宋水军一蹶不振。此消彼长，强弱双方发生转换。

此外，长达五年的襄樊之战，从战斗中涌现了一批谙熟水战的元军将帅，如阿术、张荣实、张弘范、帖木儿不花……他们具有实战经验，在后来大举攻宋，沿长江东下，直至“崖山之战”的诸水战中，展现其矫健的身手。

同时，必须指出，打造一支强大的蒙古水军，与元世祖忽必烈对汉人，尤其是南宋降将的重视和信任是分不开的。

其中，南宋降将刘整，为元军练水师、造战舰立下汗马功劳。在襄樊一役的决胜前夕，1272年11月，南宋大将李庭芝使用反间计，派人执金印、牙符，诈封刘整为燕郡王。在刘整不知情的情况下，元世祖觉察其中异样。忽必烈没有轻信，更没有造成冤案，而是亲自听取刘整的申述。弄清情况后，忽必烈使刘整复书严拒，并赏赐刘整，仍让其统率部队，一直信任有加。

正是这种用人不疑的策略，使不少南宋降将陆续被充实到蒙古水军，迅速提升其战斗力。

未采纳的海上反攻计

在襄樊一役中，南宋守军陷入重围，援军屡屡受阻，又不能弃城突围，形势日趋险恶。南宋朝廷却应对无策，无力回天。难道真的没有纾难解危之计吗？

正值危难关头，文人学者金履祥站出来了。金履祥，婺州兰溪（今属浙江省）人，当时三十来岁，被称为“仁山先生”，凡天文、地形、礼乐、田乘、兵谋、阴阳、律历之书，无不研读个遍，可谓“百事通”

式的人物。

史载，当时金履祥向南宋朝廷建议，“因进牵制捣虚之策，请以重兵由海道直驱燕、蓟，则襄樊之师将不攻而自解”。这是被动变主动的海上反攻计。燕，即燕京（今北京市），又称中都。蓟，幽州蓟县（今北京市西南）。燕、蓟，此处指元朝京城。从海上反攻，派重兵长途奔袭，直捣元朝京城，无疑是险中取胜的招数，不过，本朝有成功的先例。

宋高宗时，绍兴三十一年（1161）“陈家岛大海战”一役，南宋将领李宝率水军三千人，海战船一百二十艘，由海道北上，长途奔袭，在陈家岛（今山东省青岛市附近）海域，一举歼灭金军水师，使金主完颜亮的南侵计划受到重挫。

金履祥还备附所由海道的详细路线及地形图，“凡州郡县邑，下至巨洋别坞，难易远近，历历可据以行”，可谓周详精确，具有可行性。而且，当时元军主力集中在襄、樊一带，其京城兵力必然空虚，倘若南宋精锐部队由海道奇袭京城，则胜数倍增，说不定襄樊之战大可逆转，但是，南宋朝廷对海上反攻之计“终莫能用”。

偏偏老天爷爱捉弄人，在元世祖攻灭南宋后，正是沿着这条被南宋朝廷弃用的海道，诏调江南粮食，漕运直沽，以补京城不足。并且，从江南漕运直抵直沽，得便风所用时间仅十来天。

细究南宋朝廷弃用的原因，一方面，南宋水军的海上作战能力持续下滑。据绍熙五年（1194）南宋沿海制置司报告：制置司水军现管海战船三十八艘，内有未修船十五艘，则可用二十三艘。即使经历光宗、宁宗、理宗三朝，七十来年时间里，此种状况始终未有改善，海战船数量锐减。宋度宗咸淳间，可以出海作战的船舰几乎难以成军，因而造成海上反攻的底气不足。另一方面，南宋朝廷当权的贾似道一伙，还幻想向蒙古称臣纳币，乞和避战。因此，金履祥的海上反攻计未被采纳，南宋朝廷连最后一根救命稻草也抓不住了。

海上反攻计终被弃用，看似与蒙古水军无甚关系，然而，试想一下，难道不是由于蒙古水军羽翼渐丰，形成对南宋水军强大的紧逼态势，南宋朝廷才不敢采纳带有风险的海上反攻计吗？

沿江东下，水战决胜

1274年（元至元十一年，南宋咸淳十年），元世祖下令左丞相伯颜率元军，大举攻宋。九月，元军从襄阳出发，沿汉水入长江。

南宋军队十余万严守汉水下游入江口，夹江两岸边，云集战舰一千艘，并以铁索穿连数十艘大船，横亘江口水面，遏阻元军。元军受阻后，避其锋芒，采取偷渡一计："回舟沦河口，穿湖中，从阳罗堡西沙芜口入大江。"

史载，同年十二月，元军来到长江北岸阳罗堡，南宋守军据城力战，元军进攻失利。阿术对元军主帅伯颜建议："攻城，下策也。若分军船之半，循岸西上，对青山矶止泊，伺隙捣虚，可以得志。"

次日，元将阿术率领水军一半战船，沿着江岸西上，寻找战机。遥见南岸有沙洲，阿术立即指挥战船扑上前，并载着马匹随后。南宋将领程鹏飞急忙领兵来拒，双方水师在江中大战起来。不一会，南宋水师不支败走，元军冲向对岸沙洲，猛烈攻击，并下船攀上岸，与南宋守军步战。双方卷入血战缠斗，相互往复冲杀，多达四回。待南宋军稍有退却，阿术下令元军牵马上岸，以马队冲击对方，终于打败了南宋军队，一直追击到鄂州（治所今湖北省武汉市武昌区）东门。南宋大将夏贵听说元军飞渡长江，不禁大惊，带领其水师三百艘战船仓皇逃走。南宋其余部队全线溃退，军事重地阳罗堡被元军攻占。

阳罗堡一役，元军打开了进入长江的通道，其水师也初露峥嵘。其后，元军水陆并进，沿江东下。其中有丁家洲战役、焦山水战、崖山之战三次大规模的水战，充分显示其水军的实力，战绩煊赫。

1275年（元至元十二年，南宋德祐元年）2月，元军进至丁家洲（今安徽省铜陵市东北，长江中），战船蔽江而下。南宋朝廷大为震惊，权相贾似道慌忙集中战船在长江南北两岸，并将二千五百余艘战船排开，横亘江中。以宋将孙虎臣为前锋，贾似道自与宋将夏贵殿后。

次日，元军水陆并进，水军与南宋孙虎臣所部交战，骑兵左右夹岸而进。双方战斗正酣，元军起用巨石炮打击对方，引起南宋军队一阵骚动。宋将夏贵如惊弓之鸟，连忙逃走。贾似道错愕失措，赶紧下令鸣钲撤兵。一下子，南宋军队大溃逃。阿术与众元将率领水师、步骑兵，追杀一百五十里，缴获战船二千余艘。

同年七月，南宋将领张世杰、刘师勇等率水军战船万艘，在焦山（今江苏省镇江市东南江中）迎击元军，并下令南宋水军每十艘战船用铁索连成一舫，在江中下碇，没有号令，谁也不得启碇，以示死战。两军一开战，元将阿术下令其水军战船上的弓箭手，向南宋的战船齐射火箭。霎时，战船纷纷起火，南宋水军大乱，却又不敢发碇开船。结果，南宋水军大败。焦山一役，投江死者万余人。

经过丁家洲水战、焦山水战之后，南宋水军已无招架之力。1276年（元至元十三年，南宋德祐二年）2月，南宋京城临安（今浙江省杭州市）失陷，谢太后、宋恭帝被俘，南宋王朝处于苟延残喘的挣扎中。1278年（元至元十五年，南宋祥兴元年），南宋大臣陆秀夫、将领张世杰等人带着宋帝昺一迁再迁，最后逃到崖山（今广东省江门市新会区南）。

次年二月，元将张弘范率军进逼崖山，以水军塞海口，以防南宋君臣逃逸。南宋将领张世杰唯恐部队在海上离心生变，将舟师在海中下碇，集结巨舰一千余艘，以粗大绳索贯穿相连，四周建楼棚，如同城墙一样，奉宋帝昺居中，决心以死相战。

开始，元军火攻，这次张世杰吃一堑长一智，有备无虞。后来，元军断绝南宋军队送淡水柴薪的通道，并乘潮水涨退，以水军南北夹击。南宋军队腹背受敌，兵士疲困而败。眼见大势已去，陆秀夫背着宋帝昺跳海而死。张世杰集合败兵拟再战，遇上飓风，船翻人亡，南宋灭亡。

从襄樊之战，到崖山之战，仅仅十年时间，蒙古水军迅速崛起，南宋水军日趋衰败。倘若说，襄樊之战还能看见双方近身搏斗的身影，那么，崖山之战则是唱响南宋灭亡的挽歌。更让人想不到的是，元世祖重视“教水师、造海舰”，大规模地建造船只，不仅在军事上造就了水军的辉煌，而且促进海运漕粮，以及海外贸易的发展。元代建造载重约三百吨的四桅远洋海船，在继承宋代造船技术的基础上，有所进步。这都是题外话了。

贪读篇

古代跑官的闹剧

古代做官途径，要么寒窗苦读，金榜题名；要么靠父母，受恩荫；要么靠姐妹，当国舅；要么靠资财，买官位；要么杀人放火受招安；要么隐居山林走“终南捷径”。但历史上，还有一些令人惊叹的途径。

历来跑官者，无非献金、送礼、色诱，甚至攀亲附贵，朋党勾连……千方百计，百计千方，总之，“上有所好，下谄趋之”。如此一来，邪门歪道横行，甚至，连那些无钱无物无色，甚至无任何关系的，亦大可钻营跑官。于是，古代的跑官，竟弄出种种的闹剧来。

以“男色”邀宠而得意官场

春秋时，楚灵王（？—前529），名围，楚郏敖四年（前541），绞杀其侄郏敖，次年自立为王。据《韩非子·二柄》称，“楚灵王好细腰，而国中多饿人”。后人多以为灵王欣赏宫女的细腰，其实，其所好细腰绝非唯有女性，相反，主要以男人细腰为美。结果，选官任职的一大标准：细腰。

《墨子·兼爱下》载：“昔荆（按，即楚）灵王好小要（腰），当灵王之身，荆国之士饭不逾乎一，固据而后兴，扶垣而后行。”楚国的士大夫为博取升官晋爵的机会，纷纷节食瘦腰，每天吃饭不超过一餐，宁可饿得有气无力，用力拄杖才能站立，扶墙才能行走，也不肯放弃承恩邀宠的一丝机会。

“而灵王说之，未逾于世，而民可移也。”为着楚灵王的喜好，不用很久的时间，不仅士大夫求腰细，就连平民也杀食自饥，指望靠“细腰”跑个一官半职，造成“国中多饿人”。

唐代武则天（624—705），名曌，载初元年（690），废睿宗，取唐代之以周，成为一代女皇帝。于是，其仿效历代帝王的三宫六院制度，拥有不少面首。要知道，帝王的面首迥异于妃嫔，不仅在宫闱内恃宠撒野，还可在朝廷上被授官封爵，“同京官朔望朝参”，甚至干预政事，纳贿枉法，权势显赫。

史载，当时薛怀义及张氏易之、昌宗兄弟等人“俱承辟阳之宠”，以“天赋异禀”“非常材用”，竟然封公拜将，实属跑官的一大奇事。

薛怀义，本姓冯，名小宝，京兆鄠县（今陕西省西安市鄠邑区）人，在洛阳做小买卖，生得高大威猛，“伟形神，有膂力”，邀宠于武则天。其为便于出入宫禁，剃度为僧。因其非士族出身，武则天下令改姓薛，与驸马薛绍合族，并命薛绍尊称其为季父。从此，一个小买卖人，跑官却跑出个模样来了。垂拱四年（688），其拜左威卫大将军，封梁国公，后加为辅车大将军，进右卫大将军，改封鄂国公、柱国。“怀义出入乘厩马，中官侍从，诸武朝贵，匍匐礼谒，人间呼为‘薛师’。”

张易之、张昌宗兄弟，定州义丰（今河北省安国市）人，官宦子弟。武则天万岁通天二年（697），张昌宗入侍宫中。“既而昌宗启天后曰：‘臣兄易之器用过臣，兼工合炼。’即令召见，甚悦。”当时，张易之年仅二十余，“白皙美姿容”。充满青春活力的兄弟俩，凭借“合炼”之工，俱承宠幸。很快，张昌宗被任为云麾将军，行左千牛中郎将，后加为银青光禄大夫、左散骑常侍，擢至司仆卿、春官侍郎，封邺国公。张易之被任为司卫少卿，后为控鹤监内侍奉、奉宸令，擢至麟台监，封恒国公。

连朝中权贵武承嗣、武三思、武懿宗、宗楚客、宗晋卿都守候在张氏兄弟门前，争着为其执鞭辔，并亲热地呼张易之为“五郎”，张昌宗为“六郎”。甚至，“（武）则天春秋高，政事多委易之兄弟”。

眼睁睁看着薛怀义、张氏兄弟等人，居然凭借那一点本事，也能“跑官”闯出一番天地，难免招惹他人眼热。待武则天下令选美少年入宫供奉，朝内朝外一片鼎沸。不少男性自荐供奉内廷，热衷“跑官”，寻找进身之阶。其中，尚舍奉御柳模，自荐其子柳良宾“洁白美须眉”；左监门卫长史侯祥，自称其“阳道壮伟”，超过薛怀义。本来属于个人私密的东西，却不惜公之于众，比试高下，场面也就未免尴尬了。

久视元年（700），右补阙朱敬则实在忍不住了，大胆上书武则天：“陛下内宠，已有薛怀义、张易之、昌宗，固应足矣。”并直斥柳模、史侯祥之流的跑官，“无礼无义，溢于朝听”。

因“球技”“方术”而位高权重

宋代刘攽《中山诗话》录有，秀才柳三复跑官的一段经过。宋真宗赵恒时的宰相丁谓（966—1037），苏州长洲（今属江苏省）人，位高权重，闲来偏好蹴鞠（踢球）。柳三复好几年选不上官，却踢得一脚好球，可苦于无缘入府面见宰相。于是，他好歹想了个法子，守候在丁谓踢球的后园墙外。

一天，球从后园飞出墙外。柳三复赶紧捡起球，直冲进丁府还球。当见到丁谓时，柳“再拜者三。每拜，球起复于背膂幞头间”，施展以肩、背、头连续颠球的技巧，逗得丁谓“笑而奇之，遂延于门下”，柳三复如愿跑到了官。

此外，宋代王明清《挥麈录》载，北宋时，“圆社”（又称“齐云社”）是宋代踢球艺人的组织团体。该社有位高俅，偶然的一次机会，进入端王府，恰逢端王赵佶在园中蹴鞠，当悉知高俅精于此技时，即令其下场对踢，“遂惬王之意”。自此，高俅便留在王府陪侍赵佶踢球，甚得宠信。宋徽宗赵佶登位后，没多久，高俅被破格提拔为殿前指挥使。当有人心怀妒忌，颇有微词时，宋徽宗却偏袒地说：你们比比他的好脚法呀！高俅跑官的这桩事，后来被施耐庵写入《水浒传》第二回。

北宋踢球者众，“圆社”十分活跃，固然与当时帝王权贵的喜好分不开。同时，涌现了柳三复、高俅等一批凭借球艺表演、陪侍踢球而谋得一官半职的人，跑官的门路一开，也就关乎踢球的盛衰了。

到了明代，好几个皇帝喜方技。结果，光靠画符念咒，弄得满天神佛，跑出了一大批官来。

明宪宗朱见深（1447—1487）自即帝位，建元成化，在位二十三年。史载，当时因方术得幸授官者不可胜计，“（宪宗）每令中官传旨，一传至百十人，时谓之传奉官”。

成化十九年（1483），都给事中王瑞及御史宝应、张稷等人上疏：“今幸门大开，鬻贩如市。恩典内降，遍及吏胥，武阶荫袭，下逮白丁。”“一日而数十人得官，一署而数百人寄俸。”可见当时跑官之泛、授官之滥。

例如，李孜省，江西南昌人，以布政司吏待选京职，因赃事发，逃匿不归。后来，其自诩精通五雷法，进符箓，得宪宗宠幸，以寄俸官预郊坛分献。成化十五年（1479），特旨授其为太常丞；因被人弹劾其属赃吏，不宜典祭祀，才改授上林苑监丞。其多次献淫邪方术，而受赐金冠、法剑及印章二，许密封奏请。成化十七年（1481），其被擢为右通政；二年后，进左通政，渐干预政事。

又有邓常思、赵玉芝、顾玒、凌中皆以晓方术得幸，先后累官至太常卿。僧人继晓以进秘术，官至国师。其后，宪宗大封法王、西天佛子、大国师、国师、禅师，以及善世、觉世诸僧官，真人、高士、正一、演法诸道官，鼎盛时多达几千人。他们相倚蟠结，奸黠窃权。士大夫附者日众，“而诸杂流加侍郎、通政、太常、太仆、尚宝者，不可悉数”。上演了一出跑官的荒唐闹剧。

看来，只要“上好下谄”的弊病不能自察，势必形成献媚钻营、行贿趋利之风，五花八门的跑官闹剧还会继续。

古代官员的雅好之癖

官员权贵染上雅好，崇雅恶俗，本属个人赏心乐趣。然而一旦私欲昧心，贪字当头，或瞒诈偷盗，或侵公济私，或强抢劫掠，或弄权诛求……不择手段，巧取豪夺。而且图谋瞒天过海，障人耳目。于是“雅贿”成为官场一大祸患。

不知何时开始，官员染上雅好成癖，赏玩金石字画、钟鼎彝器。为了攫获心头所好，甚至不择手段，无所不用其极。

远在一千六百多年前，晋代顾恺之，小名虎头，字长康，晋陵无锡（今属江苏省）人，多才艺，工诗赋、书法，尤精绘画，有“才绝、画绝、痴绝”之称。其曾任大司马桓温的参军，两人关系亲昵。

史载，顾恺之曾将个人得意的画作，珍藏在一个柜子里，并亲笔题封柜门，寄存在桓温之子桓玄处，以备不虞。

可是，这位世家子弟桓玄，初袭父爵为南郡公，拜太子洗马。因有凌虐他人的劣迹，出为义兴太守，结果他干脆弃官闲居江陵。何况，桓玄也有雅好之癖，还是顾恺之的“粉丝”，当然不会轻易放过寄存的一柜子宝贝。于是，他私下撬开柜子的背板，窃取全数画作，“而缄闭如旧以还之，绐云未开”，居然无赖下作地当面欺哄顾恺之，称从未打开柜子。“恺之见封题如初，但失其画”，当下心里明白。可撕不破面子，嘴头却不道破，“直云妙画通灵，变化而去，亦犹人之登仙”。此事也就不了了之。

倘若说，桓玄还算遮遮掩掩，明偷暗夺，那么，到了明代，官场的雅好之风日盛。

明代沈德符《万历野获编》指出：“嘉靖末年，海内宴安，士大夫富厚者，以治园亭、教歌舞之隙，间及古玩。如吴中吴文恪之孙、溧阳史尚宝之子，皆世藏珍秘，不假外索。”而众多好事的朝廷官员中，首要的有二：一是严嵩、严世蕃父子；一是朱希忠、朱希孝兄弟。前者官居相国，权重倾国；后者元勋之后，手握精兵。因此，“并以将相当途，富贵盈溢，旁及雅道。于是严以势劫，朱以货取，所蓄几及天府”。

朱氏兄弟花钱收购古玩珍秘，还算蒙上买卖交易的遮羞布，遑论其赀财的来路黑白。而严家父子则赤裸裸地恃势劫取，甚至兴大狱，夺人命。《万历野获编》录有一桩“假画致祸”的事例。

为了满足严嵩、严世蕃父子的雅好，其爪牙走狗不遗余力，四处搜取古玩字画。打听到宋代张择端的《清明上河图》手卷收藏在苏州故相王鏊（谥文恪）家里，严府的门客汤臣（苏州人氏）即受命设法谋取此手卷。汤与时任蓟辽总督王忬属苏州老乡，素有往来，于是说服王出资求购。不料，故相家不缺钱，死活不肯出让。在严府的催逼下，无奈找来苏州的画家高手黄彪，摹仿真本，以赝本送严府交差。

严家父子得到《清明上河图》手卷，当即“珍为异宝，用以为诸画压卷，置酒会诸人赏玩之”。踌躇志得，热闹一时。不料，有人妒怨王忬，探知其事，告发此手卷为赝本。于是，严世蕃感到大丢面子，又怒又恨，认定王忬有意欺哄严府，由此种下了祸根。

史载，嘉靖三十八年（1559）二月，蒙古兵犯边地。王忬中计误引军向东，来敌乘间西入，渡滦河，大掠遵化、迁安、蓟州、玉田等地，驻扰五日，京师大震。借此，严嵩授意御史方辂，弹劾王忬“失策者三，可罪者四”；同年夏五月，命逮王忬下诏狱，以边吏陷城律论斩。其实，王忬致死的缘由，清代谷应泰《明史纪事本末》说得分明：嘉靖三十四年（1555），严嵩诬杀兵部员外郎杨继盛，王忬却表示同情，怜悯被害者，于是，严嵩怀恨在心。而王忬之子世贞与杨继盛过从颇密，甚至为其安排丧事，赋诗吊祭，更是让严嵩对王忬恨之入骨。此外，添上假画一事，也就非将王忬置之死地不可了。

清代官员的雅好之癖，比明代有过之而无不及。

清代金安清《水窗春呓》（卷下）认为，嘉庆、道光年间，河患最盛，治水的钱财亦最糜。“东南北三河岁用七八百万，居度支十分之二”。公帑被河员层层大肆侵吞挥霍，视河工为“金穴”。

仅以河员的雅好为例，“衙参之期，群坐官厅，则各贾云集，书画玩好无不具备”。道光年间，两江总督琦善，兼署漕运总督，当时看上了元代王野云《龙舟图》手卷（手卷生动地摹绘龙舟竞渡的盛况，画面数千人，面目无一类同），于是，经过一番讨价还价，最终谈妥作价一千五百金。次日，其准备一手交钱一手交货时，才发现该手卷被以二千金买走了，买画的是个姓万的管河同知。区区五品的河员，胆敢虎口夺食，与正二品大员的上司叫板，那还得了？琦善一气之下，“遂劾万，终身以此废弃焉”。

按说正二品的年俸仅有一百五十两至一百八十两，可由于陋规优厚，两江总督一年净收三十万两。至于正五品的同知，为着争夺字画而出手阔绰，除却年俸、陋规，恐怕还得例外求赇了。

同时，金安清还指出：“以余所见之两淮盐政、淮关监督，嘉、道时以阿克当阿为极阔，任淮鹾至十余年，人称为阿财神。”

清代嘉庆、道光时，淮盐额销引一百二十九万余道，每引四百斤，盐务上下各官按引抽收。盐政一年收入达数十万两银子，淮鹾一职被视为优差肥缺。因此，金安清不无感慨地说：“各省作宦，无两淮之优裕者。”

偏偏旗员“阿财神”雅好成癖，占有的古玩奇珍蔚为大观。“阿之书籍字画三十万金，金玉珠玩二三十万金”，“即其鼻烟壶一种，不下二三百枚，无百金以内物，粉红骇绿，美不胜收。真琪□（按，原文缺字）南朝珠用碧犀翡翠为佩件者，一挂必三五千金，其腻软如泥，润不留手，香闻半里外。如带钩佩玉则更多矣”，“宋、元团扇多至三千余，一扇值四五两，乃于数万中挑捡而留之者”。

令人称奇的是，清代官员的雅好之癖，往往招惹诸多荒唐事。清代李伯元《南亭笔记》录有二则——

乾隆年间，毕沅，字纕蘅，江南镇洋（今江苏省太仓市）人，喜好金石字画，在陕西巡抚任上，适逢其六十大寿，于是预先通告禁止属员馈送贺礼。但是，下属一位县令单独送来寿礼二十件古砖，年号题识都是秦汉时期。毕沅不觉大喜，当即召见送礼来的家丁，面谕：“寿礼我概不收，汝主人之物深合我意，姑留此把玩。”不料，家丁下跪回禀：“主人因大人华诞，唤集工匠，在署制造。主人亲自监视挑选极品者，敬献辕下。”毕沅听了，只好一笑作罢。真相无意被戳穿，县令谄媚的狡黠，家丁跪禀的憨直，大员禁馈的伪善，一一让人捧腹。

还有一位湖南巡抚吴大澂，字清卿，号恒轩、窸斋，吴县（今江苏省苏州市）人，嗜金石，以抢残守缺自命，精于古文字学。光绪二十年（1894），中日甲午战争爆发，其上疏自请统率湘军，驰援高丽抗击日寇。在奔赴前线御敌之际，吴大澂不忘随身携带心爱的图书彝鼎。

“及抵平壤，去敌营三舍，舍焉。”安营扎寨后，将弁随员纷纷进帐叩见统帅吴大澂，请示对敌方略。却见吴大澂手持一方玉章，摩挲把玩，与幕僚大谈此印章的出处，指称是汉文帝时细柳将军周亚夫所用故物，并有印章古文明证。吴大帅谈兴正浓，众将弁不敢陈请，只得屏息傍侍。不一会，听见炮声响，疑是敌军进攻，军中将士相率弃营溃走。“吴惶遽无所措，但高呼备马而已。日军望见清军无故自乱，疾趋掩杀，清军遂大败。”

吴大澂随身携带的古玩图书，悉数为敌军所获。敌酋看着一大堆古玩珍秘，笑道：“不料支那营中，倒开有绝大的骨董铺。”这也算是雅好成癖惹下的祸殃吗?

官员弄权恃势，扒捞“快钱”，富厚有闲，难免慕求雅好之道，结果，积染成癖。一来脸面贴金，所谓“室无古玩字画，不成簪缨世家”；二来贳财保值，甚至岁久升值，不赔有赚的买卖。于是，痴者有之，顽者有之，戏者有之，到头来，千万莫成了历史的小丑。

古代籍没贪官财产的做法

古代“籍没”之刑，是要将犯罪人的全部财产悉数充公。今天的没收财产刑，可谓是古代籍没刑的现代版本。现代法学学者认为，古代统治者对籍没财产的随意处置，反映了古代立法技术的粗糙。

皇帝下诏籍没官员的不义之财，悉数收归国库吗？不尽然。

从史料来看，还有几种做法：有的充减天下税租的一半；有的赏赐当地道府代民租；有的建议充作边防军费开支；有的“追赃”之后私授宗室至亲；有的被收入皇帝的“小钱柜”；等等。

东汉顺帝时，大将军梁冀（？—159），字伯卓，安定乌氏（今宁夏回族自治区固原市东南）人，身为贵戚，先后立冲帝、质帝、桓帝，专断朝政近二十年。骄横跋扈，穷奢极欲。广置田宅，制同王家。“冀又遣客出塞，交通外国，广求异物”，甚至掠良人为奴婢，至数千人。延熹二年（159），桓帝谋诛梁氏，收其大将军印绶，封为比景都乡侯。当日，梁冀及妻孙寿被迫自杀。

史载，汉桓帝“收（梁）冀财货，县官斥卖，合三十余万万，以充王府，用减天下税租之半。散其苑囿，以业穷民”。

唐宗室李锜（741—807），淮南王李神通之后，唐德宗时，任润州刺史、浙西观察使兼盐铁转运使，后专任镇海军节度使。其任内盘刻百姓，侵吞国有，多积奇宝。史载，唐宪宗即位后，元和二年（807），李锜举兵反叛，兵败被杀。

唐宪宗下诏抄没李锜的家财，具体数目不详。不过，当朝廷打算将其家财载运至京城时，翰林学士、后迁知制诰李绛上奏，认为“李锜凶狡叛戾，僭侈诛求，刻剥六州（按，‘六州’指唐德宗时，镇海军所辖：润州、常州、杭州、湖州、睦州、苏州）之人，积成一道之苦”，不如赏赐给当地道府，代替贫贱穷困人家今年的租税。唐宪宗听从了他的建议。

明世宗嘉靖三十一年（1552），朝廷发生了一件惊天大事。

史载，刚拜官三个月的南京御史王宗茂上疏，弹劾首辅严嵩负国八大罪状，而且，义正词严地提出：“陛下之帑藏不足支诸边一年之费，而（严）嵩所蓄积可赡储数年。与其开卖官鬻爵之令以助边，盍去此蠹国害民之贼，籍其家以纾患也。”请求登记没收其家财，充作边防军队的费用。

严嵩（1480—1567），字惟中，分宜（今属江西省）人，时任首辅，为相二十年，操纵国事。于是，王宗茂遭受严嵩的打击报复，斥贬平阳（今属浙江省）县丞。说来也巧，直至嘉靖四十一年（1562）五月，严嵩被罢相之日，王宗茂才闭目辞世。

不知什么缘故，一直拖到严嵩之子严世蕃被斩之后的第五个月，即嘉靖四十四年（1565）八月，江西严家才被抄没。

史载，籍没严嵩家财，计有黄金三万余两，白银百万余两，其他珍宝不可数计。然而，有人认为史传所载并非实数。明代田艺蘅《留青日札》：“严嵩籍没时，金银、珠宝、书画、器物、田产，共估银二百三十五万九千二百四十七两余。”相当于全国一年的财政总收入了。至于籍没严嵩家财是否充作边防军费，却不得而知。

距籍没严嵩家财之后，过了二十年，明神宗万历十二年（1584），首辅张居正的家财被抄没。

张居正（1525—1582），字叔大，号太岳，江陵（今属湖北省）人，神宗朱翊钧称为“元辅张少师先生”，待以师礼。其为相十年，海内称治。而其生活奢华，家藏不少古玩字画。万历十年（1582），其因腹疾病逝。

据《明神宗实录》《国朝献征录》载，张居正刚去世半年，被揭发认定其欺君毒母、接受贿赂、卖官鬻爵等罪行。又过了两年，万历十二年（1584），下诏抄没其家财，甚至追缴两年来被家人转移、花费的钱财。史载，抄没江陵张家的家财白银十万两以上。另外，据其长子张敬修供称，还有白银三十万两寄存他处。不过，张敬修经不住严刑拷打，招供的当晚即自缢身亡。三十万之数也就无从追缴。

尽管“追赃”之数，远远不及严嵩的家财，然而张居正也算是小贪官。毕竟明代官俸微薄。据史载，洪武二十五年（1392）“更定百官禄”正一品月俸米八十七石，“自后为永制”。明仁宗即位后，“官俸折钞，每石至二十五贯”。按此计算，一品大员全年俸银只有二百六十余两。十年也不过二千六百余两。因此，十万两之数当属来历不明的家财。

偏偏福王朱常洵还看上了籍没的张家财产，开口向明神宗讨要。对于这个深受宠幸的郑贵妃所生的宝贝儿子，明神宗朱翊钧一口答应了。

清代，乾隆皇帝的宠臣和珅（？—1799），字致斋，钮祜禄氏，满洲正红旗，累迁户部尚书，军机大臣兼内务府大臣，兼步军统领，充崇文门税务监督。其柄政二十年，弄权舞弊，僭妄不法。清仁宗嘉庆四年（1799）正月，乾隆皇帝驾崩，嘉庆皇帝立即下诏将和珅革职下狱，开列和珅二十大罪，并赐令自尽，籍没家产。

据清末薛福成《庸庵笔记》，嘉庆四年正月十七日，“查钞和珅家产，呈送清单。朕已阅看，共计一百零九号。内有八十三号，尚未估价……已估者二十六号，合算共计银二万三百八十九万五千一百六十两，着存户部外库，以备川、陕、楚、豫抚恤归农之需”。

最后，籍没和珅家财总估达白银二亿二千余万两，相当于国家全年赋银的十之六七。而且，这些赃款并没有存入户部国库，全部收归内务府，也就是皇帝的“小钱柜”。

当时，流传的民谣：“和珅跌倒，嘉庆吃饱。”如此而已。

两晋南北朝的吃喝风

两晋南北朝，人口迁徙，民族融合，带来饮食文化交流。饮食材料增多，烹饪方法日益丰富，口腹之欲被提到新高度，各类“食经”频出，时人大讲饮食。一些权贵则在饮食上穷奢极欲、挥霍无度。

早在曹丕称帝建魏之后，曾下诏书：“三世长者知被服，五世长者知饮食，此言被服饮食难晓也。”推崇懂穿懂吃、穿好吃好，以此作为依据来衡量家世门风，甚至认为饮食比被服更重要。自此，世代为官的豪门世族大兴奢靡的吃喝风。

西晋重臣何曾、何劭父子，其饮食胜过皇家御膳。

何曾（199—278），字颖考，陈国阳夏（今河南省太康县）人，魏阳武亭侯何夔之子，官拜太尉，后进太傅。史载，其“帷帐车服，穷极绮丽，厨膳滋味，过于王者”。每次参加御宴聚饮，何曾根本看不上御厨的菜肴酒食，不动筷箸。甚至，连蒸饼上没有裂成十字，他也不吃。一日饮食费钱一万，他还说“无下箸处”。

其子何劭（236—301），官至司徒。史载，其“骄奢简贵，亦有父风。衣裘服玩，新故巨积”。应当说，子胜于父。何劭一日饮食以耗钱二万为限，食必尽四方的珍禽异兽。

要知道，晋代的一万钱，相当一百五十至二百石粮谷（见《晋书·食货志》），据研究资料，当时可买七只羊，十匹官布或一两黄金。

这些豪贵近乎疯狂挥霍的吃喝风，一方面追求奇异的风味，一方面满足变态的心理。

晋武帝的驸马爷王济，字武子，司徒王浑之子，官至侍中。史载，其“性豪侈，丽服玉食”。晋武帝司马炎曾驾幸其家，王济供奉的食物非但丰盛味美，而且全部使用琉璃器具。其中一味蒸小猪肉，肥美可口，味道独特，连司马炎也未尝过，于是，问其秘制方法，王济答道：用人乳浸泡后蒸熟。“帝色甚不平，食未毕而去。”

东晋，世族南渡，豪奢之风不变。

晋宗室司马道子（364—402），简文帝司马昱之子，封会稽王。当时，孝武帝司马曜不亲政，被其窃弄威权，势倾天下。史载，晋孝武帝太元以后，司马道子通宵饮宴，蓬首昏眊，荒于政事。

优伶出身的赵牙深受道子宠爱，他为道子修建东府园池，耗钱巨万。司马道子叫宫女在池边设酒肆，一边与宫女亲昵乘船，一边沽酒酣饮，取笑玩乐。

北朝，北魏宗室元雍（？—528），字思穆，鲜卑族（原姓拓跋），献文帝拓跋弘之子，封高阳王。北魏杨衒之《洛阳伽蓝记》载，元雍“嗜口味，厚自奉养，一食必以数万钱为限，海陆珍羞，方丈于前”。其饮食穷极奢靡，别说庶民百姓了，连当朝的尚书令李崇也感慨地说：“高阳一日，敌我千日。”

南朝梁的骁将鱼弘，襄阳（治所今湖北省襄阳市）人。史载，其因军功先后任南谯郡、盱眙郡太守，自称为政期间有“四尽”：水中鱼鳖尽，山中獐鹿尽，田中米谷尽，村里民庶尽。以“吃光杀光”的政绩而沾沾自喜。

而且，不仅仅豪门世族盛行吃喝风，在南朝后期，门第低微的寒族执掌机要后，一些新贵的奢靡之风则有过之而无不及。

南朝刘宋，阮佃夫（427—477），会稽诸暨（今属浙江省）人。文帝时，初为台小史。孝武帝时，召补内监。前废帝时，湘东王刘彧选为主衣。明帝刘彧即位后，官至太子步兵校尉、游击将军。执政权重，仅亚于君主。虽然他出身寒族，一旦当权，却招权纳贿，奢靡豪侈。

史载，阮佃夫的宅舍园池胜过诸王的府第，歌伎数十人，技艺容貌在当时数一数二。他从私宅内往东开凿沟渠，长十多里，供其私人泛轻舟，奏女乐。

当他外出遇见知名人士，便邀请一起回宅舍，即令摆设酒宴。一会儿时间，珍馔美肴无不齐全。而且，各种煮熟食物的火候、滋味都是恰到好处，甚至有数十种之多。他曾经宴请数十人，席上肴馔也是如此，说办便办。其豪侈之风，即使西晋世族王恺、石崇也无法超越。

可见，在封建专制社会里，无论是世族士族，还是寒族庶族，只要擅权营利，视公器为囊中私物，奢靡豪侈的吃喝风必定炽盛。那么，又谈何为民谋利、兴邦治国呢?

宋代的反腐败诗

自《诗经》以来，揭露、批判、讽刺腐败的诗歌一直层出不穷。而宋代的反腐诗，不但数量、质量超越前代，而且风格独树一帜，其锋芒所指，既有“苍蝇”也有“大老虎”，既有基层官吏也有重臣高官。

在中国封建社会里，以诗歌为利器，对官场的腐败、贿赂现象进行披露和鞭挞，宋代尤为昭彰。

这些诗歌大都没有指名道姓，却对贪官污吏的劣行暴露无遗。篇什或严诘，或诙谐，或讽喻，或训诫，成为一种社会声讨腐败贿赂的檄文。有的居然引发朝廷的关注，依法惩处；可是，相当一部分则不了了之。

“苗振案”与王逵诗

苗振，字伯起，宋仁宗景祐元年（1034）登进士第。一次召试馆职，即吏馆任职考试，试前，其妄自托大，志在必得；结果，未中选。当时，同在朝中为官的晏殊（北宋文学家，后官拜宰相）曾戏谑：“苗君竟倒绷孩儿矣。”意指老手失算。

后来，苗振以列卿知明州（治所今浙江省宁波市）。神宗熙宁间，苗振从任上退休回郓州（治所今山东省东平县西北）。宋代魏泰《临汉隐居诗话》载：“自明州造一堂极华壮，载以归。或言：‘郓州置田亦多机数而得。’”苗振在明州购良木，请巧匠营造一座极其华美壮丽的房屋，用船运回郓州；又玩弄非正常手段，在郓州多置田产。

凑巧，诗人王逵退休后也住在郓州。王逵，字仲达，宋真宗天禧三年（1019）中进士；仁宗朝，曾任江南路转运按察使、淮南转运使（按察使、转运使，被称之为“监司”官）；至和元年（1054），知荆南府湖北路兵马钤辖，加直龙图阁知兖州、全州；最后，官至尚书兵部郎中致仕。而时年七十余的老人王逵，在郓州碰上苗振这桩事，也就毫不客气地作诗以嘲讽。

《临汉隐居诗话》录有其诗一首：“伯起雄豪世莫偕，官高禄重富于财。田从汶上天生出，堂自明州地架来。十只画船风破浪，两行红粉夜传杯。自怜憔悴东邻叟，草舍茅檐真可咍。”“伯起”，苗振字。“汶上”，泛指今山东省西部汶水流域一带，古汶水西流经郓州。“东邻叟”，王逵自谓。“咍”，讥笑。诗中直指苗振拥有不明来历的田地房产，奢华豪富，世上无人可比。

不知怎的，此诗流传至京城开封。据《临汉隐居诗话》载，“是时，王荆公秉政，闻此诗，遽遣王子韶为浙路察访，于明州廉得其实，遂起大狱，振竟至削夺”。王荆公即王安石，熙宁二年（1069），被任为参知政事。王安石听说此诗后，急忙派员去明州察访，查获苗振的贪污罪行；结果，将其关押大狱。史载，在审理该案过程中，曾有些许枝节。最终，苗振还是躲不过削夺爵禄的惩处。

“牛酥”“玉延”入诗题

“牛酥”，从牛奶提炼出来的酥油，唐代庆州顺化郡（今甘肃省庆阳市）将之作为贡品之一，属高档食品。宋代一些官宦有“风流贵重”的时尚：牡丹花凋落时，即以牛酥煎食。苏东坡诗句云：“千花与百

草，共尽无妍鄙。未忍污泥内，牛酥煎落蕊。”（《雨中看牡丹》诗之三）

“玉延”，薯蓣的别名，即山药，具有滋养强壮的功效。《神农本草经》：“（山药）主伤中，补虚羸，除寒热邪气，补中，益气力，长肌肉，久服耳目聪明。”

宋徽宗时，官宦子弟、诗人江端友，字子我，陈留（今河南省开封市东南）人，所著诗集失传。不过，其中《牛酥行》《玉延行》二诗，被宋代吴曾留存在《能改斋漫录》里。这两首诗虽然以牛酥、玉延为题，却并非记述食物的生态与优劣，而是生动地描摹官场送礼的丑态。

当时，宦官梁师成大受徽宗赵佶宠幸。史载，梁师成（？—1126）为人慧黠，善逢迎，习文法，稍知书，“政和间，得君贵幸，至窜名进士籍中”。混进进士之列后，其累官至太尉、开府仪同三司、淮南节度使；而且搜罗四方俊秀，左右殿试名次，结交朝臣，趋势弄权，号称“隐相”。一众大小官员，有的认父，有的谄附，争相送礼献媚。

上述二诗，活现一位洛阳留守邓某，给梁师成送礼的丑态。

《牛酥行》：“有客有客官长安，牛酥百斤亲自煎。倍道奔驰少师府，望尘且欲迎归轩。守阍呼语不必出，已有人居第一先。其多乃复倍于此，台颜顾视初怡然。昨朝所献虽第二，桶以纯漆丽且坚。今君来迟数又少，青纸题封难胜前。持归空惭辽东豕，努力明年趁头市。”

诗中首句，指洛阳留守邓某。宋代以洛阳为西京，大名为北京，应天为南京，均置留守。此处借“长安”之名，实指“洛阳”。第三句“少师”，官名，一般为高官加衔，并无实职。此处暗喻太尉梁师成。宋徽宗时，太尉定为武官官阶最高一级，其本身不表示任何实职，与所谓“少师”相类。第四句“轩”，门，即少师府大门。第五句“守阍”，守门人。第八句“怡然”，喜悦的样子。第十二句“题封”，封缄题签，在封口纸上题写文字。第十三句“辽东豕”，谓见闻寡陋，徒自居奇。《后汉书·朱浮传》：“往时，辽东有豕，生子白头，异而献之，行至河东，见群豕皆白，怀惭而还。”

全诗精彩之处，在于作者巧妙地借守门人之口，对送礼的邓某大声喊叫：不必拿出来！奚落其牛酥送得太迟，数量又少，包装简陋丑拙，远远不及前几位送礼的。结果，邓某连大门也进不去，被打发提着牛酥狼狈而回。

另一首《玉延行》："观文学士留都守，中常侍门如役走。玉延厥篚二十五，谨书名衔细看丑。推而上之何止此，牢耶石邪犹八九。嗟哉膏血出生灵，割剥乃饷无须口。仲华拜衮虽有年，宋璟李鄘曾愧否。乐全见事何其微，义勇固应如此厚。翰林未用汝脱靴，不知何为勤洗手。"

首二句谓颇有资望的留守邓某，甘为宦官门下奔走的役仆。"观文学士"，即观文殿学士。宋制，常以诸殿阁命名学士，出入侍从，以备顾问，无官守，无职掌，而资望极高。据《能改斋漫录》称，留守邓某其父，在宋神宗元丰时，曾在"二府"（最高国务机构）任要职。"玉延厥篚"句，"厥"，其；"篚"，竹编盛器，圆形曰篚。"牢耶石邪"句，谓宦官勾结朝臣，权重一时，趋炎附势者谋得好处。"牢耶石邪"，即"牢邪石邪"，《汉书・石显传》：汉元帝时，宦官石显为中书令，与仆射牢梁、少府五鹿充宗结为朋党，依附者皆得宠位。当时歌谣云："牢邪石邪，五鹿客邪！印何累累，绶若若邪！""割剥乃饷"句，谓割占剥夺不用张口，自是送上门来。"饷"，馈赠。"仲华拜衮"句，东汉时，邓禹（字仲华）年仅二十四，光武帝拜为大司徒（三公之一）。"衮"，即三公所服。"宋璟李鄘"句，谓刚正不阿的官员感到羞愧。"宋璟"，唐代官员，居官耿直，不畏当朝权贵，主张革除前弊。"李鄘"，唐代官员，刚严素著，峻法立操，被称为"临危挺操，所谓贞臣"。"乐全见事"句，谓北宋官员张方平，灼见事理，豪气远见。"乐全"，即张方平，自号"乐全居士"，为人慷慨，有气节，未尝以言徇物，以色假人。"翰林未用"句，唐代天宝初，诗人李白有诏供奉翰林，尝沉醉殿上，引足令内侍高力士为其脱靴，由是斥去。此处讥喻宦官梁师成。

此诗直斥留守邓某，以山药送礼行贿为由，奔走梁师成门下，谄附钻营，谋求私利；同时，列举一些刚直与奸佞官员的实例，对权奸当道、贪赃纳贿表示深恶痛绝。

宰相晚节不自安

南宋时，郑清之（1176—1251），字德源，号青山，又号安晚。宁宗嘉定十年（1217）登进士第；十六年（1223）迁国子学录。宁宗崩，参与权相史弥远定策，废太子竑，拥立理宗赵昀。理宗朝，郑清之数度为相：绍定六年（1233），史弥远死后，拜右丞相兼枢密使；端平二年（1235），拜左丞相兼枢密使；淳祐七年（1247），拜太傅，右丞相兼枢密使；淳祐九年（1249），复出，拜左丞相兼枢密使。然而，端平初为相与淳祐再相，前后则迥异两重天地。

端平元年（1234），郑清之"慨然以天下为己任"，疏请召还当年被排挤的直臣真德秀、魏了翁、崔与之、徐侨、赵汝谈等十余人，大者相继为宰辅，时号"小元祐"。与史弥远当政时期相比，朝政呈现清新的气象。

史称，"然端平之间召用正人，清之之力也。至再相，则年齿衰暮，政归妻子，而闲废之人或因缘以贿进，为世所少云"。宋代周密《癸辛杂识》认为，郑清之"端平初相，声誉翕然。及淳祐再相，已耄及之，政事多出其侄孙太原之手，公论不与"。

不管是"政归妻子"，还是"多出其侄孙"，反正淳祐再相后，郑清之劣迹斑斑。当时，先后多人上书弹劾其昏谬贪污之过，却无不被解官去职。况且，其汲引信用周坦、陈垓、蔡荣等小人，沆瀣一气，结党营私；甚至罗织罪名，伪撰诬陷，一再排挤报复一身正气、直言敢谏的官员程公许、黄师雍等人。淳祐十一年（1251），太学生刘黻等百余人，伏阙上书论其亲信陈垓，痛言："其势必终于空国无君子，举国无公论。"

当朝廷无公论时，民间却存在正义的声音。《癸辛杂识》载："初，清之之重来也，有作诗讥之云：'一劄未离丹禁地，扁舟已自到江干。先生自号为安晚，晚节胡为不自安。'"此诗出现于郑清之再相之初，应在淳祐九年左右，喻其辞官未久，又复出再相；自号为安晚，晚节却胡作非为，不自安生。"劄"，宋人称劄子，凡百官上殿奏事或两制以上非时有奏陈，皆用劄子。"丹禁"，帝王所居的禁城。"江干”，江畔、江边。此处指京都临安（今浙江省杭州市）。当时内城，即皇城方圆九里，南达钱塘江边。按，淳祐七年，郑清之获准辞官，两年后，又复出再相。

淳祐十一年（1251）冬，郑清之病卒，民间又有诗云：“光范门前雪尺围，火云烧尽晓风吹。堪嗟淳祐重来日，不似端平初相时。里巷谁为司马哭，番夷肯为孔明悲。青山化作黄金坞，可惜角巾归来迟。”

诗中，首句谓郑清之死于位，时遇大雪。“光范”，美好的仪容。理宗嘉熙四年（1240），皇上赐郑清之御书“辅德明谟之阁”。第二句喻权势炙热过后，也就衰颓消亡。“火云”，夏季炽热的赤云。此处喻权重一时。第五句谓平民百姓谁为丞相哭。“司马”，即司马光，宋哲宗元祐元年（1086）入朝为相，八个月病死。此处指郑清之。其端平初相时，曾称为“小元祐”。第六句谓东汉末，三国分立，蜀国丞相诸葛亮（孔明）采取“南抚夷越”方针，改善民族关系，促进西南边疆的经济发展，赢得当地少数民族的悦服与爱戴。末二句谓原本用来归隐的青山，化作赃物（黄金）贮藏之地，可惜隐士来迟了。“黄金坞”，汉献帝时，大军阀董卓筑郿坞，积谷为三十年储备，贮黄金二三万斤，银八九万斤，称“事成，雄据天下；不成，守此足以毕老”。“角巾”，方巾，古代隐士的冠饰。此处喻郑清之复出再相，昏谬贪污。全诗既是无情嘲讽，同时也深感惋惜。毕竟晚节不保，也就毁于一旦，身败名裂。

这些诗歌反映了仕途出现的贪污腐败现象：既有在任的洛阳留守邓某、当朝权奸梁师成一类；也有先曾工作有一些成绩，晚节不保的郑清之一类；甚至，有往往任职期间蛰伏不发，退休后才曝光的苗振一类。这足以说明反腐败贪污绝非一时一事。于个人而言，可能是一生一世；于政权而言，当属“永远在路上”。辑选几首宋代的反腐诗，也许还有点意思。

明清科举的舞弊大案

中国科举制度自隋开创至清光绪三十一年（1905）最后一科进士考试止，历一千三百余年。尽管预防考生、考官舞弊的严厉措施层出不穷，但考场徇私舞弊案一直与科举考试相伴相生。

明代的科场考试“猫腻”颇多。史称，“其贿买钻营，怀挟倩代，割卷传递，顶名冒籍，弊端百出，不可穷究，而关节为甚”。

明太祖朱元璋采取严刑峻法，惩治科场案犯。洪武三十年（1397）丁丑科会试，录取五十二人尽是南方士子。虽然事实暧昧，朱元璋却认定内中有诈，偏私倚邪，龙颜大怒，非但废黜全部录取的考生，而且，不由分说砍下考官张信蹈等人的脑袋。另一考官刘三吾，时年八十五岁，也被遣戍边。

此后，永乐、宣德年间，科举取士也就顺当了三十余年。

明嘉靖甲辰科场案

要说大案，当数明世宗朱厚熜嘉靖二十三年

（1544）甲辰科场案。涉案当事人位居当朝首辅，涉罪案犯累及十余人，甚至录取授职的仍追查到底。

史载，甲辰科会试主考官张潮刚进贡院就病故了，副主考官江汝壁主持负责一切试事。江串通同考官沈坤、彭凤、欧阳唤、高节等人，徇私舞弊，开后门录取了首席大学士（少傅衔）翟銮的两个儿子翟汝孝、翟汝俭。

经殿试，翟汝孝位列一甲第三名。事后，有人举报翟氏兄弟去年一起通过乡试，今年又一起通过会试，大有蹊跷。嘉靖皇帝当即派部院认真调查处理，不许袒护。

经审理查明，窝私舞弊属实。去年乡试正副主考秦鸣夏、浦应麒为讨好翟銮而录取其二子。今年会试，副主考江汝壁等人有意把翟氏兄弟以及其授业师崔奇勋，翟汝俭的同学兼亲家焦清等四人的座位安排在一起。同考官欧阳唤曾当过翟氏兄弟的老师，佯作避嫌，不阅他们的试卷，暗地里却帮忙辨认字迹。结果，同考官彭凤录取翟氏兄弟及崔奇勋；同考官沈坤录取陆炜；同考官高节录取江一中。此外，高节通过校尉张岳受贿五百两银，录取彭谦。

嘉靖皇帝不禁大怒，将翟銮及其二子、崔奇勋、焦清，还有彭凤、欧阳唤全部削职为民。江汝壁及秦鸣夏、浦应麒虽无受贿情节，但罪行严重，各打六十杖，革职闲住。沈坤及陆炜、江一中未发现贿赂罪行，属照顾情面，情节较轻，留用供职。独高节、张岳二人有受贿罪行，被发配充军，彭谦则削职为民。另外，负责会试纠察的监察御史王珩、沈越二人失职，各降一级，调任地方官。

清顺治南北闱科场案

清初，顺治、康熙年间，接连发生科场大案。

清代蒋良骐《东华录》记载，清世祖福临顺治十四年（1657）丁酉科乡试，江南考场（南闱）、顺天考场（北闱）“弊窦多端”“贿通关节”，引起物议沸腾。顺治皇帝震怒，严惩科场案犯，当年南北闱所中式举人重新复试。

清代董含《三冈识略》，以及彭孙贻《客舍偶闻》、陈怡山《海滨外史》各有细述：当时，江南考场正副主考方犹、钱开宗，以及同考官二十人，大开后门，富家子弟以关节倖中。当即，考生士子鼓噪不满。在江宁（今江苏省南京市）书肆，有无名氏撰写并刻印《万金记》一书，以方犹的“方”去一点为“万”，钱开宗的“钱”去偏旁为“金”，暗指正副主考。书中大书特书行贿通贿之状。此外，还有无名氏写诗作嘲：“孔方主试副钱神，题义先分富与贫（按，乡试首题为《论语》句“贫而无谄”），定价七千方立契，经房十二不论文，金陵自古成金穴，白下于今多白丁，最讶丁酉兼壬子，博得财星始发身。”

同时，顺天考场（北闱）关节货贿，士子闹事，扯破榜文。

于是，南北闱弊情流传宫禁。顺治皇帝当即下令，当年中式举人全部入京严加复试，并亲自出试题；结果，黜落举人三十余名。江南考场正副主考及同考官二十二人，全部处死；顺天考场考官张我璞、李振邺被处腰斩。丁酉一年，除江南、顺天外，还有河南、山东、山西，共五闱，涉嫌科场窝私案的考官、举人，被查办入狱者众。

史载，顺治十七年（1660）庚子科、康熙二年（1663）癸卯科、康熙五十年（1711）辛卯科乡试，相继发生类似丁酉科场案。

借此一番惩创，士子无不踊跃称快，典试却被视为畏途。有的奉命担任科场考官时，甚至挥泪作生离死别。

尽管如此，咸丰八年（1858）戊午科场窝私案发，清代陈康祺《郎潜纪闻》载，当时“首辅弃市，少宰戍边，内外帘官及京兆闱新中举子，军流降革，至数十人之多，可谓科场大狱矣”。

惩治科场案犯，严酷也罢，宽宥也罢，或许，这也属社会一个缩影吧。

明清时期的豪奴悍仆

明清两代，人多崇富，夸富成为时尚。连达官显贵的豪奴悍仆，也倚势横行，为非作歹，常令朝野一片闹腾，不能安生。其劣行在明清史料笔记中多有记述。

在封建制度下，明清时期出现了一批豪奴悍仆，属于一种奴隶制残余的畸异现象。一些原本挣扎于社会底层的奴仆，竟然依附豪门权贵，倚势横行，招权纳贿，不仅缙绅争与结交，甚至相通姻好，所谓“一人得道，鸡犬升天”。

藐视朝廷官员的严嵩家奴

史载，明世宗嘉靖间，首辅严嵩柄政二十年，操纵国事，吞没军饷。其子世蕃贪虐索贿，卖官鬻爵。严氏父子不仅权焰熏天，连其家仆亦仰仗主子权势，为非作歹。

严嵩的心腹家奴严年（一作严永年），署号“鹤城”，不但招权纳贿，而且与朝中官宦与赠诗文，敬若宾主。史称，“（严）年最黠恶，士大夫竞称萼山先生者也”。

嘉靖四十一年（1562），御史邹应龙上疏弹劾严世蕃，数其通贿赂行诸不法状。同年五月，严嵩致仕归里，严世蕃谪赴雷州卫，严年亦被“锢狱追赃”。

清代谷应泰《明史纪事本末》载，严世蕃未到雷州，至南雄而返，并在老家大兴土木，修建馆舍。“会袁州推官郭谏臣过（严）嵩里，工匠千余，方治园亭，其仆为督。”面对袁州府负责勘问刑狱的官员，现场督工的严家奴仆“箕踞不起”，表现大不敬。当有役工用瓦砾抛掷戏弄郭谏臣时，其不加制止，甚至嚣张地叫嚷：京城衙门长官、六科要员、监察御史都要排队等候在主人门前，只要吆喝一声，谁人敢动！你这算哪根葱?

结果，郭谏臣据实揭发，上报御史林润。林润上疏，弹劾严世蕃自罪谪之后“愈肆凶顽”，数严氏父子诸暴横状。其中，奏疏提及：“……虽豪仆严年、谋客彭孔，家赀亦称亿万。民穷盗起，职此之由。”尽管豪奴严年的贪赃未详，其家财称亿万，亦可知为数不少。

关系网严密的张居正家仆

明神宗朱翊钧即位后，首辅张居正怙权十年。其心腹家仆游七，名守礼，署号“楚滨”，仗势用事，贪赃弄权，颇作威福。连朝中大员、边帅，以及宫中太监，都尊称其为“楚滨先生”。史称，“苍头游七入赀为官，勋戚文武之臣多与往还，通姻好。（游）七具衣冠报谒，列于士大夫”。

明代沈德符《万历野获编》载，游七祸藏机心，一方面用赂遗钱财来买官为幕职，“至冠进贤”，改换自身地位；另一方面，与朝中大臣“因修僚婿之好”。当时，都给事李选，娶游七妾之妹为侧室；另一给事李宗鲁，亦娶游七妾之姑。可谓苦心经营其关系网，营私谋利。

张居正在死后二年遭削夺，并籍没其家。游七也难逃厄运，被言官弹劾下狱。不过，作者沈德符在书中十分讶异，游七“其后与徐爵同论斩。爵死已久，闻（游）七尚至今在狱中。当其盛时，无耻者自屈节交之耳”。

此外，张居正在位时，“清邮传”被作为其一大政绩。在《万历十五年》一书中，作者黄仁宇指出：清理整顿官方驿站，“务使真正有公事的人，才受驿站接待。凡家属旅行，或以私藉公，需索驿站者，查出后立加严惩。但是，张家的仆人甚至亲友的仆人却可以任意向地方官需索车马船只，并及于扛抬行李的夫役”。在严厉整饬之下，偏偏张家奴仆恣意妄为，究竟张居正属毫不知情，抑或包庇纵容，也就不得而知了。

当大官成富翁的奴仆

清代，世宗胤禛雍正朝，抚远大将军年羹尧恃出师有功，骄纵自傲。其奴仆亦因势张狂，公然欺侮朝廷官员，恶意滋事。史书录有“羹尧奴辱咸阳知县”句。虽然片言只字，却令人感到横暴凌人的势焰。

史载，“羹尧仆桑成鼎、魏之耀皆以从军屡擢，成鼎布政使，之耀副将”。桑、魏二人仅仅是年羹尧的心腹家奴、贴身随从，只是跟着主子从军出师，根本不用冲锋陷阵，也不用浴血厮杀，却分别捞了个二、三品顶戴。

尤其是魏之耀，骄横跋扈，不可一世。其主子一倒台，他也接着倒霉。一查，居然还贪污了十余万两银子。

家奴与主子沆瀣一气，欺上瞒下

清高宗弘历时，和珅是皇帝的宠臣。其家奴刘全，外号刘秃子，利用其主子的关系，成为京城首屈一指的暴发户。据不完全统计，当时刘全拥有房屋一百余间，当铺、药铺、账局数座，白银过万两。

史载，乾隆五十一年（1786），“御史曹锡宝劾和坤家奴刘全奢僭，造屋逾制”。刘全家的房屋奢华僭建，超越等级标准，当时属砍头的罪。乾隆皇帝接到弹劾的奏章后，下令王大臣会同都察院，传问曹锡宝。可是，当实地勘察刘全的房屋时，却发现其房屋已经改建，并未“逾制”。结果，曹锡宝因此“获谴”。

直至和珅倒台后，此事才被揭穿。原来，当年曹锡宝上疏弹劾时，被其同乡吴省钦知道。吴省钦是乾隆癸未进士，和珅时任主考官，想了法子让吴省钦中的进士。由于这种座师与门生的关系，吴连夜跑去承德，给和珅告密。和珅当即赶回京城，安排其家奴刘全，当夜把逾制的房屋全部拆毁重建。

当时乾隆皇帝正在承德避暑山庄过七十大寿。曹锡宝的弹劾奏折要从京城送往河北承德，待到皇上看见奏折后，才下令传问查勘。于是，打了个“时间差”，也就没有了逾制这回事。在皇帝的眼皮底下，和珅主仆居然沆瀣一气，上演了一出欺下瞒上的丑剧。

清仁宗嘉庆四年（1799）正月十六日，上诏宣布和珅二十大罪状。其中，第二十条罪状：“伊家人刘全，不过下贱家奴，而查抄赀产，竟至二十余万，并有大珠及珍珠手串。若非纵令需索，何得如此丰饶！”（见《清仁宗睿皇帝实录》）

刘全与其主子和珅同时入狱。和珅在狱中自尽后，刘全被判斩立决。行刑前两天，其被狱卒泼水，活活冷死于狱中。

对于豪奴悍仆的种种劣迹，无疑是人神共愤。明清之际，在民间流传的小说、戏曲中，不少作品表现了豪奴悍仆的丑陋形象。其中，流传较广的通俗小说《海公大红袍全传》（六十回），清代无名氏撰，书中描述严嵩的家仆严二，依仗主子权势，重利放债、盘剥索债，甚至谋夺民女为妻，鱼肉百姓，以及收受门包，索贿纳贿，等等，无恶不作。该小说尽管属文艺作品，却充分表达了广大民众的憎恶与愤恨。

最好的例子，则是明代万历间发生的“民抄董宦”事件。

万历四十四年（1616），曾任湖广副使的董其昌，称病退归故里。在其家乡华亭（今上海市松江区），占有良田万顷，财势显赫。其家仆陈明仗势欺凌农户，恣意封钉民房，捉锁男妇，逞凶作恶；结果，引起公愤。松江、上海、青浦等地民众万余人，不期而集，焚毁董家以及豪奴陈明的房屋，张贴偈纸，声讨董家主仆的恶行。当时，此事号为“民抄董宦”。

可见，无论是“老虎”“巨鳄”，还是社鼠城狐，甚至是“苍蝇”，一旦为害民众，必然为社会所不容。诚如历史，亦非历史。

清代官员奢靡的公款吃喝风

有清一代，社会吃喝之风尤盛，上层社会，官场交往，腐败与奢侈并行，形成清代特有的公款吃喝习气。依仗权力，权贵们炫富爱财，取财无道，总想比富豪更富有，比富豪更享受，比富豪更有口腹之欲。

酒宴的争奇斗富

说起清代的吃喝风，清代袁枚《续新齐谐》录有一则讥谑的文字："康熙间，河道总督赵世显，与里河同知张灏斗富。"

一次，张灏请河台赵世显饮酒。在酒宴的四周，"树林上，张灯六千盏，高高下下，银河错落"。而且，张灏动用兵役三百人，专门点燃灯烛，剪除烛煤，"呼叫嘈杂，人以为豪"，场面蔚为壮观。

过了半个月，赵世显回请张灏。宴席四周，加灯一万盏之多，"而点烛剪煤者，不过十余人"。当时，内外人等都愣住了，心里犯疑其人手应付不来。等到吩咐亮灯时，"则飒然有声，万盏齐明，并不剪煤，而通宵光焰"。目睹恁般场景，张灏不觉大惭。可是，他弄不明白其中魔术般的谜团。

于是，张灏用重金买通赵府的使役，总算摸清当晚酒宴上万灯齐明的“谜底”。原来，赵世显使人用火药线，穿连灯烛心的首端；每条线穿一百盏，点燃一条线则霎时百盏齐明。此外，所用灯烛亦非寻常，全属特制：专用轻罗为烛心，每烛半寸，暗藏微弱的爆炸，爆声“毕卜”，烛煤尽落，根本不用剪煤。为着一顿酒宴，其席上灯烛争奇斗巧，可谓煞费心思。

而袁枚的此则文字，妙在采用“偏入法”。不去正面描摹酒宴的丰肴佳馔，却尽力铺陈灯烛的奇巧奢靡，由此可窥其官吏侈汰的吃喝风。况且，仅凭官吏私人的俸银是无法应付其狂吃胡喝的。

于是，《续新齐谐》还记下一桩纳贿丑闻。“盐商安麓村请赵饮酒，十里之外，灯彩如云。”安家里珍奇古玩，罗列无数，赵世显却“顾之如无有”，压根看不上眼。直到酒酣席撤，安麓村延请赵入内室小坐。“美女二人捧双锦盒呈上，号‘小顽意’。”当面无表情的赵世显打开锦盒，盒内二只关东貂鼠，活脱脱地跃然而出，齐齐向赵拱手揖拜。这时候，赵世显才哑然一笑，轻道：“今日费你心了。”

赵世显，自康熙四十七年（1708）十一月，从山东巡抚任上调河道总督，至康熙六十年（1721）十二月，被免去河道总督一职，在任十三年。对于正二品大员的赵世显来说，虽然年俸银仅有一百五十两，可挥霍吃喝已算作“小菜一碟”，珍奇古玩入眼缘的亦无几何。至于敢于斗富的同知，则区区正五品而已。

贪污河防经费，穷奢极欲地吃喝

如果说康熙年间算是清代的“盛世”，那么，清宣宗旻宁道光时期，特别是道光二十年（1840）鸦片战争之后，清王朝逐渐走下坡路。道光末，“国用大绌”。然而，每年的河防工程费用有增无减。

史载，“道光中，东河、南河于年例岁修外，另案工程，东河率拨一百五十余万两，南河率拨二百七十余万两。逾十年则四千余万。（道光）六年，拨南河王营开坎及堰、盱大堤银，合为五百一十七万两……

二十二年，南河扬工拨六百万两。二十三年，东河牟工拨五百十八万两，后又有加。”

清代李岳瑞《春冰室野乘》尖锐指出：“南河岁修经费，每年五六百万金，然实用之工程者，不及十分之一，其余悉以供官吏之挥霍。一时饮食衣服，车马玩好，莫不斗奇逞巧，其奢汰有帝王所不及者。”

而且，还详细辑录某河帅宴客的数款菜式。其选料之巧，烹法之异，无不令人瞠目结舌；其滋味精美甘腴，犹在鲍参翅肚燕窝之上。

菜一，一盘猪肉。迥非凡品，取数十头猪的背肉集腋而成。“其法闭豚于室，屠者数人，各持一竿，追而挞之。豚负痛，必叫号奔走，走愈亟，挞愈甚。”待猪力竭仆地，不能动弹，才割取其背肉一块。大约五十头猪，才够一席之用。

因为猪背受鞭打，其以全力护痛，全部精华皆萃于背脊一处，余下的肉则腥恶失味，只能丢弃不用。有宾客知道后，不觉惨然，屠夫咧嘴一笑，说：穷措大眼光，怎么小气到这样？我来掌勺才两个月，已经亲手割了几千头猪了，真是少见多怪。

菜二，烹鹅掌之法。将鹅赶进大铁笼，笼底放置炽热的炭火，笼旁盛有调制好的酱汁。不一会，铁笼底灼红，鹅在笼内环走，不胜掌痛，不时需饮用酱汁自救。直到鹅死，“则全身脂膏，萃于两掌，厚可数寸，而余肉悉不甚食矣”。

菜三，食驼峰。选取壮健骆驼，缚在立柱，然后，以滚烫的热汤浇在骆驼的背上。“立死，菁华皆在一峰，而全驼可弃。”一席所需，往往要杀死三四头骆驼。

还有吸猴脑，尤为惨酷。首先，挑选俊俏的猴，给它穿上锦衣。在方桌上挖一圆孔，恰好容下猴头，再用木柱固定，使它不能进退脱逸。用刀剃去猴头顶毛，刮去颅皮，“猴不胜痛楚，叫号声极哀。然后以沸汤灌其项，用铁锥击破颅骨，诸客各以银勺入猴首中，探其脑吸之，每客所吸，不过三二勺而已”。

甚至，制作豆腐之法也有数十种之多。“且须于数月前，购集材料，选派工人，统计所需非数百金不能餐来其一箸也。”

一席酒宴，肴馔丰盛，食品繁多，经常吃上三天三夜。“故河工燕客，往往酒阑人倦，各自引去，从未有终席者。”而且，一头半个月则来一次宴客，公款吃喝之风恣肆横行。当然，这般高档次的菜式，“五星级酒店”难以觅求，也就是在“食堂”“会所”之类的私厨才露面。

连《春冰室野乘》作者也不禁哀叹：“河防如是，普通吏治，益可想见，宜乎大乱之成，痡毒遂遍于海内也。”此语不诳，或谓中的。

附录

主要引用书目

（一）正史（引用时简称“史”）

《史记》（西汉）司马迁　撰

（中华书局1959年版）

《汉书》（东汉）班固　撰

（中华书局1962年版）

《后汉书》（南朝宋）范晔　撰

（中华书局1965年版）

《三国志》（西晋）陈寿　撰

（中华书局1959年版）

《晋书》（唐）房玄龄等　撰

（中华书局1974年版）

《宋书》（南朝梁）沈约　撰

（中华书局1974年版）

《南齐书》（南朝梁）萧子显　撰

（中华书局1972年版）

《陈书》（唐）姚思廉　撰

（中华书局1972年版）

《周书》（唐）令狐德棻等　撰

（中华书局1971年版）

《北史》（唐）李延寿　撰

（中华书局1974年版）

《南史》（唐）李延寿　撰

（中华书局1975年版）

《隋书》（唐）魏征等　撰

（中华书局1973年版）

《旧唐书》（后晋）刘昫等　撰

（中华书局1975年版）

《新唐书》（北宋）欧阳修、宋祁等　撰

（中华书局1975年版）

《旧五代史》（北宋）薛居正等　撰

（中华书局1974年版）

《新五代史》（北宋）欧阳修　撰

（中华书局1974年版）

《辽史》（元）脱脱等　撰

（中华书局1974年版）

《金史》（元）脱脱等　撰

（中华书局1975年版）

《宋史》（元）脱脱等　撰

（中华书局1977年版）

《元史》（明）宋濂等　撰

（中华书局1976年版）

《清史稿》赵尔巽、柯劭忞等　撰

（中华书局1977年版）

（二）别史

《资治通鉴》（宋）司马光　编著

（中华书局1956年版）

《续资治通鉴长编》（宋）李焘　撰

（中华书局1993年点校本）

《春秋左传注》杨伯峻　注

（中华书局1981年版）

《左传纪事本末》（清）高士奇　著

（中华书局1979年版）

《国语》（春秋）左丘明　撰　上海师范大学古籍整理研究所　校点

（上海古籍出版社1988年版）

《西汉会要》（宋）徐天麟　撰

（上海人民出版社1977年版）

《大唐六典》（唐）李隆基　撰　（唐）李林甫等　注

（北京图书馆出版社2006年影印本）

《元史纪事本末》（明）陈邦瞻　著

（中华书局1979年版）

《明史纪事本末》（清）谷应泰　撰

（中华书局1977年版）

《明太宗实录》（明）杨士奇等　撰

（国立北平图书馆馆藏影印本1962年版）

《明英宗实录》（明）陈文等　撰

（国立北平图书馆馆藏影印本1962年版）

《明神宗实录》（明）叶向高等　撰

（国立北平图书馆馆藏影印本1962年版）

《清史纪事本末》黄鸿寿　编

（上海书店1986年影印本）

《东华录》（清）蒋良骐　撰　林树惠、傅贵九　点校

（中华书局1980年版）

（三）其他（按书名首字笔画为序）

【二画】

《七修类稿》（明）郎瑛　撰

（中华书局1959年版）

《丁晋公谈录》（宋）丁谓　撰　虞云国、吴爱芬　整理

（《全宋笔记》第一编第四册　大象出版社2003年版）

【三画】

《三冈识略》（清）董含　撰

（《新世纪万有文库》第四辑　辽宁教育出版社1998年版）

《万历野获编》（明）沈德符　撰

（中华书局1959年版）

《广东新语》（清）屈大均　撰

（中华书局1985年版）

【四画】

《开元天宝遗事　安禄山事迹》（五代）王仁裕、（唐）姚汝能　撰　曾贻芬　点校

（中华书局2006年版）

《太平广记》（宋）李昉等　撰

（中华书局1961年版）

《云林遗事》（明）顾元庆　撰

（台北文海出版社1981年影印本）

《历代诗话》（清）吴景旭　撰

（中华书局1958年版）

《中山诗话》（宋）刘攽　撰

（清代何文焕辑《历代诗话》　中华书局1981年版）

《中华古今注》（五代）马缟　撰

（中华书局1980年版）

《中州集》（金）元好问　编　萧和陶　点校

（华东师范大学出版社2014年版）

《文海披沙》（明）谢肇淛　撰

（丁传靖辑《宋人轶事汇编》　中华书局1981年版）

《水窗春呓》（清）欧阳兆熊、金安清　撰

（中华书局1984年版）

【五画】

《玉堂丛语》（明）焦竑　撰　顾思　点校

（中华书局1981年版）

《玉堂漫笔》（明）陆深　撰

（《丛书集成初编》辑　上海商务印书馆1936年版）

《东坡志林》（宋）苏轼　撰　王松龄　点校

（中华书局1981年版）

《世说新语校笺》（南朝宋）刘义庆　撰　徐震堮　点校

（中华书局1984年版）

《北户录》（唐）段公路　撰

（中华书局1985年版）

《四友斋丛说》（明）何良俊　撰

（中华书局1997年版）

《四朝闻见录》（宋）叶绍翁　撰　沈锡麟、冯惠民　点校

（中华书局1989年版）

《归潜志》（金）刘祁　撰　崔文印　点校

（中华书局1983年版）

《永宪录》（清）萧奭　撰　朱南铣　点校

（中华书局1959年版）

【六画】

《西京杂记校注》（汉）刘歆　撰　向新阳、刘克任　点校

（上海古籍出版社1991年版）

《西湖志余》（明）田艺蘅　撰

（丁传靖辑《宋人轶事汇编》　中华书局1981年版）

《老学庵笔记》（宋）陆游　撰　李剑雄、刘德权　点校

（中华书局1979年版）

《朴学斋丛书》胡朴安　撰
（安吴胡氏朴学斋1946年版）
《列子》滕志贤　注释
（《诸子集成》上册　广西教育出版社、
陕西人民教育出版社、广东教育出版社2006年版）
《夷坚志》（宋）洪迈　撰
（《全宋笔记》第九编第三至七册　大象出版社2018年版）
《吕氏春秋》吴金华、储道立　注释
（《诸子集成》中册　广西教育出版社、
陕西人民教育出版社、广东教育出版社2006年版）
《曲洧旧闻》（宋）朱弁　撰
（《历代小说笔记选》辑　上海书店1983年影印本）
《舌华录》（明）曹臣　撰
（《历代小说笔记选》辑　上海书店1983年影印本）
《后山谈丛》（宋）陈师道　撰
（《全宋笔记》第二编第六册　大象出版社2006年版）
《竹坡诗话》（宋）周紫芝　撰
（清代何文焕辑《历代诗话》　中华书局1981年版）
《全祖望集汇校集注》（清）全祖望　撰　朱铸禹　汇校集注
（上海古籍出版社2000年版）
《负暄杂录》（宋）顾文荐　撰
（李际期宛委山堂　清顺治三年刻本）
《负暄野录》（宋）陈槱　撰
（《全宋笔记》第七编第五册　大象出版社2016年版）
《齐东野语》（宋）周密　撰　张茂鹏　点校
（中华书局1983年版）
《齐民要术》（北魏）贾思勰　撰
（中华书局1956年版）
《池北偶谈》（清）王士祯　撰　靳斯仁　点校
（中华书局1982年版）

《异苑》（南朝宋）刘敬叔　撰

（李际期宛委山堂　清顺治三年刻本）

《艮斋杂说》（清）尤侗　撰

（上海古籍出版社1996年影印本）

【七画】

《酉阳杂俎》（唐）段成式　撰

（中华书局1981年版）

《吴越春秋》（东汉）赵晔　撰　苗麓　点校

（江苏古籍出版社1981年版）

《宋朝事实类苑》（宋）江少虞　撰　瞿济苍　点校

（上海古籍出版社1986年版）

《宋遗民录》（明）程敏政　辑

（丁传靖辑《宋人轶事汇编》　中华书局1981年版）

《冷庐杂识》（清）陆以湉　撰　崔凡芝　点校

（中华书局1984年版）

《识小录》（明）徐树丕　撰

（《历代小说笔记选》辑　上海书店1983年影印本）

《词苑丛谈》（清）徐釚　撰

（上海古籍出版社1981年版）

《甬上耆旧诗》（清）胡文学　辑选　李业嗣　叙传

（宁波出版社2010年版）

【八画】

《武林旧事》（宋）周密　撰

（上海古典文学出版社1956年版）

《枣林杂俎》（明）谈迁　撰　罗仲辉、胡明校　点校

（中华书局2006年版）

《画墁录》（宋）张舜民　撰

（《历代小说笔记选》辑　上海书店1983年影印本）

《明代状元奇谈·明代状元谱》周腊生　著
（紫禁城出版社1993年版）
《国老谈苑》（宋）王君玉　撰
（丁传靖辑《宋人轶事汇编》　中华书局1981年版）
《金石录后序》（宋）李清照　撰
（王学初校注《李清照集校注》　人民文学出版社1979年版）
《金圣叹批改〈西厢记〉》（元）王实甫　原著　（清）金圣叹批改　张国光校注
（上海古籍出版社，1986年版）
《泊宅编》（宋）方勺　撰　许沛藻、杨立扬　点校
（中华书局1983年版）
《诗话总龟》（宋）阮阅　撰　周本淳　点校
（人民文学出版社1987年版）
《邵氏闻见录》（宋）邵伯温　撰　李剑雄、刘德权点校
（中华书局1983年版）
《孟子》赵航　注释
（《诸子集成》上册　广西教育出版社、陕西人民教育出版社、广东教育出版社2006年版）
《鸡肋编》（宋）庄绰　撰　萧鲁阳　点校
（中华书局1983年版）

【九画】

《春渚纪闻》（宋）何薳　撰　张明华　点校
（中华书局1983年版）
《春冰室野乘》（清）李岳瑞　著
（《清末稗史精选丛书》辑　重庆出版社1998年版）
《珊瑚钩诗话》（宋）张表臣　撰
（清代何文焕辑《历代诗话》　中华书局1981年版）

《封氏闻见录校注》（唐）封演　撰　赵贞信　校注
（中华书局1958年版）
《草木子》（明）叶子奇　撰
（中华书局1959年版）
《茶经》（唐）陆羽　撰　沈冬梅　编著
（中华书局2010年版）
《南村辍耕录》（元）陶宗仪　撰
（中华书局1959年版）
《南亭笔记》（清）李伯元　撰
（江苏古籍出版社2000年版）
《挥麈录》（宋）王明清　撰
（中华书局1961年版）
《临汉隐居诗话》（宋）魏泰　撰
（清代何文焕辑《历代诗话》　中华书局1981年版）
《昨非庵日纂》（明）郑瑄　撰
（《历代小说笔记选》辑　上海书店1983年影印本）
《弇州史料》（明）王世贞　撰　（明）董复表　辑
（明万历四十二年杨鹤等刻本）
《洛阳伽蓝记》（北魏）杨衒之　撰　周祖谟　注
（中华书局1958年版）
《宣和画谱》（宋）佚名　撰
（《中国书画全书》第二册辑　上海书画出版社2009年修订本）
《客舍偶闻》（清）彭孙贻　撰
（上海古籍出版社1996年影印本）
《郎潜纪闻》（清）陈康祺　撰　晋石　点校
（中华书局1984年版）
《癸辛杂识》（宋）周密　撰　吴企明　点校
（中华书局1997年版）

【十画】

《栖霞阁野乘》孙静庵　撰

（《民国笔记小说大观》第三辑　山西古籍出版社1997年版）

《悔逸斋笔乘》李岳瑞　撰

（《民国笔记小说大观》第三辑　山西古籍出版社1997年版）

《唐国史补》（唐）李肇　撰

（上海古籍出版社1979年版）

《唐诗纪事》（宋）计有功　编

（中华书局上海编辑所1965年版）

《容斋随笔》（宋）洪迈　撰　孔凡礼　点校

（中华书局2005年版）

《海滨外史》（清）陈怡山　撰

（《涵芬楼秘笈》辑　北京图书馆出版社2000年影印本）

《能改斋漫录》（宋）吴曾　撰

（上海古籍出版社1980年版）

【十一画】

《菽园杂记》（明）陆容　撰　佚之　点校

（中华书局1985年版）

《梦溪笔谈》（宋）沈括　撰　胡道静　点校

（中华书局1962年版）

《啸亭杂录》（清）昭梿　撰　何英芳　点校

（中华书局1980年版）

《庸庵笔记》（清）薛福成　撰

（上海扫叶山房1925年石印本）

《清宫词》（清）九钟主人　撰　影红录、石向骞　点校

（《史梦兰集》第六册辑　天津古籍出版社2015年版）

《清稗类钞》徐珂　撰

（商务印书馆1917年版）

《淮南子》王继如　注释

（《诸子集成》中册　广西教育出版社、
陕西人民教育出版社、广东教育出版社2006年版）

《续新齐谐》（清）袁枚　撰

（《历代小说笔记选》辑　上海书店1983年影印本）

《巢林笔谈》（清）龚炜　撰　钱炳寰　点校

（中华书局1981年版）

【十二画】

《博物志校证》（晋）张华　撰　范宁　校证

（中华书局1980年版）

《韩非子》萧德铣　注释

（《诸子集成》中册　广西教育出版社、
陕西人民教育出版社、广东教育出版社2006年版）

《罪惟录》（清）查继佐　撰

（浙江古籍出版社2012年版）

《道咸宦海见闻录》（清）张集馨　撰　杜春和、张秀清　点校

（中华书局1981年版）

【十三画】

《新世说》易宗夔　撰

（《民国笔记小说大观》第三辑　山西古籍出版社1997年版）

【十五画】

《墨子》梅季、林金保　注释

（《诸子集成》上册　广西教育出版社、
陕西人民教育出版社、广东教育出版社2006年版）

《鹤林玉露》（宋）罗大经　撰　王瑞来　点校

（中华书局1983年版）

《履园丛话》（清）钱泳　撰　张伟　点校

（中华书局1979年版）

【十六画】

《燕下乡脞录》（清）陈康祺　撰

（历代小说笔记选）辑　上海书店1983年影印本）

《儒林琐记　西窗消意录》（清）朱克敬　撰

（岳麓书社1983年版）

《避暑录话》（宋）叶梦得　撰

（中华书局1985年版）

《懒真子》（宋）马永卿　撰

（《全宋笔记》第三编第六册　大象出版社2008年版）